KB261491

상상의 열림과 떨림

이선이

1967년 경남 진양에서 태어났고 경희대학교 국어국문학과에서 현대문학을 공부하였다. 1991년 『문학사상』으로 등단하였으며 저서로 『서서 우는 마음』(시집), 『생명과 서정』(비평집), 『만해시의 생명사상 연구』(논문집), 『한국현대문화의 이해』(편저), 『사이버문학론』(편저) 등을 출간하였다. 현재 경희대학교 한국어학과에 재직중이다.

청동거울 문화점검 **38**

상상의 열림과 떨림

2005년 2월 20일 1판 1쇄 인쇄 / 2005년 2월 25일 1판 1쇄 발행

지은이 이선이 / 펴낸이 임은주 / 펴낸곳 도서출판 청동거울 / 출판등록 1998년 5월 14일 제13-532호
주소 (137-070) 서울 서초구 서초동 1359-4 동영빌딩 / 전화 02)584-9886~7
팩스 02)584-9882 / 전자우편 cheong21@freechal.com

주간 조태림 / 편집장 하은애 / 편집 문효진 / 영업관리 김형열

필름 출력 D&P / 표지 인쇄 금성문화사
본문 인쇄 이산문화사 / 제책 광우제책

값 10,000원

ISBN 89-5749-040-X

청동거울 문화점검 38

상상의 열림과 떨림

이선이 문학평론집

청동거울

시를 쓴다는 것은, 나를 에워싼 이 세계의 은폐된 무엇인가를 향해 말을 거는 행위에 해당한다. 저물녘의 산책길에서 만난 이름도 알지 못하는 꽃에게, 새에게, 바람에게 건네는 말들, 그 무심한 말 속에는 말하려는 욕망의 주체인 나와 내 안의 욕망을 자극하고 유혹하는 세계와 이 욕망들을 파고드는 에로스적이면서 동시에 타나토스적이라 명명할 수 있는 우주적인 기운들이 편만해 있다. 시를 쓴다는 것은 나와 세계와 우주적인 것들, 그것은 언제나 삶과 죽음을 동시에 포섭하는데, 이들 사이를 끝없이 요동치는 어떤 호명에 온몸으로 응답하는 것이다. 이 전율에의 몰입이야말로 시의 원천이자 상상의 자궁이라 할 수 있다. 그러므로 시란 황홀하고 순정하며 광기로 빛나는 불명료한 내면으로의 몰입이다. 시의 세계에서 진정한 전략이란 결국 이 몰입에 대한 맹목이라 할 수 있다. 시인이 세계에 몰입할수록, 혹은 그 반대의 경우에도, 존재는 보이지 않는 심연을 향해 자신을 조금씩 열어젖힌다.

그렇다면 시를 읽는다는 것은 무엇일까? 비평은 이들 몰입을 가능하게 하는 시인의 상상이 발산하는 어떤 떨림에 동참하는 일에 해당한다. 그것은 가장 적극적이고 자발적인 동참기라 할 수 있다. 창조적 언어의 탄생에 직접적으로는 관여하지 못하더라도, 비평은 언제나 창조적 언어의 탄생 이전과 이후, 즉 시적 상상에의 촉진과 시적 경험에의 확산에 있어서 중요한 산파노릇을 해왔다. 모든 시적 체험이 상상의 열림을 통해 존재의 실현을 도모하는 바로 그 현장에서 비평은, 시가 하나의 창조적인 생명임을 입증하는 존재의 파동, 그 떨림에 운명을 던져왔다. 그러므로 시를 읽는다는 것은 존재가 열리는 풍경 앞에서 전율하는 존재의 떨림을 읽는 행위로서, 언제나 그 떨림은 내 안의 존재를 여는 열림으로 전이되곤 했다. 내게 있어서 시를 읽는다는 것이 시를 쓴다는 것과 다르지 않은 까닭도 여기에 있을 듯하다.

지난 몇 년간 나는 우리시가 보여준 죽음과 폐허의 이미지들에 주목해 왔다. 죽음은 한 세기의 소멸이자 동시에 한 세기의 탄생을 선명하게 포착해 낸 메타포라 할 수 있다. 이들 시편을 통해 시인들은 죽음 같은 삶과 죽음 그 자체인 삶, 혹은 죽음마저 상실해 버린 삶을 직시하며 삶의 회생을 모색하고자 하였다. 근대적인 시계시간이 만들어낸 단선적이고 종말적인 인식에서 벗어나 자연시계 안에서 공존하고 있던 죽음을 회복하는 일은 우리시의 한 흐름을 형성하기에 충분했다. 이들 죽음의식과 소멸의식 혹은 죽음의식과 폐허의식은 절대 무(無)의 초월로 존재를 이끄는 것이 아니라 언제나 지금여기에서의 삶으로 돌아오는 길을 내장하고 있었다. 그 길을 마음으로 좇아가며 죽음을 살아냄으로써 비로소 삶을 회복하는 의식의 통과제의를 통해 내 삶에도 아름다운 폐허와 소멸을 허락하고 싶었다. 그것은 모든 의미 있는 순간에 발견되는 삶과 죽음의 공존이며 우리가 죽음을 접하는 순간 확인하게 되는 충만한 삶의 의미이자 존재의 새로운 영토였기 때문이다.

여기 부족한 글들을 한자리에 모아 두 번째 평론집을 묶는다. 삶은 언제나 모호하고 불명료한 무엇이지만 그러나 시적인 것이 어두운 인식의 저편에서 섬광처럼 나를 비추어 삶은 때로 환하고 따스했다. 내면으로 향하는 서정의 좁은 틈새로 우주가 흘러넘칠 수 있는 까닭이 여기에 있으리라. 내게 시를 읽는다는 것은 항상 시인이 펼쳐 보이는 상상의 열림과 떨림, 그 충만한 시적 경험에 동참하는 일이었다. 이 행복한 체험의 순간순간에 시인의 절망과 희망이 시를 읽는 나의 희망과 절망으로 전이되기만을 소망할 뿐. 비록 우리가 기원하는 것과 현실은 항상 어긋나지만 합일을 향한 열망은 차가운 현실을 녹여 기꺼이 상상의 봄을 보여주리라 믿는다. 부끄러운 글들을 정리하며 새삼 내가 알지 못했던 세계와 우주와 존재의 충만한 의미를 일깨워 준 나의 시인들에게 깊이 감사드린다.

서천의 노을을 바라보며, 2005년 2월
이선이

차례

책머리에 • **4**

■ 제1부 ■ 시를 위한 타나톨로지

꽃을 위한 타나톨로지
— 이형기의 시세계

1

문명이 가져다 준 위력적인 공포의 하나는 죽음의 은유가 죽임의 환유로 교체되었다는 사실이다. 인간은 단 한번만의 삶이라는 한계성을 죽음의 은유를 통해 읽어냄으로써 소멸하는 존재의 비극적이지만 아름다운 본질을 포착해 왔다. 그러나 문명의 야만성이 이 죽음의 은유를 추방하고 말살함으로써, 세계는 폐허와 불모의 사막으로 인식되기에 이르렀다. 오늘날 우리에게 인식되는 '인간'이라는 개념이 최근에 만들어진 발명품이라는 푸코의 표현에 기대면 죽음의 망각 또한 문명이 비교적 최근에 고안한 발명품이라 하겠다. 이 발명을 위해 진보와 발전을 향한 인간의 열망은 그 속도를 점점 가속화해 왔다. 그리하여 삶과 죽음의 분리는 노동과 놀이의 분리 만큼이나 우리에겐 친숙한 일상이 되었다. 그러나 죽음을 망각함으로써 삶 또한 심각한 손상 혹은 본질에 대한 망각을 강요받고 있다. 인간은 죽음을 망각하면서 죽음이라는 소멸의 통과제의가 일깨우는 生에 대한 간절한 겸허와 성숙의 시간을 상실해 버렸다. 문명은 죽음이 가져다주는 생의 진지함과 열정을 인간의 인식영역에서 지워버림으로써 삶의 매순간에 현현되는 무한을 향한 비상과 심연을 향한 열림을 몰각하기에 이르렀다. 이처럼 존재론적 자아의 그윽한 시선이 가닿을 수 있는 우주적 저편의 은유를 상실함으로써 인간은 비루해지고 삶은 옹색해졌다. 따라서 시인은 이제 죽음을 회복하고 되살리는 자, 도저한 죽음의 은유를 되살리기 위해 죽임의 문명을 공격하는 자이며, 종내는 진정한 의미에서 죽음을 사는 자라 할 수 있다. 시인은 문명에 의해 나포된 죽음의 신인 타나토스를 삶 속으로 반환해 옴으로써 초라하고 옹색해진 삶의 폭을 넓히고 진정한 삶의 의미를 회복하고자 한다. 이형기의 시세계를 관류하는 시적 충동과 지향은 다름 아닌 이 죽음의 망각에 저항하며 죽음을 기억하려는 고투, 즉 소멸하려는 의지에서 뿜어져 나오는 비극적 전율이라는 점에서 문제적이다.

얼마나 오래 살았는지
누구도 제 나이를 아는 사람이 없다
젊어도 늙고
늙어도 늙고
태어날 때부터 이미 폭삭 늙어서
온통 노욕과 고집불통만 칡넝쿨처럼 칭칭
무성하게 뻗어난 도시
실연한 백발의 노처녀가 드디어 목을 맨다
그러나 결코 죽을 수는 없는
차가운 디엔에이의 위력
스스로 개발한 첨단의 생명공학이

죽음에의 길마저 차단해버린 문명의 막바지에서
시민들의 소망은 하나밖에 없다
아 죽고 싶다

—「죽지 않는 도시」 부분

　죽음을 도난당한 인간은 '태어날 때부터 이미 폭삭 늙어'버린 존재다. 이때 늙음이란 생물학적 늙음이 아니라 선험적으로 주어진 생의 우굴쭈굴한 주름이며 폐허다. 자연스런 삶의 종착에 맞이하는 늙음이 생의 저물녘에 비로소 감지되는 혼의 깊은 울림이라면 '젊어도 늙고/늙어도 늙어버린' 늙음이란 삶의 음영과 굴곡이 애초에 스밀 여지가 없는 딱딱한 '고집불통'의 그것이다. 이 세계에서 시간은 생로병사라는 혹은 과거, 현재, 미래의 서사적 몸체를 상실한다. 그렇다면 인간은 왜 죽지 못하는가? 시인은 여기에서 '첨단의 생명공학'으로 상징되는 문명을 그 병인으로 지목한다. 인간이 지녀온 생명연장의 꿈은 불사영생을 갈망함으로써 죽음을 삶의 외부로 밀어내고 스스로는 삶에 갇혀 폐쇄된 자의식에 허덕인다. 그러므로 '아 죽고 싶다'는 시적 진술의 절박함은 이미 죽어버린 삶에 대한 생기회복의 소망으로 들린다. 이처럼 문명이 억압한 죽음은 삶을 폐허의 터전으로 몰아넣으며 불온한 종말론적 징후를 전면적으로 드러낸다. 이 세계는 '꽃들이 모두 석녀가 되어버'(「석녀의 마을」)려 가을이 되어도 열매를 맺을 수가 없으며 '항생제를 듬뿍 먹그 나온 힘센 콜레스테롤/썩을 도리가 없는 달걀'(「고독한 달걀」)이 떠다니는, 더 이상 삶의 유연한 활성을 상실한 죽임의 살풍경이라 하겠다. 이 세계야말로 '아무 쓸모없이 망가져'(「폐차장에서」)버려지는 폐차장과 다름없다는 폐허의식은 한편으로는 문명의 끝간 곳이 어디인가를 직시하며, 다른 한편으로는 이러한 세계를 살아가는 인간의식의 만연된 피로감과 그로 인한 삶의 불모성을 극명하게 보여준다.

>   삭지 못한 자들의 잔꾀가 피워낸
>   문명의 플라스틱 꽃송이
>   썩지도 삭지도 않는 그 빨강색 노랑색이
>   딴엔 그것을 달래고 있는
>   무덤 속의 죽음보다 처량하다

—「造花」부분

인용한 시에서 꽃(조화)은 '썩지도 삭지도 않는' 죽음의 망각에 던져짐으로써 '무덤 속의 죽음보다 처량'한 존재로 그려진다. 꽃으로 상징되는 자연의 생성과 소멸이라는 순환성이 문명에 의해 파기되면서 죽음은 인간의 의식에서 서서히 지워져 버렸다. 그리하여 삶이 의도한 죽음의 위로방식은 '무덤 속의 죽음'이 '달래는' 삶이라는 의미의 역전을 통해 과도한 폐허의식으로 다가온다. 이러한 삶의 폐허는 세계의 피로감과 결부되면서 응고되고 화석화된 '견고한 감옥'(「돌의 환타지아」)에 갇힌 삶의 발견으로 이어진다. 이형기의 시세계에서 드러나는 자멸과 소멸에의 의지는 이러한 문명의 피로감과 자폐성에 대한 자각에 그 출발점이 놓여있다.

2

죽음이 없으면 삶 또한 없다는 인식은 삶과 죽음을 연속된 순환고리 상의 일체로 파악해온 동양적 우주의식 혹은 생명의식과 그 인식론적 맥을 같이한다. 이러한 인식은 동양문화의 본질적인 국면의 하나라 할 수 있을 것이다. 초기 자연서정의 순수한 리리시즘을 보여준 이형기의 시적 출발에서부터, 삶과 죽음을 하나로 인식하려는 존재론적 일체감은 시인의 심상에 무의식적 원형으로 자리잡은 것으로 이해된다. 초기의 시세계에서 죽음은 '아무도 모르게 우리들 가슴속에/늘 우리들이 의지하고 기대는/기둥같은 종소리(「종소리」)'로 인식된다. 이 죽음 저편에서 들려오는 은은한 종소리는 '이우는 꽃송이의 너그러운 꽃그늘'(「종소리」)을 보게 하고 '스러지는 이슬의 찬란한 光芒'(「종소리」)을 보게 하는 성숙과 열정의 눈을 갖게 한다. 이처럼 죽음이 일깨우는 삶의 열정과 승화는 존재의 질적 비상을 가능하게 하며, 단 한번 주어지는 삶의 일회성에 무한한 의미를 덧입힌다. 이형기의 초기시에서 감지되는 따스한 숨결과 온기는 이 의미의 열도로 파악된다. 그러나 문명화된 삶이 그 열기의 전도를 막고 서서 질식의 문화를 확산시킴으로 인해 삶과 죽음의 순환고리는 끊어지고 죽음은 망각 저편으로 지워진다. 망각 속으로 유배된 이 죽음을 되살리기 위해 시인은 문명의 야만에 대한 비판의 강도를 점점 높여나간다. 이러한 문명비판이 시적 전략으로 자리잡으며 스스로 죽기 혹은 죽음으로 뛰어들기라는 자멸에의 의지는 단호한 어조로서 시적 문맥의 전면에 부상한다.

나의 자랑은 自滅이다

—「폭포」부분

나는 멸망한다/그러므로 나는 존재한다

—「미래를 믿지 않는 바다」부분

나의 취미는 멸망이다

—「나의 취미는 멸망이다」 부분

　시인의 내부에 들끓는 파괴적 충동은 타나토스적 죽음의 충동과 결부되어 자멸을 향해 자신을 몰아간다. 이때부터 시인의 의식에는 멸망은 자랑이며 멸망만이 나의 존재성을 확인하는 절실한 몸짓이라는 인식이 분명하게 자리한다. 기실 삶은 죽음과 그 출발선이 동일하다. 삶의 시작은 죽음을 향한 첫걸음이라는 점에서 삶은 죽음을 먹고 자라며 그 역 또한 의심할 나위 없이 명백한 진실이라 하겠다. 마치 삶과 죽음은 하나의 모태에 탯줄을 맞대고 있는 이란성 쌍둥이와 같다고 할까. 따라서 시인의 많은 시편들에 도드라지는 자멸에의 의지는 삶과 죽음의 일체감을 회복하고자 하는 의지의 표출로 이해된다. 실상 그는 詩論的 성격을 지닌 에스프리에서 이러한 점을 분명히 밝히고 있다.

　모든 사물은 언젠가 반드시 소멸한다. 그리고 이 소멸을 통해 사물은 존재의 의의를 획득한다. 만일 어떤 사물이 영원한 것이라면 우리는 그 사물을 기억할 필요도, 그 사물의 존재 자체를 의식할 까닭도 없는 것이다. 그렇다면 그것은 아무것도 존재하지 않는 것과 같은 상태가 되고 만다. 존재를 존재이게 하는 근원적 조건은 소멸이라는 존재의 결락 바로 그것이다.

—「불꽃 속의 싸락눈·18」

　소멸(죽음)이 삶을 일깨운다는 시인의 말에서 불꽃 속에 뛰어드는 싸락눈의 절규가 아련히 들리는 듯하다. 이 흔적없는 소멸이 존재의 본질적 조건임을 인식하면서 시인은 소멸을 억압하는 문명과의 날카

로운 대립의 극점에서 타나토스적 죽음의 충동에 자신을 내맡기게
된다. 그러므로 '나의 취미는 멸망이다'라는 진술은 존재의 결락(죽
음)이 증명하는 존재의 존재됨을 회복하려는 의지적 선언으로 읽혀
진다. 이러한 선언의 배면에는 시인을 둘러싼 외부세계가 살의 혹은
죽임의 세계라는 섬뜩한 자각이 자리하고 있다.

> 暗殺은 틀림없이 감행되었다.
> 物證보다도 확실한 心證
> 心證보다도 더욱 확실한 것은
> 저 下弦의 달이다.
>
> 刺客이 누구냐고 묻는가
> 被殺者가 누구냐고 묻는가
> 보라 저기 저 高山 萬年雪에 꽂혀 있는
> 한자루 비수
> 대답은 이미 소용없는 시간이다.
>
> ―「尖銳한 달」 부분

　시의 전반적인 분위기는 냉기와 살의가 흐르는 차가운 죽임의 세
계이다. '암살', '자객', '피살자'라는 시어는 자객의 섬뜩한 눈초리
를 느끼게 하며 공포의 극점을 보여준다. 하현달을 살기 돋친 푸른
'한자루 비수'로 인식하는 시인의 내면에는 자학과 가학의 악마적
충동이 공존한다. 이러한 냉기어린 공포는 이형기의 시세계에서 중
심 이미지의 하나인 '칼'의 이미지로 표출된다.

　주여 칼을 주소서/칼자루는 말고 그 날을/쥐던 손바닥이 나가는/ 그러

나 피가 흐르지 않게/더욱 힘주어 쥘 수밖에 없는 그것을

—「고전적 기도」 부분

칼을 간다/칼을 가는 소리 서걱서걱/이따금 날을 비춰보는/달빛

—「칼을 간다」 부분

그대 아는가/나의 등판을 어깨서 허리까지 길게 내리친/시퍼런 칼자국
을 아는가

—「폭포」 부분

칼을 갈자 칼을 갈자/시퍼렇게 갈아서 단칼에 끝장내자

—「그래 그렇구나」 부분

그러나 이처럼 빈번히 출몰하는 '칼'의 이미지는 세계에 대한 적의
감을 거침없이 표출하는 외향적 공격성으로 표출되지는 않는다. 시
인은 참을 수 없는 적의의 칼끝을 스스로를 향해 돌려놓으며 세계에
대한 도저한 절망감을 일층 강하게 표출한다. 이와 같은 자멸에의 의
지는 시인이 고백한 바처럼 명백히 '의도적인 자기암살'(「허무의 창
조」)이라 하겠다. 그렇다면 '이제 너한테 먹일 약은/파멸을 확인하는
마지막 처방/이를테면 비상 한 첩 밖에 없다'(「극약처방」)는 시인의
극단적 파멸선언이 겨냥하는 진의는 무엇일까? 그것은 죽음의 망각
으로 인해 상실한 존재성의 본질을 회복하고 죽음의 타자성을 극복
하려는 시적 열망이라 할 것이다. 시인의 내면에 들끓는 타나토스적
적대와 공격의 충동은 자멸을 향해 자신을 열어둠으로써 문명의 무
력감을 극복하고 진정한 의미에서의 삶의 충동을 소망한다. 그러므
로 이형기 시에 나타나는 타나토스적 충동은 문명이 삶 속에서 지워

낸 죽음의 미학을 회복함으로써 진정한 삶의 의미를 복원하려는 고
독한 시적 응전으로 이해된다.

아무도 가까이 오지 말라/높게/날카롭게/완강하게 버텨 서 있는 것//아
스라한 그 정수리에선 몸을 던질밖에 다른 길이 없는/냉혹함으로/거기 그
렇게 고립해 있고나/아아 절벽!

—「절벽」 전문

완강한 고독의 정점에서 '몸을 던질밖에 다른 길이 없'다는 인식은
시인에게 있어 자멸이란 삶을 위한 마지막 선택이며 결행임을 말해
준다. 시인이 절벽에서 포착해낸 '높게/날카롭게/완강하게 버텨 서
있는' 고절감은 죽음을 기억하는 자에게 허락되는 겸허하면서도 당
당한 삶의 자세라 할 것이다. 이 고절감과 의연함은 자신에게 들이댄
칼날의 끝에서 빛나는 죽음의 기억이 선사한 성숙한 내면 그것이 아
닐까 싶다.

3

죽음은 하나의 탄생이다. 그것은 현실법칙에 갇힌 지금여기의 삶과
는 다른 차원으로의 질적 변화이며 혼의 열림이다. 따라서 죽음은 피
안이라는 유리된 시공간성을 의미하지 않는다. 그것은 생의 근원성
을 음미하게 하는 여기와 저기, 현실과 초월, 차안과 피안을 마치 밀
물과 썰물처럼 오가는 출렁이는 물결에 비유될 수 있을 것이다. 따라
서 죽음은 삶과 유리된 그 무엇이 아니라 이 둘 사이를 출렁이는 충
동의 기표에 해당한다. 이 충동의 물결은 근대적 사유가 구축해온 과

거, 현재, 미래로 이어진 선조적 시간의식을 순환적 시간의식으로 되돌려 놓음으로써 삶과 죽음이 엉켜있는 충일한 세계를 회복해 낸다.

　나의 시계는 거꾸로 돌아간다/과거에서 미래로가 아니라/미래에서 과거로//그것은 탄생이 아니라/죽음에서 시작되는 내 인생/그것과 같다//그러므로 나는/미래의 미래 그 저쪽에 있는 추억/과거의 과거 그 저쪽에 있는 희망/그처럼 정상이다//이를테면 저 능금을 보아라/한때의 식욕이 따먹고 버린/아무도 거들떠보지 않는 씨 하나에서/새로이 움터오는 과거의 시작을//죽은 다음을 살고 있는 인생은/한시에서 열두시/열두시에서 한시로/보이지 않는 계단을 밟아가고//탐스러운 열매의 미래가/씨 속에 간직된 과거의 먹이로 돌아가는/나의 시계는/거꾸로 돌아가는 것이/바로 돌아가는 것이다

— 「거꾸로 가는 시계」 전문

　'씨'는 '열매'의 과거이면서 미래다. 존재는 언제나 그 내부에 과거와 미래를 동시에 포습하고 있다. 그러므로 존재는 늘상 죽은 다음의 삶으로 확대되면서 동시에 삶 이전의 죽음으로 수렴된다. 이 시에서 삶과 죽음의 관계양상은 씨앗과 열매 혹은 열매와 씨앗의 관계로 비유된다. 시인은 미래의 추억인 삶을 살면서 과거의 희망인 죽음을 산다. 삶과 죽음의 공존은 능금 한 알을 통해 구체화되면서 보이지 않는 삶의 이면에 자리한 존재의 '계단'을 보여준다. 이 '계단'을 밟아가는 비선형적 시간여행이야말로 타나토스적 죽음의 충동이 열어보이는 삶의 진경일 것이다. 그렇다면 이형기 시에 나타나는 타나토스적 충동이 회복하려는 궁극적인 삶의 면목은 어떤 풍경일까? 여기에 소멸하는 아름다움의 실체인 꽃과 여기에 대위되는 삶의 겸허와 성숙을 충동하는 심미적 타나톨로지가 자리한다.

가야할 때가 언제인가를
分明히 알고 가는 이의
뒷 모습은 얼마나 아름다운가.

봄 한철
激情을 忍耐한
나의 사랑은 지고 있다.

분분한 落花……
訣別이 이룩하는 祝福에 싸여
지금은 가야할 때,

무성한 綠陰과 그리고
멀지않아 열매 맺는
가을을 向하여

나의 靑春은 꽃답게 죽는다.

헤어지자
섬세한 손길을 흔들며
하롱하롱 꽃잎이 지는 어느날

나의 사랑, 나의 訣別,
샘터에 물고이 듯 成熟하는
내 靈魂의 슬픈 눈.

—「落花」 전문

　시인의 대표작이며 그의 초기시에 해당하는 이 시에서 죽음 혹은 소멸이 가져다주는 영혼의 성숙은 아름답고 그윽한 '슬픈 눈'으로 상징된다. 이 눈에 비친 죽음에는 '결별'의 통곡이 아니라 오히려 '축복'의 화음이 어린다. 그것은 부정과 망각의 대상으로서의 죽음이 아니라 긍정과 기억의 대상으로서의 죽음이다. 생성과 소멸의 존재론적 서사구조에서 소멸(죽음)은 '무성한 녹음'과 '열매'를 예정하는 순환의 한 결절점에 해당한다. 시적 자아는 가야함을 안다는 점에서 죽음을 긍정하는 자이며 그것을 분명히 안다는 점에서 죽음을 내면화한 자이다. 이 시의 미감은 바로 이러한 죽음의 내면화가 불러일으키는 삶의 충일성에 기인한다. 이 도저한 소멸의 미학에는 삶과 죽음이 함께 빚어내는 존재의 아름다운 원형성이 고스란히 녹아들어 있다. '결별이 이룩하는 축복에 싸'인 이러한 落花의 세계란 '썩지도 삭지도 않는'(「造花」) 造花의 세계와 대척점을 이루며 강한 생명의식을 충동한다. 시인은 죽음의 망각을 강요한 문명의 난폭함과 불모성에 대항하기 위해 타나토스적 죽음의 충동을 시적 문맥의 전면에 부각시켜왔다. 이 타나토스적 충동이야말로 죽음 혹은 소멸의 회복을 통해서만 구현되는 진정한 존재성, 그 생명의 꽃을 피워내기 위한 시적 타나톨로지라 명명할 수 있을 것이다.

죽음으로 일깨우는 푸른 생의 꿈
— 김수우의 시세계

1

김수우는 섬세한 눈을 가진 시인이다. 이 섬세함은 무관심하게 지나치기 쉬운 일상의 한 순간을 시적 풍경으로 포착하여 찰나적 삶에 무한한 의미를 부여한다. 이때 미소(微小)한 삶의 순간들은 시인의 눈을 파고들며 삶의 존재론적 의미를 전송하는 매체가 된다. 특히 시인의 눈에 포착되는 순간적 풍경은 삶과 죽음이라는 형이상학적 의미자장을 오가며 우리들 생(生)의 본질적인 국면에 대한 성찰로 이어지고 있어 주목된다. 이를 위해 시인은 간과하기 쉬운 일상적 풍경들을 전경화(前景化)하고 이 풍경들에 통일성을 부여하며 생의 이면을 읽어낸다. 따라서 순간적 풍경의 포착은 시인이 세계에 개입하는 지점이며 중요한 시적 기법이라 할 것이다.

도살장에 팔려갈 늙은 소의 코끝에 붙은
살구꽃잎 한 장
소와 꽃잎이 들여다보는
길 끝, 광주리 하나 걸어온다

살 수 있을 것 같다

자전거 시장꾸러미에 높다랗게 얹혀 실려가는
붓꽃 몇 송이
나를 본다, 모든 꽃은
오랜 약속에 붙이는 느낌표이다

얼마든지 살 수 있을 것 같다

—「장터의 봄」 전문

화자의 시선은 '소의 코끝에 붙은 살구꽃잎 한 장'과 '광주리 하나', 혹은 '자전거 시장꾸러미에 높다랗게 얹혀 실려가는/붓꽃'에 가 닿는다. 이 풍경들은 장터의 봄풍경이라는 전체 풍경의 극미한 일부에 지나지 않는다. 소의 코끝에 붙은 살구꽃잎은 언제 떨어질지 모르는 찰나의 풍경이며 자전거 위의 붓꽃은 곧 풍경 밖으로 사라질 순간의 그것이다. 그렇다면 이 작고 순간적인 풍경에서 시인은 무엇을 읽어내는가? 우리들 삶에서 봄의 장터가 갖는 일반적인 의미는 생기와 활기로 가득 차 있는 생동하는 삶의 공간이라는 점에 있을 것이다. 이러한 장터의 이미지와는 달리, 화자의 눈에 포착된 봄의 장터는 역설적이게도 '도살장에 팔려갈 늙은 소'가 환기하는 죽음의 이미지와 '살구꽃잎 한 장'이 환기하는 소멸의 이미지, '붓꽃'이 보여주는 떠남의 이미지로 채색되어 있다. 이러한 죽음, 소멸, 떠남의 이미지는 이번에 발표된 다른 시편에도 두루 나타나는 지배적인 이미지이다. 가령, 시「그에게도 우산이 있다」에서 보따리에 살 부러진 우산을 꽂고 다니는 떠돌뱅이 '누에늙은이'나「배추가 차에 치였다」에서 차에 치인 '배추', 「식탁 위의 대섬」어서 비늘이 벗겨진 채 늙숙한 등을 보이며 식탁에 오른 '조기' 등이 그것이다. 그러나 김수우의 시세계에서 죽음과 결부된 이들 지배적인 이미지는 결코 어둡거나 암울하지 않다는 점에서 새로운 의미 영역을 향해 열려있다. 인용한 시에서 '소'와 '꽃잎'은 길 끝에서 걸어오는 '광주리 하나'를 통해 삶의 비린내 속으로 의미의 발걸음을 옮겨놓는다. 광주리는 자신의 삶을 머리에 이고 장터로 나선, 묵묵히 자신의 삶을 견디는 자의 삶을 의미할 것이다. 그러므로 다음 연에 이어지는 '살 수 있을 것 같다'는 진술은 이 풍경 앞에서 자연스럽게 흘러나오는 생의 도약에 해당한다.

이러한 정황은 시의 후반부에도 반복된다. '자전거 시장꾸러미에 높다랗게 얹혀 실려가는/붓꽃 몇 송이'는 전반부의 '소'와 '꽃잎'의 이미지와 호응한다. 존재의 한없는 길떠남은 이 시인이 지금까지 보여준 시적 중심주제와도 긴밀히 연관된다. 김수우는 지금까지 『길의 길』(1996), 『당신의 옹이에 옷을 걸다』(2002)라는 두 권의 시집을 펴냈다. 이 시집을 통해 알 수 있는 것은, 시인에게 삶은 사막을 하염없이 여행하는 유목의 운명을 감내하는 것, 즉 삶의 불모성을 견디는 견인(堅忍)의 미학이 그녀의 시세계를 견지하고 있다는 점이다. 시인은 죽음과 소멸과 떠남이 인간존재의 숙명적 조건이라는 점을 깊이 인식하고 있다. 그러나 이러한 전제에도 불구하고 김수우의 시적 촉수는 늘상 삶의 의지를 향해 뻗어 있다. 시적 화자는 '얼마든지 살 수 있을 것 같다'는 진술을 통해 당당한 생의 의지적 주체로 거듭난다. 이처럼 김수우의 시세계에서 순간적인 풍경들은 살아있음에 대한 자각과 삶의 충동으로 들끓는다. 비록 그녀의 시가 가난하고 늙고 초라한 것들에 대한 응시에 집중되면서도 절망적이거나 암울하지 않는 이유가 바로 여기에 있을 것이다. 다음의 시에도 이런 특징적인 면모는 보다 구체적으로 드러난다.

속잎에 살던 햇살이
치여 죽었다, 배추가 키우던 오월이
퍼렁핏물을 쏟는다, 어둠길 건너는 데
용감했던 산고양이처럼
도매시장으로 실려가던 배추 한 포기 뛰어내려
바퀴와 싸우며, 그대로 길이 된다
몸속의 길을 다 풀어낸다
그 길은 태백산 신단수 아래로 간다
그 길은 아라비아바다로 간다
상고시대 늙은 아비가 새벽길 나서려는가
새끼 낳을 혹등고래 남극으로 가려는가
일부러 내 이름 불러낸듯
바퀴와 바퀴에 묻어나오는 푸른 손들이
나를 붙들고 하늘로 하늘로 오른다
무겁게 돌아가는 레미콘이 지나간다
주머니 속 열쇠들 동전들, 새떼처럼 지절대며
길을 건너봐라 길이 되어봐라
만가輓歌로 울리는데, 뭉개지지 않은
배추꼬랑이, 쓸개 속에 뿌리내린다
먼 하늘 달려온 전생의 길 하나

　　　　내 눈에 퍼렇게 불을 켠다

—「배추가 차에 치였다」 전문

　이 시는 레미콘에 배추 한포기가 치인 순간을 포착하고 있다. 문명의 폭력성과 자연생명의 연약함을 병치시키고 있는 이 시는, 우리에게 가공할 문명의 폭력성이나 배추로 상징되는 힘없고 가난한 사람들의 고난의 삶을 환기하기보다는 오히려 차에 치인 배추처럼 '바퀴와 싸우며, 그대로 길이' 됨으로써 처절한 생을 살다가자는 불꽃같은 의지를 자극한다. '늙은 아비'가 걸어간 길이나 남극까지 가서 새끼를 낳는 '혹등고래'의 길은 이 치열한 생의 환유라 하겠다. 이들은 모두 온몸으로 삶을 살아낸 자의 상징이 된다. 이렇게 삶을 살아낸 자들은 비록 몸이 뭉개진다고 하더라도 '길을 건너봐라 길이 되어보라'고 당당히 말하며 삶의 의지를 불러일으킨다. 그렇다면 이 죽음의 풍경을 '눈에 퍼렇게 불을 켜'는 삶의 풍경으로 치환시키는 힘은 어디서 오는 걸까? 그것은 이 시인의 시적 모태와도 결부되는데, 시인에게 시적인 것을 포착하는 근원적 동력은 '저 푸덕이는 비린내／살아있다는 거'(「봄나무」, 『당신의 옹이에 옷을 걸다』)에 대한 발견과 깊이 연관된다는 사실이다. 이번에 발표된 작품에서 이러한 발견은 죽음에 기대고 있다는 특징이 두드러진다.

　　　생은 죽음 이후 더 선명해지는 것
　　　비로소 드러나는 바다의 등뼈를 짚으며
　　　비늘은, 댓잎으로 온다
　　　댓잎에 부는 바람으로 온다
　　　살아, 심해를 끌어올리던 비늘
　　　물살 치열할수록 진한 무늬를 키웠듯

지상의 거친 모서리마다 피어

무지개를 모으느니, 물너울을 부르느니

생이란 죽은 다음에야 더 파릇파릇해지는 것

할머니 손등에 아버지 무르팍에 말라붙었던

저 비늘들, 내 몸에 은빛으로 돋는다

식탁 위로 떠오르는 고향의 대섬, 꽹과리 소리

쟁, 쟁, 수평선을 울린다

— 「식탁 위의 대섬」 부분

인용한 시에서도 알 수 있듯이 시인에게 생은 '죽음 이후 더 선명해지는 것'이거나 '죽은 다음에야 더 파릇파릇해지는' 무엇이다. 이처럼 죽음은 살아있음을 환기하는 매개체로 자리한다. 죽음에서 시인은 삶의 격랑을 뚫고 나가려는 의지를 발견해 낸다. 식탁 위에 오른 생선과 그 비늘이 벗겨진 생을 통해 시인은 비로소 힘겹게 삶을 살아온 '할머니 손등에 아버지의 무르팍에 말라붙었던' '비늘'을 생각하게 되는 것이다. 따라서 시인에게 죽음은 삶의 의지를 유발하는 상상력의 촉매이자 중요한 시적 모티프로 자리하고 있다. 그렇다면 왜 시인은 죽음의 풍경을 통해 삶을 말하려 하는가? 그 이유는 시인의 시선이 환난의 삶에 대해 유달리 민감한 눈을 가졌다는 점에서도 찾아지지만, 무엇보다 시인이 깊이 공명하는 삶이란 묵묵히 자기를 인욕(忍辱)하는 구도적 삶이라는 사실에 놓여있을 것이다. 죽음에 이르기까지 견디는 삶, 이러한 삶을 살아낸 자들의 죽음이 일깨우는 비릿한 삶의 냄새야말로 김수우의 시세계를 감싸는 본질적인 아우라에 해당하기 때문이다.

2

    한편 김수우의 시세계에서 죽음에 이르기까지 견디는 삶에 대한 시적 응시는 삶이 기다림의 형식으로 완성된다는 통찰과도 통한다. 시인에게 기다림은 인간존재에게 허락된 아름다운 존재양태이며 그러므로 기다림을 통해 시인은 희망을 유지해 나간다. 첫 시집에서 시인은 '그리움으로 일어서는 흰 뼈 하나'(「길의 길」, 『길의 길』)로 진정한 자유인이고자 한 김시습의 삶을 요약한 바 있다. 시인에게 그리움은 삶을 가능하게 하는 본질적인 조건이며 삶에 역동적인 희망을 불어넣어주는 심리적 기제이다. 이처럼 그리움이 삶의 막연함 혹은 불확실성에 대한 정서적 반응이었다면 기다림은 그리움을 품고 살아가는 삶의 적극적인 자세라는 점에서 동전의 양면을 이룬다. 따라서 시인은 삶의 순간적인 풍경 속에서 오랜 기다림의 내력을 읽어낸다.

> 감춰두었던 마지막 척추일까
> 떠돌뱅이의 보따리에 꽂힌
> 살 부러진 검정 우산
> 날개를 구겨접고 부리 내민 채, 비뚝비뚝
> 황사하늘을 걷는 기다림 하나를 본다
> 비를 기다린다, 기다릴 수 있다는 것은
> 실재實在의 푸른 증서
> 몸차림은 그의 부재를 증명하지만
> 굽은 등에서 삐걱이는 검정 우산은
> 지금, 여기, 있음의 유일한 증거물
> 자신의 실종소식을 듣는 아침을

매일 밑줄치며 펼치는 누에늙은이

괴목껍질이 된 그림자를 가리기도 하겠지만

늪의 적막을 닮아가는 그 우산으로

녹슨 톱니 같은 쇠기침을 축일

한 줄기 비,를

기다린다, 기다릴 수 있다

괭이잠으로 덥혀온 마른 꿈자리를 적실

한 줄기 비,를

먼 남쪽, 아이가 빗방울 씨앗을 심는다

—「그에게도 우산이 있다」 전문

　시적 화자는 '떠돌뱅이의 보따리에 꽂힌 살 부러진 검정 우산'을 통해 인간존재의 간절한 기원이 삶을 유지하는 근원적인 힘임을 말해주고 있다. '그'에게서 기다림은 삶의 황폐함을 견디게 한 정신적인 버팀목에 해당한다. 누추하고 늙은 몸에 이르기까지 인간이 끝내 버리지 못하는 것은 황폐한 삶을 촉촉이 적셔줄 마지막 희망일 터이다. 이 희망의 구체적인 표정에 해당하는 것이 기다림일 것이다. 그러므로 기다림은 존재의 자기확인이자 살아있음에 대한 푸른 증거이다. 따라서 이 시에서 '황사하늘'과 '검정 우산'의 대립은 비록 작고 초라하지만 기다림을 간직한 존재만이 삶을 지속한다는 믿음에 기대고 있다. 이처럼 시인에게 기다림은 곧 '실재實在의 푸른 증서'이다. 그것은 죽음과 소멸을 향해 나아가는 존재, 즉 부재로 환원되는 삶을 실재로 되돌려 놓는 '마른 꿈자리를 적실' 마지막 꿈이다. 따라서 시인에게 그리움은 존재를 실현하는 절실한 기원이라 할 것이다. 이 기원이 반드시 성취될 것이라는 믿음이 김수우의 시적 동력이자 삶의 방식이다. 시인은 기다림을 통해 존재를 확인하고 존재를 실현한다.

한편, 김수우의 시세계에서 기다림은 삶의 생기를 상징하는 푸른 빛으로 표출된다. 시「배추가 차에 치였다」에서는 '퍼렁핏물'과 '퍼 렇게' 켜는 '불'로, 시「식탁 위의 대섬」에서는 '댓잎'의 푸른빛으로 그려지고 있는 푸른색은, 삶의 생기를 보여주는 중심 색채어이다. 이 처럼 시인에게 기다림은 푸른빛이다. 우리들 삶의 황폐함이 푸른빛 을 통해 촉기를 얻는다는 것은 기다림이 생을 견디게 한다는 사실과 도 무관하지 않을 것이다. 그러나 기다림이 삶의 본질적인 형식이 될 때, 삶은 부재를 거듭 확인하는 지난한 과정으로 남을 것이다. 이때 시인에게 남는 문제는 기다림의 자세라 할 것이다. 푸른빛의 선명도 는 이 기다림의 자세가 어떠한가에 따라 달라질 것이기 때문이다. 삶 이 존재의 결핍을 채워줄 본질적인 것에 대한 기다림이라면 문제는 이 기다림의 지극함이 어떤 풍경인가 하는 점이 될 것이다. 그러나 아직 김수우의 시세계는 이 지극한 풍경의 발견에까지는 나아가지 못하고 있는 듯하다.

우산을 버스에 두고 왔습니다 우산은 저혼자 길 떠났습니다 비에 젖지 않아야 할, 한 사람이 있나 봅니다 다박솔 닮은 이를 만나 함께 가는 길, 빗소리 푸를 겝니다 아마 그인 내가 잘 알던 사람이 분명합니다 대신 찾 아가는 우산은 오늘 꼭 내가 갚아야 할 빚이거나 받았다 돌려주지 못한 사랑일 겝니다

혼잣길 가는 우산처럼 나도 혼자 덜컹거립니다 갑천에 떠오른 한 마리 청자라처럼, 달동네 변소 옆에 핀 산수유처럼, 미루나무로 만들어졌다는 성냥개비처럼 누군가에게 잠시 반갑고, 환한 소식이고 싶습니다 머물러 그곳 옹이가 되어도 상관없겠고 다시 길 떠나 낡은 우산 하나 만날 수 있

어도 고맙겠습니다

— 「만행」 전문

이 시의 시적 체험은 우산을 잃어버린 경험에 기대고 있다. 화자는
잃어버린 우산은 '오늘 꼭 내가 갚아야 할 빚이거나 받았다 돌려주
지 못한 사랑'이라고 말한다. 이렇게 말함으로써 화자는 잃어버린 우
산에 대한 미련에서 벗어나고 일상적 삶의 집착으로부터 벗어난다.
시의 제목인 만행이란 계율에 얽매인 수행방식이 아니라 자유자재한
마음의 기운생동을 수행의 방식으로 담아내려는 대승적 자세를 의미
한다. 첫 시집에서부터 줄곧 길 위에서의 생을 추구해온 시인은 구도
자들이 추구하는 만행과도 같은 자유로운 정신을 추구하고자 한다.
이러한 삶의 자세는 앞서 살펴본 바와 같이, 죽음에 이르기까지 참고
견뎌야하는 삶이란 곧 구도의 과정과 닮아 있다는 사실과도 무관하
지 않을 것이다. 삶의 속박이 우리를 얽어맬수록 이 굴레에서 벗어나
고자 하는, 자유로운 영혼에 대한 갈망은 훨씬 강렬해지는 것은 당연
한 결과라 할 것이다. 그러나 여기에서 시인이 잊지 말아야 할 것은
만행이란 부처를 만나면 부처를 죽이고 조사를 만나면 조사를 죽이
는 살부살조(殺佛殺祖)하는 자기부정이 없다면 불가능하다는 점이
다. 시인이 보여주는 기다림의 자세나 이를 자유로운 영혼으로 승화
하려는 노력은 정신의 깨어있음을 위한 지난한 자기부정이 수반될
때 빛을 발할 수 있을 것이다. 특히 김수우 시인은 시어의 세공이나
운율에 대한 배려라는 언어미학적 측면보다는 시의 내용에 무게중심
을 둔 창작기법을 보이고 있다는 점에서, 치열한 정신의 깨어있음은
그녀의 시세계에서 무엇보다 중요한 요소가 아닐 수 없다. 따라서 시
인의 기다림이 더욱 푸르른 생의 확인으로 다가오기 위해서는 긴장
의 이완을 경계할 정신적 자기검열이 무엇보다 중요할 것이다. 죽음

과도 같은 정신적 황폐함을 견디며 살아가야 하는 우리들 삶에서 죽음의 풍경을 통해 삶의 언어를 길어 올리는 진풍경은 간신히 허락되는 희망이기에 더욱 그러하다.

소멸과 환생
— 배용제의 시세계

1

배용제의 시는 세계를 사물로 환치시켜 이를 꼼꼼히 만지거나 뒤적거리며 사물화된 세계를 냉정한 시선으로 관찰한다. 이 객관화된 시선의 거리감은 서정의 힘줄을 팽팽하게 긴장시키며 황폐한 세계의 내면을 유인해 낸다. 이때 시인의 시적 촉수에 포착되는 풍경은 죽음과 소멸, 폐허와 권태의 냄새를 풍기며 우리들 황량한 삶을 은유한다. 이들 풍경이 점유하고 있는 시공간은 어떤 극점 즉, 갇힘과 가둠, 부패와 공허를 향해 무한팽창한다. 그로테스크하게 포착된 이 풍경은 모호한 전율과 긴장을 유발하면서 친숙하고도 낯선 세계로 우리를 이끈다. 이러한 기법을 통해 배용제의 시는 언제나 일상적 삶의 면면에 숨겨진 소멸의 이미지들을 현실의 전면에 배치시킨다. 첫시집에 이어 두 번째 시집인 『이 달콤한 감각』에서도 시인이 추구하는 이러한 삶의 음화는 지속된다.

특히 이 시집은 이들 주제를 드러내는 고도의 전략을 내면화하는 데 성공하고 있어 주목된다. 시인은 그의 시적 촉수에 포착된 이미지를 인공적으로 조립하고 조작하면서 현실이 감추어온 공포감을 슬그머니 꺼내놓는다. 첫시집이 이러한 주제들을 주로 연민에 찬 눈으로 바라보고 있다면 이번 시집에 이르러서는 연민을 제거하면서 정서를 철저히 객관화하고 감각을 건조시켜 사물화된 세계의 풍경을 적실하게 보여준다. 그러므로 이번 시집의 많은 시편들은 읽히기보다는 차라리 딱딱하게 만져지거나 덜컹거리는 소리로 다가온다. 이번 시집의 도처에 음험하게 탑재되어 있는 공포는 비명마저 불가능한 죽음과 소멸, 그리고 이러한 삶을 본질로 수락해야 하는 우리의 삶을 재구성해 낸다. 우리사회에서 기억될 만한 비극으로 남아있는 씨랜드 참사를 다루면서도 시인은 '불꽃의,/불꽃 속 신들의 한끼 식사가 끝난 곳/검고 푸석푸석한 배설물이 가득하다'(「홀로코스트」)고 냉정하게 기록한다. 또한 애인과의 이별을 다룰 때에도 '사용기한을 넘긴 애인은 폐기처분되었다/작동을 멈춘 감촉은/망가진 공구처럼 아무렇게나 방치되었다'(「한 방울의 고통」)고 진술한다. 그렇다면 이 건조하고 냉정한 어조와 거리유지는 어디에서 연유하는 것일까.

시집의 도처에서 산견되는 얼음같은 시선들은 감정의 자연스러운 발로를 차단함으로써 비극을 고조시킨다. 이러한 비극의 이면에는 이들 비극적인 사건이 하나의 사건으로 소비되는 현실, 즉 기사화되거나 풍문화되면서 우리들 일상의 안락을 확인하는 방식으로 유통되는 현실이 놓여있다. 시인은 한편으로는 비극을 소비하면서 다른 한편으로는 이를 즐기는 새로운 비극, 즉 거짓비극을 조롱하는 듯하다. 따라서 시인이 삶에 대해 유지하는 냉정과 거리는 안락에 길들여진 위로를 거절하고 기억하는 자의 고통을 통해 진실을 대면하고자 한다. 이를 위해 시인은 풍경을 조형적 언어로 재단하고 새롭게 절합된 풍경을 만들어냄으로써 진정한 고통의 맥락을 생성해 낸다. 물론 이렇게 만들어진 풍경은 참혹하리만치 고통스럽다. 풍경 속의 세계의 고통뿐만이 아니라 풍경을 독해하는 주체 또한 이 고통에서 자유롭지 못하다. 그렇다면 시인이 그려내는 고통의 실상은 어떤 것일까.

2

시인이 그려내는 고통의 풍경 안에는 소멸의 극점에 도달한 인간과 사물이 중심에 놓여있다. 이들 고통의 만화경은 안락과 편리라는 자본의 외면과 대위를 이루며 폐허와 마비의 내면을 호출한다. 이를 통해 시인은 경악할만한 현대적 삶, 소비와 환락과 규율에 길들여진 세계와 이 세계의 가치체계를 조롱하고 교란한다. 이 교란의 전략은 이 세계에 깃들어 있는 공포를 불러내는 방식을 차용한다.

근대적 공포의 출발은 인간이 신으로부터 분리를 선언하는 시점에 그 기원을 두고 있다. 공포는 개인으로 탄생한 인간에게 순응과 고립의 삶을 강요하는 편리한 통제기제로 기능해 왔다. 그러므로 영화의 한 장르가 된 호러(horror)는 지극히 근대적 장르로 손쉽게 자리잡을 수 있었다. 공포영화에서 인간과 세계는 존재(being)로 인식되기보다는 사건(event)으로 인식된다. 사건은 다양한 세계의 겹침과 존재들의 불명료한 내적 관련 속에서 새롭게 구성되는 정체성의 표현이다. 진정한 공포가 그러하듯이, 시인의 시선은 공포를 유발하는 세계를 사건화 한다. 그럼으로써 사건의 이면에 담긴 서사와 삶의 현실법칙을 대위시키고 이를 통해 위악적인 우리들 삶의 실상을 그려낸다. 그렇다면 시인은 왜 공포를 불러내는 걸까?

그의 이번 시집의 표제인 '이 달콤한 감각'은 마비되거나 조립 혹은 조작된 고통의 감각을 역설적으로 지시한다. 이번 시집 속에 그려진 인간들은 궁극적으로 조립되거나 조작된 기계로 환치된다. 또한 기계 혹은 사물로 환치된 인간을 둘러싼 풍경은 기계 혹은 사물인 인간을 작동시키는 연료이거나 소모품에 지나지 않는다. 결국 시인은 세계 자체를 만들어진 인위적인 무엇으로 인식하고 있다. 인간이 이처럼 기술적인 조작의 대상으로 인식되면서 사물의 시대(보드리야르)를 살아내는 인간에게 공포는 이제 본질적인 무엇이 되고 만다. 공포는 이 세계에서 용도를 상실한 인간상처의 고통스런 기록이라 할 수 있는 바, 인간상실의 세계에서 공포는 우리가 살아가는 세계의 본질을 포착하는 중요한 정서적 기제로 자리잡았다. 이 시집의 도처에서 발견되는 버려진 '의자'(「버려진 의자」)나 망가진 '가구'(「망가진 것들의 자리」), 쓸모를 다한 '노인'(「발효된 울음에 더하여」), 유통기한을 넘긴 '애인'(「한 방울의 고통」), 태엽 풀린 시계의 톱니바퀴 같이 권태로운 행위를 반복되는 '창녀'(「타임다방」), 박제된 '독수리'(「박제에 대한 명상」), 부모를 잃어버린 '미아'(「미아, 혹은 우주인」) 등은 개별화된 삶에게 주어지는 공포의 현실 자체를 환유한다. 이러한 환유를 통해, 마치 자연주의적 기법이 추악한 현실을 부각시킴으로써 현실의 모순을 일깨우듯이, 시인은 세계의 공포를 재사건화 하고 이를 냉정하게 그려냄으로써 반성적 사유를 유도한다.

　　싱싱한 죽음을 겨냥할 수 없는 고정된 날카로움은 슬프다
　　아득한 소실점만 노려보는
　　깜깜한 그림자의 흔적으로만 고여 있다

　　독수리는 다 파내어 버려지고

딱딱하게 굳어버린 습관만 오래오래 진열한다

—「박제에 대한 명상」 부분

　냉정한 관찰자는 풍경을 차갑게 부풀린다. 시인은 사물화된 인간의 내면을 막히고 갇히고 혹은 텅 비어버린 시공간으로 환치시킴으로써 집착하는 욕망을 적실하게 반영하거나 비판한다. 그의 시적 전략은 언제나 이 세계를 무덤이나 사막 혹은 허공으로 전환시킨다. 이들 풍경을 통해 갇히거나 가두어 버린 혹은 사막의 막막한 현실을 혹은 이들 현실이 감추고 있는 공포의 본질을 사유하게 한다. 그리하여 시인은 하나의 비극적인 사건이야말로 기계인간으로 살아가는 현대적인 삶의 조건에 대한 진실한 증언임을 내밀하게 묘파해 내고 있다. 그의 시세계에서 공포의 힘은 여기에 놓여있다.

3

　우리시에서 죽음과 소멸에의 몰입은 일종의 무(無)의 시학으로 표출되기도 하였다. 전통적인 시에서 보여주었던 텅빈 충만의 미학은 이러한 무의 시학의 궁극적인 경지에 해당한다고 할 수 있다. 이와는 달리 배용제의 시세계에서 죽음과 소멸에 대한 집착은 생성과 탄생에의 응시와 대위를 이루며 이미 마비되거나 상실해 버린 감각을 회복하는 인식론적 계기로 자리한다. 그의 새로운 시적 비전이 탄생하는 자리가 바로 이 지점이다. 이번 시집에서 주목할만한 풍경은 소멸과 죽음의 풍경 속에서 시인이 발견하는 생성의 이미지들이다.

　젖은 쓰레기 더미 위에서

치자꽃 무리가 피었다
깨진 유리병과 망가진 잡동사니 따위로
딱딱한 형태를 견뎌낸 것들,
텅 빈 공기의 틈으로 주입되는 한 호흡의
향기가 되기 위해 몰입한다
역한 핏물이 주루룩 몸 밖으로 흘러나갈 때까지
부패의 꿈속으로 매몰된다
그 속에서 뿌리들이 번식하는 소리,
뿌리마다 주렁주렁 매달린
꽃과 열매와 벌레와 여자와 아이들이 익어간다
이곳에 이르면 모든 경계는 모호해지고
날카로움도 망가짐도 눈부신 풍경이 된다
새들 속에서 우는 잡동사니와
나뭇잎 속에서 펄럭이는 고철과
꽃들 속에서 반짝이는 유리조각,
온갖 황홀한 향기로 이리저리 몰려다니는
사물들, 사물들 모두 응고된 공기의 흔적은 아닐지
배설물이거나 발자국이거나 혹은 눈물?
뿌리내린 것들은 지탱할 수 없을 때까지
몸을 부풀려 꿈속 배경이 된다
망가질수록 황홀해지는 지상의 풍경

치자꽃 향기가 콧속으로 스민다
나는 느릿느릿 고정된 생의 형태를 망가뜨리며
수많은 사물들 사이에 눕는다

— 「향기에 대한 관찰」 전문

이 시에서 '쓰레기더미'와 '치자꽃'의 대립은 문명/자연, 죽음/탄생, 삭막함/황홀함 등등의 근대적 이분법을 상징한다. 그러나 시인은 이들 이분법적 인식을 망가지면서 황홀해지는 '눈부신 풍경'을 통해 근대적인 이분법을 넘어선다. 이들 자연과 인간, 자연과 인위라는 이분법을 와해시키는 힘은 바로 소멸의 극한에서 둥글게 회귀하는 황홀한 풍경의 탄생에서 비롯한다. '잡동사니'와 '고철'과 '유리조각'이 망가진 몸을 삼투시키면서 빚어낸 살풍경은 '치자꽃'으로 환생한다. 시적 자아가 '느릿느릿 고정된 생의 형태를 망가뜨리며/수많은 사물들 사이에 눕는' 이유가 바로 여기에 있을 것이다. 온갖 망가지고 부서지고 사라져가는 것들, 즉 소멸과 폐허와 죽음의 풍경을 '부풀려' '망가질수록 황홀해지는 지상의 풍경'을 만들어내고자 시인은 풍경을 헤집는 것이다. 이렇게 근대적 인식이 확립한 이분법적 경계를 모호하게 만듦으로써 시인은 그 속에 살아있는 풍경을 탄생시킨다. '치자꽃'과 그 '향기'는 쓰레기더미가 새롭게 탄생시킨 풍경이다. 소멸의 응시에서 재생 혹은 환생하는 풍경의 발견은 그러므로 근대의 바깥에 대한 사유로 통한다. 배용제의 시세계는 이들 명확한 경계를 허물기 위한 고된 노동에 바쳐져 있다. 동시에 이러한 노동이 하나의 새로운 미학적 건설로 자리잡기 위한 시적 모색으로 가득 차 있다. 이런 점에서 배용제의 시세계는 죽음과 소멸 따위의 진부한 주제를 시인만의 독특한 스타일로 드러내려는 새로운 시도라는 의미를 가진다.

사라진 것이 아니다
해가 질 때 지상의 먼지들이 붉게 타오르는 건
아직 뜨거움이 남아 있기 때문이다
먼지들의 혈맥 속에 진한 피가 돌고 있기 때문이다

소멸을 위한 춤이 아니다
무거운 형체를 꺼내놓고 잠시
한때의 가벼움을 향하여 제사를 올리는 것,
환생의 사원에 들러
아름다운 그림을 그리는 것이다.

우주에서 사라지는 것은 없다, 고 믿는
보편적인 사람들의 종교를 나는 믿는다.

—「노을」 전문

　시인은 '환생의 사원'을 자신의 시적 상상의 모태로 만들고자 한다. 그러므로 이 시는 이번 시집에서 시인이 지향하고자 하는 바를 압축적으로 요약하고 있는 것으로 보인다. 환생에 대한 믿음은 '노을'을 '사라지다'에 고착시키지 않고 '생기다', '나타나다', '등장하다' 와도 결합하는 새로운 인식론적 전환을 의기한다. 이러한 인식은 비록 동양의 순환론적 세계관과 다르지 않다고 하더라도, 이것이 미학적으로 '아름다운 그림'이 되어 삶의 능동적인 힘으로 다가온 경험은 우리 시사(詩史)에서 그리 흔하지 않았다. 따라서 시인이 그려 보이는 소멸에 대한 시적 기록 혹은 환생을 위한 시적 제의는 하나의 새로운 풍경을 향해 열려있다고 하겠다.

죽음과 부재를 사는 언어

1. 죽음, 그 가능성의 유희: 권영준, 『불의 폭우가 쏟아진다』

권영준의 시는 죽음의 이미지 속에서 삶을 읽어냄으로써 삶과 죽음의 경계를 동시에 포습하는 겹눈(複眼)의 시학을 보이고 있다. 그의 이번 시집은 삶과 죽음이 겹치는 순간들에 시적 촉수를 옮겨놓으면서 죽음에 드리워진 삶의 태동을 포착한다. 이는 자궁, 몸, 방, 집, 도시로 이어지는 구획화 된 삶의 경계에 대한 거부이면서 갇힘과 가둠의 형식으로 존재하는 생의 질서에 대한 은밀한 분노의 표출이라 할 수 있을 것이다. 완고한 규율에의 거부를 위해 시인은 절정의 삶과 소멸의 죽음을 동시에 양립시키며 죽음 안에서 거듭나는 삶의 의미에 주목한다.

두터운 땅을 헤치고
꼬물거리는 초록들과

저 보드라운 고사리손이 세상에 나와

가장 투명한 화엄(華嚴)을 보여주기까지

누군가의 사정(射精)이 있었으리

한 생의 황홀에 이르는 태동(胎動)이

깊은 흙 속에 뿌려졌으리

육덕 좋은 땅은 온몸으로

뜨거운 정액(精液)을 받았으리

오래 곪았던 상처가 터지듯

대지의 자궁을 열고 나와

울음을 터뜨리는, 죽음

비로소 힘차게 눈뜨는, 삶

—「下棺」 전문

　시인에게 죽음은 生의 봉인이 아니라 다른 生을 향한 황홀한 '사정(射精)'이요 '태동(胎動)'이다. 주지하다시피 죽음에 관한 이러한 인식은 죽음이 또 다른 삶의 시작이라는 동양적 죽음인식에 기대고 있다. 그러나 시인에게 있어 죽음은 생의 질적 변화 자체로서의 의미를 갖는 것은 아니다. 여기에서 죽음은 죽음이라는 제의를 통해서 포착되는 삶의 카니발을 재현한다는 의미를 가진다. 죽음에 대한 시인의 이러한 인식은 그의 다른 시「아름다운 몽상」에서 '꽃나무의 나라에서는/꽃이 지기 전날/조등을 내건다//봄밤, 문상 온 나//화사한 시포(屍布)에 싸여/등을 활짝 켜놓은/목련 꽃잎//소멸이 환하다'처럼 삶의 절정에서 빛나는 소멸의 환한 빛을 포착해 낸다. 그의 시에서 삶은 죽음의 이미지들로 밝게 빛나며 이 환한 빛 속에서 삶은 태동한다. 프로이트가 주목한 사랑과 죽음의 욕망이 가지는 동질성을 이 시집은 선명하게 보여주고 있다. 그렇다면 왜 시인은 죽음의 이미지를 통해 삶의 축제를 주관하려 하는 것일까? 그의 또 다른 시편들이 보여주는 문명화된 삶의 부패와 이에 대한 환멸의 정서는 카니발로서의 죽음이 겨냥하는 바가 무엇인가를 짐작하게 한다. 죽음이 하나의 축제일 수 있다는 가능성, 그것은 문명화된 삶이 곧 죽음의 현실이라는 현실고발의식과 깊이 연관된다.

> 아버지의 맑은 영감을 물려받은 빛나는 자본으로, 죽여도 죽여도 죽지 않는 해충의 번식력과, 잡아도 잡아도 끝없이 어두운 아스팔트 밑에서 살아내는 절지동물의 간교함을 유전자로 이식하고, 너희들이 간절히 원했던 천국을 이루고야 말았구나 내 귀여운 뱀 후손들아, 바퀴벌레 후손들아
>
> ─「隆日의 파티」 부분

시인이 그려내는 시적 현실은 사악함과 불멸의 욕망으로 가득 찬 디스토피아 그것이다. 기계로 변해버린 인간과 자본주의적 욕망의 창궐은 죽음의 기억들을 망각함으로써 환멸스러운 삶의 거짓 축제, 이 시에서는 隆日의 파티를 지속한다. 이 시는 도시적 삶의 환멸성과 毒으로 무장된 삶의 욕망을 통해 견딜 수 없는 죽음의 현실을 보여준다. 죽음이 하나의 카니발로 인식되는 데에는 지금, 여기의 삶이 결코 살아있음의 확신을 가져다주지 못한다는 사실에서 기인한다. 시인은 죽음의 이미지를 통해 생의 카니발을 확인하고 있다고 하겠다. 할머니의 죽음이 '땅 속 태아로 돌아가는'(「먼 옷」) 행위라는 인식이나 캔맥주의 마개를 따는 행위를 '막힌 말문을 따고/밝고 깨끗한 웃음의 포문을 퍼올리는 소리'(「캔 맥주가 "딱" 하고 따질 때」)라고 인식하는 것들이 이러한 예라 할 것이다. 시인에게 죽음이 암울하게 갇힌 삶의 무한한 가능성이며 신생의 삶을 향한 열림이기에 시인은 그 가능성의 유희를 지속한다. 그러나 우리에게 축제란 삶의 맨 마지막,

즉 죽음에 이르러서야 가능하다는 인식은 비극적 전언이 아닐 수 없다. 그것은 이 시집에서 죽음이 자연스럽게 다가오는 시간의 한 계기적 사건이 아니라 의식적이며 의지적이라는 사실과도 무관하지 않다. 따라서 이러한 죽음의 카니발화를 통해 시인이 지향하는 바는 자연스러운 죽음의 순간이며 온갖 욕망이 사라진 순일한 삶의 순간이라 할 수 있다.

> 나는 내 몸 속에 고래등 같은 흉가가
> 지어지는 것을 물끄러미 쳐다본다
> 모든 꿈들을 철거민처럼 쫓아내고
> 저 길 끝에 있는 마침표의 작은 형이하학에 입주하기 위해
> 얼마나 힘겨운 의식의 재개발을 매일 밤 주도하고 있는가
> 나는 또 밤새 지은 망상의 집을 허문다
> 투명한 햇귀의 손이 부지런히 폐자재를 들어낸다
>
> ─「의식의 재개발」 부분

시인은 의식의 재개발을 통해 욕된 욕망, 망상의 집을 헐어버리고자 한다. 그것은 온갖 형이상학의 현란함 속에 진실한 자아로 남고자 하는 시인의 순결한 꿈이다. 이 꿈은 죽음이라는 '투명한 햇귀의 손'이 삶을 향해 열어주는 아름다운 건설이라 할 것이다. 이번 시집에서 뿜어져 나오는 죽음의 이미지들이 음울하지 않은 이유가 여기에 있다고 하겠다. 그러나 삶의 단순성이 우리를 숨막히게 하듯이 죽음의 단순화 또한 삶을 숨막히게 할 수 있다는 사실은 시인이 내내 고심해야 할 숙제라 할 것이다. 죽음이라는 가능성의 유희가 삶이 지닌 복잡성과 섬망적 내면을 획일화하려는 의지가 아닌가라는 질문이 시인에게 던져질 수 있기 때문이다.

2. 밖과 부재를 향한 분열의 언어: 김언, 『숨쉬는 무덤』

　　김언의 첫시집 『숨쉬는 무덤』은 타자와 세계를 향해 열린 시적 자아의 혼돈의 언어들로 가득하다. 이 시집은 주체로서의 '나'와 나를 구획하는 '신체'로서의 확고한 자아를 해체함으로써 다면적이고 복합적인, 가시적이고 고정된 인식의 틀을 부정하고 혼돈과 모호함으로 재정립되는 주체이면서 타자인 자아를 탐색한다. 이를 위해 우선 시인은 과거, 현재, 미래로 이어지는 선조적 시간성을 거부하고 가시적인 공간성을 포기한다. 많은 시편들에서 과거의 기억들이 미래로 투사되거나 미래의 일들이 과거 속으로 삼투된다(「내일은」). 따라서 현재는 과거와 미래의 가로지르기에 걸쳐있는 흔적 속에서 포착되는 무엇이다. 그의 언어는 썼다 지우기를 반복하는 가운데 밖을 향해 시적 행보를 옮겨 놓으며 부재를 확인시키고, 이 부재를 통해 현존을 확보한다(「방명록」). 그러므로 삶을 묶어두려는 괄호는 닫히지 않고 끝없이 열려감으로써 새로운 괄호의 생성만을 계속해 나간다(「업業」). 시인은 마치 양파껍질을 벗겨나가듯 의식의 표층을 벗겨내면서 근대주체의 인식론이 갖는 확정적 추론의 딱딱한 외피를 벗어던지고 불확정의 분열적 언어를 보여준다. '안다/모른다', '쓰다/지우다', '껐다/켰다'를 반복적으로 계속하는 시적 자아는 해체적 자의식의 심연을 파고들면서 의식의 제로지점, 그 '밖'과 '부재'를 향한 무한의 열림을 탐색한다.

　　나는 밖이다
　　이렇게 말하는 나는 밖이다
　　속에서 나를 끄집어내는 순간
　　이 순간에도 나는 밖이다

속의 당신이

속의 나를 후벼파는

이 순간에도 나는 밖이다

속의 당신이 속의 나를 밀어내는

먼저 밀어내는 이 순간에도

나는 밖이다

속에서 우는 당신을

속에서 속에서 찢어버리는

이 순간에도 나는 밖이다

증오가 자라고 독이 자라고

속에 죽음이 가득 차는 순간

이 순간에도 나는 밖이다

이미 밖이다

―「나는 밖이다」 전문

시인은 '속'과 '밖'의 이분법적 경계를 허물기 위해 안으로 '후벼파고' 밖으로 '끄집어내는' 인식론적 해체작업에 골몰한다. 우선, 이 시에서 시적 자아는 '당신'이라는 타자와의 불화로 인해 완벽한 자기동일성을 획득하지 못한다. 그렇다고 완벽한 밖이 그에게 허락되는 것은 아니다. 타자화된 자신을 관조할 수 있는 밖이란 안(속)과 쉼 없이 길항하는 가운데 공허하게 선언화될 뿐, 현실은 여전히 안이자 밖으로 존재한다. 선명한 이분법으로 엄존하는 안/밖의 경계를 가로지르며 시인이 싸우는 대상은 안과 밖, 나와 당신의 불가능한 동일화의 현실이자 그럼에도 불구하고 불가능한 동일화를 향한 이전투구이다. 이러한 인식은 '나는 나 아닌 곳에 존재한다'로 요약되는 타자적 글쓰기이면서 동시에 '나는 너다'로 요약되는 관계적 글쓰기이다. 그렇다면 시인은 왜 이런 글쓰기를 추구하는 것일까?

문이 열리고 아무도 없는 마루가 보인다
아무도 없는 마루 한가운데 그가 즐겨 앉는
의자가 안 보이고 원목의 의자에 어울리는
책상이 안 보인다 책상 위에 놓인 양장본의
노트가 안 보이고 언제나 뚜껑을 열어 놓은
고급 만년필이 안 보인다 머리를 긁적이며
깨알같이 써 내려가는 그의 글씨가 안 보이고
때마침 불어오는 바람에 긴 머릿결을 내맡기는
그녀가 안 보인다 햇살 고운 그녀와
아침마다 잎을 떨구는 초록의 나무가
안 보이고 묵묵히 초록나무를 키워온
환한 빛의 화분이 안 보인다 너무 환해서
웃음까지 삼켜버린 둘의 사진이 안 보이고
영영 안 보이는 그녀 가슴에 얼굴을 파묻고
우는 그의 어깨가 안 보인다 허물어져 가는
그의 얼굴과 그녀의 오랜 손길이 안 보이고
아무도 없는 마루를 저 혼자 떠도는
먼지가 안 보인다 문이 열리고
아직도 살아 숨쉬는 그의 빈방이
안 보인다

—「숨쉬는 무덤」 전문

이번 시집의 표제작이기도 한 이 시는 '보인다'와 '안 보인다'의 대
조를 통해 현존과 부재의 명암을 교체해 버린다. 이 시는 보이지 않

는 부재의 현실을 말함으로써 보이는 과거를 현존시킨다. 여기에서 과거는 '햇살 고운 그녀'와 '초록의 나무' 그리고 '너무 환해서 웃음까지 삼켜버린 둘의 사진'이 암시하듯 행복했던 기억을 간직하고 있다. 그러나 행복한 기억들은 지금, 여기에 부재함으로써 '아직도 살아 숨쉬'고 있다. 시인이 또 다른 시에서도 말하듯 '내가 왜 묘지를 출발지로 생각해야 하는지'(「묘비명」)는 부재로 증명할 수 있는 현존이 존재의 실상이라는 인식에 기인한다. 시집의 도처에서 호명되는 자두나무 당신, 초록나무 당신, 물구나무 당신, 배꼽나무 당신 등등은 무수한 환유를 통해 당신의 부재를 극복해나가는 징표라 할 수 있다. 그것은 숨쉬는 부재이며 내 안에 있는 무수한 너를 확인하는 동시에 다차원적 나를 발견하는 일이라 할 것이다. 이런 맥락에서 볼 때, 김언의 시는 李箱의 시세계가 보여준 관념의 유희나 金洙暎의 시세계가 보여준 소시민적 자기반성과 결부된 도저한 자의식의 분출이라는 맥락에 깊이 닿아있다. 그러나 이 관념들을 매개할 구체적인 시적 이미지들을 포착하지 못한다는 점에서 이번 시집의 뒷맛은 다소 공허하다. 시집의 곳곳에서 읽혀지는 가족사나 개인사를 염두에 둘 때, 관념적이고 가상적인 시적 정황들이 결여하고 있는 것이 구체적인 삶은 아닐 것이다. 오히려 시인이 이 시집에서 주목하는 분열적 자의식의 자기 분열성이 해체적 대상을 압도함으로써, 시의 미학적 형상 자체를 거부하는 것은 아닐까 한다. 여기에서 시인은 철학적인 것이 곧 시적인 것과 동의어는 아니라는 해묵은 사실을 환기할 필요가 있다. 그러나 관점의 다원성(plurality)이 주류화된 우리시대에, 김언이 열어나가고자 하는 길은 하나의 가능성으로 상존해 있음은 분명해 보인다.

3. 어두운 기억에 대한 시적 응시: 조연호, 『죽음에 이르는 계절』

　조연호의 시는 낡고 어두운 기억들을 질료로 암울한 풍경의 음화를 그려낸다. 시인에게 있어서 이들 기억은 과거이자 현재이며 시적 현실이자 상상이다. 그의 시세계에서 기억의 서사들은 풍경을 파고들며 고통스러운 현실을 환기해 낸다. 이때 기억은 시적 서사를 지향하기보다 서사를 감춘다. 실종된 서사 위에 시인은 풍경을 덧입힌다. 이렇게 탄생한 풍경은 무수한 풍경들로 확산을 거듭하며 어두운 삶을 암유한다. 따라서 그의 시는 이들 풍경이 촉발하는 이미지들의 조합으로 완성되는 남루하고 암담한 삶의 음화에 해당한다.

　이번 시집의 곳곳에는 죽음과 허무, 가난과 불화의 이미지들이 출몰하고 있다. 그의 시적 주제들은 가난하고 고통스러운 삶과 이러한 삶을 통과하면서 자연스럽게 내면에 자리 잡은 것으로 이해되는 허무와 죽음의 상상들로 붐비고 있다. 주제적인 측면에서만 보자면, 조연호의 시는 기존의 우리시에 비해 새로울 것이 없어 보인다. 그러나 이번 시집의 의미는 시인이 이러한 주제를 바라보고 드러내는 시적 태도에서 발생한다. 사실 90년대 이후 많은 젊은 시인들이 죽음과 허무의 상상력을 시적 문맥에 과도하게 드러낸 바 있다. 그것은 내면적인 실존적 충동들을 형이상학적인 열정으로 치유하려는 시대적인 산물로 이해될 수 있다. 그러나 이들 시편들과 조연호의 시가 다른 점은 시란 어떤 방식으로든 구체적인 현실을 통과하지 않고는 구축될 수 없다는 사실을 그의 시는 놓치지 않는다는 점이다. 풍성한 비유와 상징의 언어들을 향해 열려 있음에도 불구하고 무엇보다 시인은 시적 현실에 대한 천착을 결코 무시하지 않는다. 이 시집의 많은 시편들은 비유와 상징으로 구축되는 풍경 속에 구체적인 현실을 스며들게 만든다. 조연호의 시적 재치는 지나치기 쉬운 일상 속에서 어둡고 암담한 삶의 결들을 섬세하게 포착하는데 놓여진다.

너희는 왜 안 먹니? 모두들 봉지에 손을 넣고 무언가를 우물거리는 사
이, 우린 먹을 게 없어요,라고 너무도 선명한 눈으로 아이들이 대답했다.
거미들이 몇 가닥줄에 허기를 매달고 나뭇잎 사이를 떠돈다. 가만가만
울리는 숲의 소리 쪽으로 귀가 오목해진다. 잘 살아가라고, 개암나무가
발 밑의 개암알들을 밟아준다. 아이들은 아카시가 가득한 언덕길에서 웃
지도 않고 표정도
없이 술래잡기 놀이에 쓸쓸히 부유하고 있었다. 태양이 가지 위로 올라
가 감잎을 쏠고 떫은 뒷맛이 그늘 안에서 흔들린다. 잠에서 돌아오는 입
구를 쉽게 기억하기 위해 누구나 잠들기 전에 잠에게 생채기를 만들어 둔
다. 언덕에 누워 당신은 다리가 하나 없는 개의 音形 을 생각한다.

—「풀밭 위의 식사」 전문

시인의 시적 촉수는 가난하고 암울한 기억의 저편을 더듬는다. 대
개의 첫시집이 그러하듯 그의 이번 시집에도 불화로 점철된 가족사
와 성장기의 아픈 기억이 중심서사를 형성하고 있다. 그러나 시인이
그려내는 이러한 삶의 풍경들은 인용한 시에서처럼 시적 주체를 지
우고 그 자리에 풍경들, 즉 거미와 숲, 개암나무와 태양, 당신을 새로
운 시적 주체로 등장시키는 작업을 지속한다. 즉 무수한 타자성을 행
간에 병치함으로써 시적 주체의 고통을 대상화하는 동시에 이를 섬
세하게 직조한다. 이를 위해 시인의 시선은 자아와 세계, 주체와 타
자 사이를 반복적으로 오간다. 그의 시가 쉬운 독해를 허용하지 않는
까닭이 바로 여기에 있다. 또한 동시에 조연호의 시를 읽는 재미도
여기에서 발생한다. 이들 해체된 시적 주체의 시선을 따라가면서 우
리는 이들 시선이 포착하는 상징들, 가령 '그늘 안에서 흔들리'는

'떫은 뒷맛'과 '다리가 하나 없는 개의 奇形'이 상징하는 그늘진 삶
과 삶의 어떤 불구성의 독해에 참여하게 된다. 쉽게 가시지 않는 그
의 시의 뒷맛은 여기에서 발생한다.

　한편, 시인에게 시는 '창틀에 갇혀 말라가는, 벌레들이 남긴 허전
한 散文을 읽는'(「수로」) 행위에 해당한다. 여기에서 '읽는다'는 삶을
향한 깊은 천착이며 응시이다. 삶을 깊이 바라보는 자의 피로감마저
느껴지는 시인의 시선은 언제나 기억 속 어두운 散文들을 향해 열려
있다. 그러나 그의 시는 어두운 기억들이 환기하는 회한 혹은 애상의
정서로부터 비껴나 있다. 그렇다면 시인이 이처럼 주관적인 정서의
분출을 제어할 수 있는 힘은 어디에서 발생하는 것일까? 시인은 명
료한 현실을 지워내며 불명료한 삶의 기미들을 시의 문맥 안에 새겨
넣는다. 이 작업은 시인이 세계를 바라보는 인식의 철저함이자 미학
적 전략의 철저함에 기인하는 듯하다. 기억과 풍경의 자리바꿈은 이
과정에서 탄생한다.

　오월은 늦은 식사로부터 와서 늦은 식사로 떠난다. 붉고 지친 꽃잎 위
로 지하 방직공장 실먼지가 희미하게 올라온다. 늦은 식사, 우는 엄마들,
햇복숭아를 사들고 칠팔월로 훌쩍 가버리는 오월. 분수대에 손을 넣고 바
람의 패총을 줍는다. 덜 마른 기억의 껍질들이 손가락 사이로 뚝뚝 떨어
진다.

―「오월」 부분

아름다운 기억은 그것이 현재적 고통과 대비를 이루기 때문에 가
능하다. 또한 동시에 고통스러운 기억은 기억하기가 곧바로 고통으
로 견뎌야 하는 정신의 아름다운 결을 드러낸다는 점에서 미학적인
승화를 지향한다. 이 과정에서 시인은 기억 속에 새겨진 고통을 사실

적으로 직조하기보다는 풍경에의 전이를 통해 고통을 승화하고자 한
다. 풍경은 고통의 승화를 위한 '늦은 식사'에서 '우는 엄마들'로,
'우는 엄마들'에서 '햇복숭아'로 옮겨간다. 이처럼 풍경들은 고통스
러운 기억을 대체하고 고통을 단편적으로 분절하여 승화를 향해 나
아간다. 그의 시에서 시적 원질료에 해당하는 기억 속 풍경이 회한의
정서로 나아가지 않는 이유는 시인이 무엇보다 이러한 시적 전략에
충실하다는 사실 때문이다. 기형도의 시가 그러했듯이, 고통을 견디
기 위한 방법적 장치 혹은 미적 전략확보라는 점에서 시인은 일정한
성과를 보이고 있다고 하겠다.

> 게으른 비누거품들이 포플러 잎새 밑에 고인 그늘 속을 빠르게 헤엄쳐
> 간다. 물과 가루비누와 비누방울 외에 아무것도 그의 청춘을 묶어둔 것은
> 없었다. 비누방울처럼 가벼운 알을 낳고 싶어 그는 늘 아파했다. 한나절
> 동안 메모지에 기록했던 여름과 가을의 모든 태양이 소멸할 때쯤, 세탁소
> 는 그제서야 아이들의 더러워진 소매가 궁금하다. 아픈 팔을 흔들며 겨울
> 외투가 천장에 매달려 있던, 세탁소는 애인이 드고 간 **결별辭**와 함께 구
> 질구질해져 갔다.
>
> ―「나의 아름다운 세탁소」 부분

시인에게 풍경은 대상화된 자아이면서 동시에 자기 속의 타자들을
발견하는 작업과 연관되어 있다. '물과 가루비누와 비누방울'과 '가
벼운 알'로 상징되는 절망과 희망의 정서들은 일정한 거리를 유지하
며 시적 인식 안에 공존한다. 이점은 시집의 많은 시편들이 죽음과
우울의 정서를 담아내고 있음에도 불구하고 이러한 정서는 삶의 구
체적인 이미지들, 상승과 하강, 생성과 소멸의 생동하는 이미지들과
결합되고 있다는 사실과 밀접하게 연관된다고 하겠다. 시인은 상충

하는 복잡한 삶의 결들을 포착하는 눈을 가졌다. 이러한 눈은 구체적인 삶과 현실에 대한 천착을 지속하면서 시인이 자연스럽게 확보한 아름다운 시력(視力)으로 보인다. 또한 이 사실이야말로 그의 시세계를 견고하게 하는 미더운 덕목이라 하겠다.

이처럼 자신만의 시적 세계를 구축하려는 미덕에도 불구하고 조연호의 이번 시집은 세계를 바라보는 성숙한 시선이나 수준 높은 시적 완성도를 보여주지는 못하고 있다. 그 이유는 무엇일까? 이번 시집은 한 젊은 시인이 겪어야 했던 고통의 시적 기록이자 기억의 음화라 할 수 있다. 고통에 함몰되지 않기 위해 시인은 삶의 고통을 비워내고 지워낸 자리에 풍경을 채워 넣었다. 그러나 이 풍경으로의 시선의 옮겨감이 상상력의 시적 비상으로 이어지지는 못하고 있다. 보다 본질적으로는 기억 자체의 새로운 의미생산 내지는 의미부여에서 그의 시는 일정한 실패를 보이고 있다. 어쩌면 지금까지 시인에게는 이 의미생산 자체가 별반 중시될 필요를 느끼지 못했을 수도 있을 것이다. 그러나 어두운 기억에의 응시가 시적 응축으로 나아가기 위해서는 시인이 포착하는 풍경 속에서 기억은 다시 견고하게 재건축되어야 할 대상이 되어야 할 것이다. 이러한 시적 비상과 응축이 시인이 개척해야 할 우리시의 중요한 국면이라는 점에서 그의 이번 시집은 의미있는 출발로 읽혀진다.

소멸하는 존재의 뜨거운 노래
— 박주택의 시세계

　　박주택의 시는 과도한 합리의 충혈된 시선에서 벗어나기 위해 비합리적이고 무의식적인 내면을 풍경 속에 풀어놓는다. 우연성에 의지한, 당돌하고 부자연스러운 이미지들은, 시인이 현실과 벌이는 내면의 처절한 고투와 불안한 내면의식을 보여준다. 이처럼 반이성적이고 주관성에 의거한 그의 시세계는, 그러나 독창적이고도 순수한 내면세계를 주조해내며 존재의 새로운 영토를 향해 자신을 열어젖힌다. 이를 위해 박주택의 시는 세계의 친숙함과 낯섦을 동시에 사유한다. 그렇다면 그의 시세계가 보여주는 친숙함과 낯섦은 어떤 내용을 지니고 있을까?

　　우선, 그의 시는 황량한 삶의 시공간을 포착한다는 점, 운명의 불가해성과 소멸의식 혹은 폐허의식을 노래한다는 점에서 서정시 일반이 보여주는 너무나 친숙한 내용을 지닌다. 반면에 인접성을 지니지 못한 이질적인 이미지들을 병합하고 느닷없는 관념이 삽입될 뿐만 아니라 개인적 상징에 침잠하는 표현상의 특징 및 어떤 시적 메시지

도 쉽게 포착되지 않는다는 점에서 그의 시세계는 쉽게 이해되지 않
는 난해성을 지닌다. 그의 시세계를 독해하는데 일정한 독법이 필요
한 까닭은 여기에 연유한다. 따라서 그의 시가 전달하려는 시적 전언
을 읽어내기 위해서는 시인이 의도적으로 회피하고 있는 전언을 향
해 열려있는 전략적 이미지를 읽어낼 필요가 있다. 즉, 그의 시를 읽
기 위해서는 이질적인 무수한 이미지들이 생산하는 풍경의 이면에
놓인 시인의 삶과 존재에 대한 성찰을 읽어내야 하는 바, 이 시인의
전략적 이미지는 육체화된 시간의식을 통해 표출된다.

　박주택의 시는 존재의 소멸의식과 이 소멸하는 존재만이 발견하는
생에의 뜨거운 열정을 노래한다. 존재는 소멸하기에 덧없지만 또한
동시에 덧없는 소멸을 향해 열정적으로 타오른다는 점에서 아름답
다. 이를 위해 시인이 포착하는 시적 순간은 시간의 한 계기에서 다
른 계기로 이주하거나 사라지는 순간 혹은 그 사라짐을 생의 내용으
로 간직하고 있는 시공간을 향한다.

　　이제 남은 것들은 자신으로 돌아가고
　　돌아가지 못하는 것들만 바다를 그리워한다
　　백사장을 뛰어가는 흰말 한 마리
　　아주 먼 곳으로부터 걸어온 별들이 그 위를 비추면
　　창백한 호흡을 멈춘 새들만이 나뭇가지에서 날개를 쉰다
　　꽃들이 어둠을 물리칠 때 스스럼없는
　　파도만이 욱신거림을 넘어간다
　　만리포 혹은 더 많은 높이에서 자신의 곡조를 힘없이
　　받아들이는 발자국, 가는 핏줄 속으로 잦아드는
　　금잔화, 생이 길쭉길쭉하게 자라 있어
　　언제든 배반할 수 있는 시간의 동공들

때때로 우리들은 자신 안에 너무 많은 자신을 가두고
북적거리고 있는 자신 때문에 잠이 휘다니,
기억의 풍금 소리도 얇은 무늬의 떫은 목청도
저문 등잔에 서리는 소금기에 낯이 뜨겁다니,
갈기털을 휘날리며 백사장을 뛰어가는 흰말 한 마리

— 「시간의 동공」 부분

시인이 포착하는 풍경은 '생이 길쭉길쭉하게 자라 있어/언제든 배반할 수 있는 시간의 동공' 속이다. 소멸을 향해 열려 있는 시간의 광포함은 '동공'으로 육체화 되면서 소멸을 향한 응시를 전경화 한다. 시간은 '배반할 수 있는' 힘을 지니고 있다는 점에서 난폭하며 그럼에도 불구하고 '생은 길쭉길쭉하게 자'란다는 점에서 열정적이다. 이 역설적인 상황의 병치는 소멸을 향한 시간의 난폭함 속에 어쩌면 생(生)의 성장점이 또한 깃들어 있다는 사유의 표출이라 할 것이다. 시인은 어디로도 '돌아가지 못하'고 떠도는 영혼 앞에 문득 '백사장을 뛰어가는 흰말 한 마리'를 풀어 놓는다. 정처를 모르는 영혼이 한 마리 흰말과 은유적으로 결합되는 돌발적인 순간에 '우리들은 자신 안에 너무 많은 자신을 가두고/북적거리고 있는 자신'으로부터 걸어 나와 '갈기털을 휘날리며' 삶의 '백사장을 뛰어가는 흰말'이 된다. 저문 바닷가로 상징되는 소멸하는 풍경 속에 흰말을 풀어놓으면서 소멸과 생성을 동시에 사유하고자 시인은 폐허 속으로 걸어 들어가 폐허를 뜨겁게 노래하고 있는 것이다. 그렇다면 이러한 뜨거운 열정의 원천은 무엇일까?

황혼
곧 날이 저물어 오면 더러운 피는

소멸하는 존재의 뜨거운 노래: 박주택의 시세계 61

사정없이 솟구쳐 오를 것이다 나무 뒤에서
귀를 막으며 육체에 주소를 두고 있는 불평과
술 취한 봄꽃과 끝에서 끝으로 불어오는 바람에게
시들어버린 어깨 죽지를 맡기고 있는 사람들은
황급하게 닫히는 골목을 멍하니 바라볼 것이다
불온은 저토록 질기어 용서의 노래를 이기고
어떤 이의 옷을 흔들다 주름에 가 둥글게
시간을 말아 올릴 것이라, 더러운 피는
어디서 불어 와 옷가지를 흔드나? 옷가지를 흔든 뒤
왜 황혼과 섞여 골목을 빠져나가는가?

—「황혼의 園丁」 부분

인용한 시에서 소멸을 향한 시간성은 존재의 뜨거움을 감지하게 하는 불온한 피의 분출을 유인한다. 즉 시인에게 모든 것을 폐허로 돌려놓는 시간의 난폭함은 바로 그 난폭한 시간의 육체 속에 깃든 '더러운 피'의 불온성의 직시와 겹친다. 시인은 '곧 날이 저물어 오면 더러운 피는/사정없이 솟구쳐 오를 것이다'라고 노래한다. '더러운 피'의 '불온'성은 '둥글게 시간을 말아 올'리며 '학교와 평화와 사랑'으로 상징되는 관습적인 세계를 치욕스러운 삶으로 기억한다. 이러한 현실에 대한 부정과 거부의식은 낮에서 밤으로 전환되는 '황혼'이라는 소멸하는 시간에 '가슴팍 어귀에서 미친 노래를 부르는가는 핏줄 속으로' 존재를 불러들인다. 여기에서 '노을'은 존재를 '봄꽃들의 노래까지/점점 커가게 만'드는 생성의 한 매개체이다. 따라서 '황혼의 園丁'은 소멸하는 존재의 숙소이자 소멸하면서도 뜨거운 노래를 멈출 수 없는 삶의 열정이 한그루 '이상한 나무' 속에서 타오르는 시공간이다. 이처럼 시인은 소멸의 힘에 기대어 강요된 삶의 불순한 힘들에 길항하고 순연한 존재로 거듭나고자 한다. 박주택의 시세계가 지향하는 세계의 순결성은 이러한 으지에서 탄생한다.

소멸을 응시하면서 그 속에서 존재의 뜨거운 노래를 감지하는 시인의 시선은 '황혼'(「황원의 園丁」)과 '저물녘'(「시간의 동공」)의 시간을 포착함과 동시에 '문틈'(「문틈에 바침」)과 '굴'(「굴」), '왕릉'(「헌인릉 가서」)이라는 공간을 향한다. 이들 공간은 일상의 풍경 안에 있으면서 동시에 일상을 풍경 바깥으로 던져버린다. 가령, 시 「문틈에 바침」은 이삿짐을 싸는 과정에서 느껴지는 극히 일상적인 회한의 정서를 노래하는데, '스스로 존중해야만 광폭함을 막을 수 있었던/시절들'과의 결별을 '자신의 집에 눈동자를 묻'음으로써 비일상화된 상황으로 전환시킨다.

스스로 존중해야만 광폭함을 막을 수 있었던
시절들은 실감 없이 사라져가고 트럭에 실리는
짐들만이 영혼이 얼마나 먼 길을 걸어왔는지를 아는 듯
생을 마친 사람처럼 자신의 집에 눈동자를 묻는다

눈보라는 울려 퍼지고 목쉰 눈보라는 울려 퍼지고
손닿지 않는 곳에서는 윤곽만 남은
전생의 손가락들이 탁, 탁 허공의 끈을 더듬고 있었다

— 「문틈에 바침」 부분

이 시에서도 소멸은 '눈동자'를 묻는 행위를 통해 육체를 얻고 기억을 지속한다. 이렇게 소멸하는 시간에 육체성을 부여함으로써 시인은 부재를 현존으로 돌려놓는 부재의 놀라운 기억술을 보여준다. '손닿지 않는 곳에서는 윤곽만 남은/전생의 손가락들이 탁, 탁 허공의 끈을 더듬'는 모습은 소멸을 살아낸 자의 시선이 발견하는 존재의 변방이라 할 것이다. 이 시에서 '문틈'은 바로 이러한 변방의 한 상징이라 할 수 있다. 이러한 점은 시인이 '왕릉'에 가서 바라보는 삶의 풍경에서도 드러난다. 시인은 왕릉에서 과거의 시간 속에 든 아버지와 어머니, 이들과 대조를 이루는 봄꽃과 어린 조카를 담담히 응시한다. 이 일상적인 풍경은 '꽃과 나무 사이 긁힌 정적의 모퉁이를 도는 /아버지'의 '그림자'로 응축된다. 왜 시인은 일상의 풍경 밖에 놓인 '긁힌 정적의 모퉁이'를 응시하는 걸까? 그 답은 '뿌리들은 어느 마음의 끝 땅 속에 내려/이토록 질긴 목숨으로 얽혀 있을까'와 '두 번의 생이 있다면 아름다움이 다투어 묶이는/창문에 나가 동터오는 집의 입구를 바라볼 것이다'에서 찾아진다. 시인에게 왕릉은 소멸을 거부하는 상징으로서 뿌리를 감지하는 시간과의 만남을 의미하지만 동시에 생의 일회성을 감지하는 시간이다. 그러기에 '아름다움이 다투어 묶이는 창문에 나가 동터오는 집의 입구를 바라보'려는 시인의 바람은 소망으로만 존재할 수밖에 없다. 장구한 시간의 힘을 감지하는 왕릉에 가서 소멸하는 존재의 왜소함을 경험하는 시인에게 삶은 '정적의 모퉁이'를 감지하는 하찮은 시간으로 인식된다. 그러나 이 하찮은 존재를 견디며 삶을 지속하게 하는 것은, 시「굴」에서처럼 '식당 창틀에 더캐진 매연이/두껍게 생을 가장하고 있는 것처럼' 소멸을 견디거나, 소멸에 저항하기 위해 '알 수 없는 오기를 저장한 채 입을 앙다'물면서 이 지상의 삶을 노래하는 것, 이것이 박주택의 시가 포착하는 상반되면서도 동시에 내밀하게 이어지는 세계라 하겠다. 다만, 시인이 그려내는 낯설거나 돌발적인 이미지들이 그 속에 내밀한 의도성을 갖지 못하는 점은 고민해야 할 문제가 아닌가 한다.

몸의 언어, 자연의 시
— 정현종의 시세계

1. 육체와 모더니티

시인은 무엇보다 자연에 가깝다. 아니 자연에 가까워지려는 한없는 욕망을 지닌 존재이다. 굳이 한 편의 시 작품을 유기적 조직체인 小宇宙로 보려는 낭만주의자가 아니라 하더라도 시인은 자연과 더불어 즐기고 자연의 일부이고자 한다. 이러한 사실은 르네상스 이후 가속화된 자연의 대상화로 인해 더욱 강렬한 욕망으로 분출되어 왔다. 물론 자연은 신고전주의적 관점에서처럼 자연적 본성이라는 인간본성론과 깊이 연관될 수 있다. 그러나 산업화된 근대사회에서 자연은 이러한 본성으로서의 자연이 아니라 물리적 실체로서 대상화되면서 유용한 자원으로 인식된다. 그렇다면 왜 시인은 자연을 닮고자 하는가? 아니 자연이고자 하는가? 이 질문에 대한 해답은 근대적 의미의 미학의 탄생과 깊이 연관되어 있다.

18세기 중엽에 와서 미학은 아름다움과 예술의 이론으로서, 철학의 새로운 분야로 등장했다. 알렉산더 바움가르텐이 미학이란 용어를 현대적인 용법으로 확립하였다. 감각에 관한 것으로부터 아름다움과 예술에 관한 것으로 의미가 바뀐 것은 학문적인 혁신 이상의 매우 깊은 의미를 가지고 있다.[1]

인식기능에 역점을 둔 감각에 관계되던 미학이 예술과 아름다움을 자신의 영역으로 만드는 과정에는 인간의 육체에 대한 인식의 변화가 내밀한 연관을 가지고 있다. 플라톤 이래로 인간을 영혼과 육체라는 이분법적 인식을 통해 파악해 왔던 서구적 사유는 이성의 절대화 과정을 통해 인식은 철저히 비감각적인 정신능력으로 파악하기에 이르렀다. 이와 동시에 감각의 집산지인 육체는 악의 거주지로 파악되거나 일시적이고 유한성을 지닌 열등한 무엇으로 파악되어 왔다. 영혼을 우위에 두려는 경향은 데카르트 이후의 점증하는 로고스 중심주의에 편승하여 정신과 육체라는 대립을 통해 세계를 인식하고 재편해 나간다. 과도한 로고스 중심주의는 사회적 모더니티의 핵심을 이루며 문명에 대한 맹신을 통해 근대적 산업화와 도시화를 이루는 삶의 변화를 이끌어 냈다. 이처럼 사회적 모더니티가 확립되어 나가면서 인간은 자연을 대상화함으로써 기운생동(氣運生動)하는 자연의 생명력은 통제와 정복의 대상으로 인식되기에 이른다. 자연의 자원화 과정에서 육체는 노동의 도구로 인식되고 점점 물질적인 것 이상의 의미를 거부당한다. 따라서 근대적 의미의 미학은 이러한 사회적 모더니티에 저항하며 미적 모더니티를 실현하기 위해 예술의 영역을 필요로 하게 된다. 이런 맥락에서 예술은 바로 물질화된 육체에

---

1) Herbert Marcuse, 김인환 역,『에로스와 문명』, 나남, 1989, p.155.

영혼을 불어넣는 일이자 또한 문명이 억압에 기초한다는 프로이트의 논리에 기대어 보자면 억압없는 문명을 실현하려는 과정이라 할 것이다. 이런 맥락에서 볼 때, 시인은 문명에 의해 억압되어온 본성으로서의 자아를 회복하려 한다는 점에서 자연인(Homo natural)으로서의 삶을 꿈꾼다고 할 것이다.[2] 특히 근대적인 삶이 자연과 인간을 대립적인 관계로 인식해 나가면서 육체를 노동의 효율화를 위한 도구로 전락시켜나간다는 점에서 몸적 자아에 대한 재인식은 미적 모더니티의 핵심적인 실마리를 쥐고 있다고 하겠다.

우리의 近代 詩史에 있어서 육체에 대한 근대적 인식은 이상(李箱)을 통해 분출된 바 있다. 1930년대는 우리에게 근대성을 일상적 체험으로 경험가능하게 했던 시기라 할 수 있다. 이러한 근대적 체험은 이상을 통해 새로운 육체에 대한 인식을 낳는 계기가 되었다. 병적 육체를 근대적 공간으로 탄생한 경성과 동일시하면서 해부학적 인식을 통해 육체를 인식해 나갔던 이상은 육체를 통해 근대를 체험하고 비판해 나갔다고 볼 수 있을 것이다.[3] 그러나 이상의 이러한 인식은 해방공간과 한국전쟁의 역사적 격변기를 거치면서 모더니티에 대한 자각이라는 점에서 미학의 주류로 계승되지는 못하였다. 우리 시사에서 1950년대는 회복한 모국어에 대한 사랑이 폭발적으로 분출하면서 서정주를 중심으로 한 전통서정의 흐름이 주요한 흐름으로 자리하고 있었기 때문이다. 이러한 흐름은 1960대에 이르러 외국문학이 대거 유입되고 새로운 변화욕구의 분출과 결부되면서 변화의

---

2) 김정현은 근대 형이상학을 벗어나려는 니체의 노력을 살피면서, 몸에 대한 니체적 인식을 몸성과 충동구조의 현상 속에서 인간본성의 텍스트를 읽는다고 전제하며, 데카르트에 있어서 '이성인(Homo sapiens)'과 프로이트에 있어서의 '리비도연(Homo libido)'에 비유해서 니체의 몸이성의 인간관을 '자연인(Homo natura)'이라 명명하고 싶다고 말한다(김정현, 『니체의 몸철학』, 지성의샘, 1995, pp.169~185.).
3) 조해옥, 『이상 시의 근대성 연구』, 소명출판, 2001, 참조.

징후가 드러나기 시작하는데 그 변화의 한 경향을 정현종의 작품은
보여준다고 할 수 있다.

　　정현종의 시사적 자리는, 오십년대를 휩쓴 서정주의 토속적 여성주의
를, 유치환, 박두진, 김수영의 한문투의 남성주의와 서구적 구문법에 의
지한 개인주의에 의해 극복한 곳에 있다. 서정주의 토속적 여성주의는,
시사적으로는 한용운, 김영랑의 뒤를 잇는 여성주의이며, 일본 제국주의
가 남긴 국한문 혼용체를 벗어나려한 토속주의이다. 그것이 오십년대를
휩쓸 수 있었던 것은, 한국어를 되살려야 한다는 문화적 당위에 오십년대
가 내내 휩싸여 있었으며, 전쟁 때문에 오십년대가 절망, 체념, 달관 등의
여성적 서정에 쉽게 감염될 수 있었다는 정황에 그 원인을 두고 있다.[4]

　　정현종은 이른바 한글세대에 속하는 시인으로 그 이전의 시적 전
통과는 다른 새로운 길을 열고자 하였다. 김현의 평가에서 알 수 있
듯이, 그의 시는 우선 과도한 한자의 사용과 낯설게 느껴지는 서구적
인 구문법으로 인해 전통적 서정의 흐름과는 일정한 거리를 갖는다.
그러나 이러한 차이점은 정현종의 시를 표면적으로 읽어낼 때 다가
오는 것이며, 보다 본질적인 면에서 볼 때 그의 시는, 김수영의 소시
민적 비애와 자유를 향한 들끓는 염원을 사물화된 삶으로부터 벗어
나려는 시적 응전으로 계승하고 있다고 볼 수 있다. 특히 정현종의
시는 그 출발에서부터 감금된 영혼을 몸의 자유로움 속에서 해방시
키려는 노력을 보여주고 있다는 점에서 문제적이다. 이상이 보여준
근대적 육체의식이 정현종에 이르러 육체의 미학화를 통해 새로운
의미를 형성하기 시작한다고 볼 수 있다.

---

4) 김현, 「술취한 거지의 시학」, 『거지와 狂人』, 1985, p.411.

특히 정현종의 시세계는 육체를 산업화와 드시화라는 근대적 삶의 시공간적 조건 속에서 점점 사물화 되어가는 근대적 삶의 방식을 벗어날 수 있는 매개로 설정함으로써 신체화된 마음의 세계를 통해 황홀한 생명의 실상을 발견하는 시적 도정을 펼쳐 보이고 있다. 사실 사회적 모더니티의 실현은 육체를 수치화 나 지는 계량화된 시간에 감금시키고 갇힌 도시공간 속에서 이를 왜소화시키는 가운데 진행되었다고 볼 수 있다. 이처럼 몸과 모더니티의 문제는 근대적 일상이 어떻게 규율권력에 의해 근대적 몸으로 탄생하는가를 생각하게 되는 대목이기도 하다. 자연의 대상화와 함께 산업화, 기계화 되어가는 삶의 형태를 목도하며 시인은 살아있음을 감각적으로 체현하는 몸의 회복을 통해 만물의 회복을 꿈꾼다. 바로 이런 점에서 정현종의 시세계는 사회적 모더니티에 대한 저항으로 자리한 미적 모더니티의 한 전범을 보여준다고 할 수 있다. 정현종 시의 모더니티는 몸을 통해 이성중심주의로 점철된 근대에 대한 비판의식을 시적으로 승화시켜 냈다고 할 수 있다. 특히 오늘날 몸에 대한 관심이 여성주의적 시각과 생태학적 시선과 깊은 연관을 갖는다는 점을 생각해 보면, 정현종의 육체에 대한 인식은 후기시에서 점점 강화되는 생태주의와 처음부터 내밀한 연관성을 갖는다고 할 수 있다.

기실 몸에 대한 관심은 탈근대논의가 시작된 이후에 집중적이고도 전략적으로 강조되어온 개념이라 할 수 있다. 이는 근대의 이성중심주의, 형이상학적 사유경향에서 배재하고 억압해온 몸에 대한 관심을 회복하고, 인간의 무의식적 욕망이 새겨진 몸을 통해 근대적 인간관을 새롭게 재정립하자는 반성의 산물이었다. 물론 이러한 욕망의 직시가 많은 경우 인간의 에로스적 충동이라는 측면에서 에로틱한 몸을 강조하는 경향으로 나타난 것이 사실이다. 그러나 정현종은 몸의 에로스적 충동을 강조하기 보다는 근대적 삶의 탈주술화 혹은 탈

영혼화에 대한 저항으로써 우주를 향해 열려있는 생태적인 몸에 주목한다. 무엇보다 그는 신체를 소우주로 보는 동양적 육체관에 기대고 있기 때문이다. 그는 몸을 우주적 신경망이 집중되는 곳으로 파악하고 이 세계의 육체화를 통해 사물화된 세계에 생기를 불어넣는 만물의 시적 몸성을 실현하는 방식을 시적 전략으로 삼는다.

정현종의 이러한 기법은 한국전쟁의 경험과 4.19혁명의 실패로 인한 도저한 허무주의와 때마침 가속화된 산업화와 도시화라는 사회역사적 배경에 의거하고 있지만 좀더 내밀히 살피면 몸이 노동의 수단으로 전락한 자본주의가 견인한 것이라 할 수 있다. 피터 브룩스가 『육체와 예술』에서 언급한 것처럼 서양문화사에서 육체가 문화적 생산물의 본격적 주체로 등장한 것은 근대에 들어오면서부터이다.[5] 중세의 신중심주의는 몸을 영혼과는 상치되는 저급한 무엇으로 바라보게 함으로써 영혼과 육체의 대립을 통해 몸을 억압해 왔다. 그러나 자본주의적 합리성이 도구적으로 몸을 인식하는 순간 몸은 가장 억압받는 민중의 사회사적 표상이자 철학적 해방의 장소로서 재인식되기에 이른다. 이 때부터 몸은 가장 비천한 무엇이지만 동시에 인간의 욕망이 깃든 주체로 인식되면서 예술을 실현하는 장소로 재인식되었다고 하겠다. 이런 맥락에서 볼 때, 정현종의 시세계는 가장 비천해 보이는 육체의 미학화를 통해 영혼의 해방 및 예술화를 실현하고 영혼에 생기를 불어넣는 시적 비상과 해방을 추구한 것으로 볼 수 있다. 시인이 에세이에서 곧잘 밝히곤 하듯이, 시인에게 춤이란 몸의 시이며 시란 몸의 언어라 할 수 있다.[6]

그러므로 정현종 시인의 시세계를 관류하는 몸에 대한 관심을 중

---

5) Peter Brooks, 이봉지 · 한애경 역, 『육체와 예술』, 문학과지성사, 2000.
6) 정현종, 「춤 · 몸 · 탄력」, 『생명의 황홀』, 세계사, 1989, pp.132~140.

심으로 그의 시세계를 살피는 일은 한국 현대시에 나타난 모더니티의 구체적인 한 양상을 확보하는 일이 될 것이다.

2. 춤, 육체의 열반

스페인 생철학의 대표적인 지성으로 쿨리는 우나무노(M. Unamuno)는 그의 명저 『생의 비극적 의미』에서 이성적이고 합리적이며 사회적인 인간을 비인간이라 규정하면서 살과 뼈를 가진 존재로서의 인간에 천착한 바 있다.[7] 인간이 가진 감성적 능력을 최대한으로 발휘하여 과학적이고 이성적인 방식이 아닌 직관에 의해 삶을 포착하려는 생철학적 자세는 인간 자체를 영혼이 살아 꿈틀거리는 장소인 육체로 인식한다. 정현종의 출발은 바로 이러한 생철학적 인식에서 비롯한다. 시인은 육체야말로 영혼의 자유로움이 분출되는 장소이자 영매(靈媒)로 인식하는 데에서 출발한다.

> 지금은 율동의 방법만을 생각하는 때.
> 생각은 없고 움직임이 온통
> 춤의 풍미에 몰입하는
> 영혼은 밝은 한 색채이며 大空일 때!
> 넘쳐오는 웃음은
> ……나그네인가
> 웃음은 나그네인가, 왜냐하면
> 고도 세인트헬레나 등지로 흘러가는 영웅의

---

7) M. Unamuno, 장선영 역, 『생의 비극적 의미』, 삼성출판사, 1976.

영광을 나는 허리에 띠고
왕국도 정열도 빌고 있으니, 아니 왜냐하면
비틀거림도 나그네도 향그러이 드는
고향 하늘 큰 입성의 때인
저 낱낱 찰나의 딴딴한 발정!
영혼의 집일 뿐만 아니라 향유에
젖는 살은 半身임을 벗으며 원앙금을 덮느니.

낳아, 그래, 낳아라 거듭
자유를 지키는 천사들의 오직 生動인 불칼을 쥐고
바람의 핵심에서 놀고 있거라
별 하나 나 하나의 점술을 따라
먼지도 칠보다 손 사이에 끼이고.

—「독무」 부분

    정현종의 시적 출발은 결핍으로서의 생과 감금된 삶에서 벗어나 바람처럼 자유로운 영혼을 갈망하는 자유를 향해 열려있다. 그는 이러한 자유를 고통의 집적소인 육체를 가장 자유로운 혼을 표출하는 통로로 전환시키는 춤을 통해 발견한다. 춤은 몸을 통해 시인의 상상력에 탄력을 부여하며 상상의 육체화를 실현한다. 그러므로 이 시에서 몸은 '영혼의 집일 뿐만 아니라 향유에/젖는 살은 半身임을 벗'는 순간을 경험하는 실체이다. 춤은 바람의 역동성을 몸에 새기고 이를 몸으로 구현함으로써 '자유를 지키는 천사들이 오직 生動인 불칼을 쥐고/바람의 핵심에서 놀고'있는 절정의 해방감을 가져다준다. 이러한 인식은 '모든 공포는 육체의 공포임을'(「우울과 靈感」) 알고 있는 시인이 춤을 통해 육체가 공포가 아님을 확인하는 과정에 있음을 의미한다. 그가 '아, 바람이 부는군요. 불면서/내 살의 대부분을 氣化시키는군요/이 투명한 부드러움?'(「우울과 靈感」)이라고 말할 때, 춤은 바로 육체의 氣化를 가능하게 하는 영혼의 열반임을 실감할 수 있다.

그렇다면 무엇이 시인에게 육체를 죽음으로 인식하게 하는가? 시인은 '금도 아닌 생업으로 가득 찬 낮'(「자기의 방」)을 살아가야 하는 근대적 일상에 던져진 존재이다. 그는 '일터와 집 사이에 대개 쓰러져 있지만,/내 일터의 책상 네 귀에서/나는 그냥 아주 작은 난쟁이가 되어/자꾸 아래로 굴러떨어지'(「데스크에게」)는 왜소증을 앓고 있다. 반복된 일상과 과중한 노동부담 및 인간의 몸에 비해 거대해져 가는 도시적 삶의 공간은 인간을 점점 왜소하게 만들어간다. 산업사회에서 살아가는 인간의 초상을 그린 조세희의 소설 『난장이가 쏘아올린 작은 공』의 난장이 아버지처럼, 시인은 육체의 상대적 왜소화를 견디기 위해 사물화된 삶의 은유인 책상에게 말을 걸며 날개를 기다리는 절망적인 꿈을 꾸기 시작한다. 시인은 또 다른 시에서 '반복은 즐거우냐 묻는/시간의 목소리에/차를 따르는 소리 등으로 응답하며' '조금씩 깨면서 울고 있'(「밝은 잠」)는 잠을 자는 삶에 고통스러워한다. 시인은 이러한 현실적인 고통에서 벗어나기 위해서 육체로서 극락을 구현하려는 춤에 몰입한다.

> 그대 불붙는 눈썹 속에서 일광
> 은 저의 머나먼 항해를 접고
> 화염은 타올라 踊躍의 발끝은 당당히
> 내려오는 별빛의 서늘한 勝戰 속으로 달려간다.
> 그대 발바닥의 火鳥들은 끽끽거리며
> 수풀의 침상에 상심하는 제.
>
> ─「화음─발레니나에게」 부분

일찍이 시인 예이츠는 무희를 '육신이 사색'하는 순간의 생각과 시각적 현실을 결합시킨 가장 완벽한 상징으로 여겼다 한다. 이는 지성이 감각적 표현과 완벽하게 결합되어 생각이 이미지와 별개가 아니고 즉시 이해될 수 있는 것이 됨을, 즉 생각과 이미지가 하나가 되는 순간을 의미한다.[8] 예이츠가 춤을 인식했던 것처럼, 정현종은 무희를 통해 우주적 생기를 완벽하게 감각화하고 있다. 태양처럼 불타는 눈, 별빛처럼 반짝이는 발끝, 불새처럼 역동적으로 움직이는 발바닥 등은 무희의 육체 속에서 우주적 생기가 폭발한다는 상상을 그려내고 있다. 시인이 이처럼 춤을 통해 반복적 일상의 죽음을 넘어서는 삶의 생기를 발견하게 되면서 정현종의 시세계는 육체에 깃들어 있는 무한한 탄력성을 발견하고 이를 통해 생기를 회복하기에 이른다.[9]

한편 춤을 통해 발견하게 된 육체에 대한 시인의 찬미는 천지만물을 육체로 인식하는 몸적 상상체계를 형성해 나간다.

> 그의 육체는 뿌리와 같다. 영혼의 꽃피는 불을 위한 모든 것을 빨아올리고 준비한다. 걸어다닐 때도 춤출 때도 땅속에 뿌리박고 있다. 땅은 어둡다. 그러나 뿌리인 그의 육체는 밝고 밝다. 지상의 햇빛 속에 피워내는 것이 있기 때문이다. 육체여 왜 어둡겠는가. 그의육체는 뿌리와 같다.
>
> ─「한 고통의 꽃의 초상─니진스키에게」 부분

문명화된 육체의 감금된 현실에서 도약과 비상의 영혼을 꽃피우는 것은 춤을 통해서이다. 시인은 어두운 땅에 발 딛고 사는 육체의

---

8) Peter Brooks, 이봉지·한애경 역,『육체와 예술』, 문학과지성사, 2000, p.477.
9) 시인은 이광호와의 대담에서 발레를 보고 육체의 아름다움을 느끼고 육체라는 것이 기독교에서 말하는 것처럼 혐오의 대상이 아니라는 인식을 갖게 되었음을 고백하고 있다(이광호 편, 『정현종 깊이읽기』, 문학과지성사, 1999).

어둠에도 불구하고 나무의 수직적 상승에의 의지를 표출하는 니진스키의 혼을 통해 영혼의 꽃을 피워내는 어둡지 않는 꽃으로 승화된다. 시인은 육체야말로 이 지상의 고통스러운 현실과 그 초극이 한 몸 속에 깃들어 있는 상태임을 간파하고 있다. 춤은 바로 이 역설의 드러냄이며 그러므로 육체를 가진 인간의 실존을 가장 극적으로 보여준다. 그러므로 시인은 '돌아가야지 내 몸 속으로/돌아가야지 모든 몸 속으로/불꽃이 공기 속에 있듯/그 속에서 타올라야지'(「노래에게」)라며 몸 속으로 돌아가 영혼의 열반을 노래하고 싶어 한다. 그가 육체를 통해 발견하고자 하는 것은 바로 만물의 몸이며 우주적 교감이기 때문이다. 춤은 이 교감을 가능하게 하는 시적 상징이자 몸적 시이다.

3. 몸, 죽음을 넘어 사랑으로

사물화된 육체를 미학적으로 살려냄으로써 도구적 이성에 의해 감금당한 인간 영혼에 혼불을 지피려는 시인의 노력은 육체의 미적 실현이라는 춤을 통해 서서히 생기를 찾아나가기 시작한다. 그의 초기시가 이러한 생기를 일깨우고 영혼을 소생시키려는 제의적 몸짓에 집중하고 있다면 중기시로 넘어가면서 그의 시세계는 몸이야말로 만물의 회통하는 길목임에 주목하는 자각과 성찰의 시선으로 표출된다. 정현종은 몸을 통해 근대 이성이 가시적으로 한계 지우려 했던 이성적인 인식 방식을 탈피하고 몸적 언어를 지향한다. 그렇다면 몸적 언어는 어떤 것일까?

겪고 마주친 모든 것들을 예술적 대상으로 만드는, 체험을 상상력의 불로 녹여 이미지라는 얼음 속에 냉동하는 자, 즉 비열한 상태에 있기 쉬운 대상들을 정신의 현실적인 힘인 상상력에 의해 아름다움 속으로 해방시킴으로써 자신을 그 대상들로부터 해방하고, 그 해방된 공간 속에서 그것들과 자신을 和唱이라는 울림의 공간 혹은생명의 질서 속에 구속하기. 모든 위대한 예술가들의 일.

―「절망할 수 없는 것조차 절망하지 말고……」 부분

시인에게 예술이란 바로 경험적 사실을 예술적 실체로 만들어 내는 과정에 해당한다. 시인은 이 과정에서 경험하게 되는 것이 바로 상상력의 비상이다. 상상력은 아름다움 속에 삶을 해방시키는 일이며 이것은 곧 시인 자신이 그 해방된 사물 속에서 해방되는 역전을 경험하게 된다. 이 과정에서 시인과 사물 사이에는 교감의 울림이 작용하게 되는 데 시인은 이를 화창(和唱)이라고 명명하고 있다. 시인은 이러한 세계를 향해 노래하려는 마음, 교감의 발현이야말로 생명의 기본적인 질서라고 인식한다. 그리고 시인은 이러한 화창의 공간을 '몸'을 통해 발견하고 있다고 하겠다. 그러므로 정현종 시인에게 몸은 우주적 음율(音律)이 넘나드는 곳이자 일종의 시적 악기이다. 그의 이러한 인식이 잘 드러나 있는 다음의 시를 보자.

몸뚱어리 하나가 구만리요
몸뚱어리 하나가 寸尺이다
목욕을 하면 깨끗해지기도 하고
기운을 빼면 맑아지기도 하는데
기쁨의 샘이며
절망의 주머니다
눈부신 아홉 구멍

만물이 드나드는 길목이 많아서
만물 교통의 중심이며
天地를 꿰고 있다

—「몸뚱어리 하나」 부분

　시인에게 있어서 몸은 생활세계를 감각적으로 경험하게 되는 실체이면서 오감이 교차하는 정신의 거처이기도 하다. 또한 시인에게 있어서 몸은 '구만리'로 확장되기도 하지만 겨자씨만한 '寸尺'으로 축소가능한 것이다. 이러한 몸은 수평적이고 수직적인 확대와 축소를 자유롭게 실현하는 탄력성을 가짐으로써 그 속에 '만물이 드나드는 길목'을 만들어 낸다. 만물교통의 가능성을 담지하고 있는 몸은 그러므로 우주와 호흡을 공유하는 자연의 일부로 환원된다. 기실 그의 시가 삶의 탄력성에 주목하게 되는 것은 몸에 대한 인식이 우주를 향해 비상과 응축을 지속한 결과로 볼 수 있다. 육체미학에 대한 자각이 몸에 대한 관심으로 집중되면서 그의 시세계는 근대적 주체가 구성해낸 자아인식을 새롭게 인식하는 개안(開眼)의 시간을 맞이했다고 할 수 있다.

　철학적 모더니즘의 문을 연 것으로 평가되는 니체는 근대 형이상학의 주체는 주체의 인식론적 자기구성원리를 통해 주체신화를 만들어 내고 이를 통해 자아를 구성해 왔다고 보았다. 그는 이러한 이성중심, 주체중심을 해체하고 이성비판의 과정을 거치면서 새로운 자아를 찾아 나섰다. 이 지적 모험에서 니체가 가닿은 곳은 몸이다. 몸을 통해 니체는 새로운 인간을 발견하고 몸을 통해 새로운 비전을 만들어 나간다.

　몸은 단순한 생물학적 의미로 파악되어서는 안 된다. 몸은 생리학적 심리학적 현상일 뿐만 아니라, 사유, 느낌, 욕구의 역동적 복합성이다. 사유, 느낌, 욕구의 역동적 복합성은 곧 우리의 통일적 역동성을 가능하게 한다. 몸이란 존재론적 의미에서 삶의 기반이다. 그리고 우리에게 삶을 설명해주는 입문적 비문이요, 삶을 가능하게 해주는 기능적 해독체계이며, 삶의 수행에서 생기는 실천적 자명성이다. "몸의 현상은 보다 풍요롭고, 명확하고, 파악할 수 있는 현상이다. 우리는 몸을 실마리로 하여 인간우주(Kosmos Anthropos)의 구조, 즉 '우리가 단지 우리 몸과의 살아있는 접촉을 통해 체험하는 우리 몸적 조직의 무한 복합체인 내우주(Endokosmos)'를 밝힐 수 있다.[10]

인간우주 혹은 우주몸의 인식은 우주를 인식하는 절대적인 실마리로서 주어져 있으며 몸의 실감을 통해 우주만물의 존재의 비의를 포착하게 된다. '만물이여 내 몸이여/허공이여 내몸이여'(「몸뚱어리 하나」)라는 시인의 인식은 그러므로 우주몸으로 거듭나는 몸에 대한 자각과 황홀감의 표출을 의미하며 이는 생명 있는 모든 것들의 황홀한 존재의 법열을 발견했으나 이를 말로써 형언할 수 없을 때 내지르는 시적 할(喝)이라 할 수 있을 것이다. 몸이 만물과 하나라는 깨달음은 세계를 자아화하는 서정시의 본질에 부합되는 것으로서 정현종 시론의 핵심적인 내용에 해당된다. 몸과 영혼을 하나로 보고 만물과도 내통하는 한통속의 철학은 그의 시세계가 비상과 도약, 탄력성을 가지게 되는 이유가 될 것이다.[11] 몸에 대한 주목은 우주와 몸을 동일시하면서 시인의 인식은 몸을 파고드는 숨과 우주적 숨인 바람에 대한 관심으로 이어지면서 죽음과 삶을 함께 공유하는 몸을 확보해 나간다.

---

10) 김정현, 『니체의 몸철학』, 지성의 샘, 1995, p.172.
11) 정현종 시인은 그의 시론에 해당한다고 볼 수 있는 「시의 자기동일성」이라는 산문에서 시쓰기뿐만 아니라 독자에게 수용되는 과정 또한 '시를 숨쉰다'고 봄으로써 시의 창작과 향유 모두를 몸의 언어로 비유한다.

몸이라는 건
(무거운 거 같애도)
떴다 하면
그냥
바람이니까

어떤 몸이든지간에
하여간 다른 몸에 가서
불어제치니까
바람 벽을 치듯이
불어제치니까!

—「몸이라는 건」 전문

　몸적 자아에 대한 인식은 개인이라는 갇혀진 존재가 아니라 숨을 통해 우주와 호흡을 나누고 이러한 숨의 역동적 실체인 바람을 통해 '다른 몸'에 가닿는 관계적인 자아로의 전환을 의미한다. '불어제치' 는 역동성은 마음의 자연스러운 정서적 감응의 표현으로서 몸이 마음의 감응을 표현하는 정서의 가장 정직한 통로임을 보여준다고 하겠다. 시인의 몸적 자아에 대한 인식은 생의 탄력을 상실한 근대적 삶에 생기를 회복하려는 노력으로 집중된다. '가볍게 떠올라야지/곧 움직일 준비되어 있는 꼴/둥근 공이 되어//옳지 최선의 꼴/지금의 네 모습처럼/떨어져도 튀어오르는 공/쓰러지는 법이 없는 공이 되어.'(「떨어져도 튀는 공」)로 노래하는 탄성의 회복은 인간의 몸이 어떠한 상태로 존재해야 하는가를 역설적으로 보여주고 있다고 하겠다. 점차 강화일로를 걷는 전체주의적 사회구조는 영혼을 사물화시켜 나가려하고 여기에 반발하며 시인은 생의 탄성을 회복하고 이를 통해 가볍고 유쾌한 삶의 활로를 찾아나가고자 한다고 볼 수 있다. 몸에 대한 인식이 감금된 의식에 생기를 회복하는 계기가 되면서 그의 시세계는 관념적인 언어들이 현저하게 줄어들고 해학과 풍자가 전면에 드러나기도 한다. 이와 함께 정현종의 초기시세계에서 중요한 시적 주제의식이었던 실존적 죽음의식은 몸을 통해 새로운 인식의 국면을 맞이한다.

실존적 죽음의식은 근대적 삶의 방식이 가져온 단절의식의 한 표출로서 본질에 관한 초월적인 관여로부터 자유롭고자 하는 정신의 표출이라 하겠다. 전후에 많은 지식인들이 공감한 바 있는 실존적 자아의 문제는 본질에 대한 문제라기보다는 지금 여기에 있는 존재로서의 나에 대한 질문을 선행함으로써 철학의 화두를 본질에서 실존으로 선회시킨다. 던져진 존재로서의 현존재에 대한 고뇌는 죽음에 대한 의식으로 이어지면서 허무주의가 시대적 분위기를 주도한 바 있다. 정현종은 이러한 분위기에 영향을 받으며 실존적 죽음의식에 침잠한다.

　　의식의 맨 끝은 항상
　　죽음이었네.
　　구름나라와 은하수 사이의
　　우리의 어린이들을
　　꿈의 병신들을 잃어버리며
　　캄캄함의 혼란 또는
　　괴로움 사이로 인생은 새버리고,
　　헛되고 헛됨의 그 다음에서
　　우리는 화환과 알코올을
　　가을 바람을 나누며 헤어졌네

의식의 맨 끝은 항상

죽음이었고.

—「사물의 정다움」 부분

시인이 동심어린 눈으로 세계를 바라볼 때. '캄캄함의 혼란 또는 괴로움' 속에서 살아가는 현대적 삶은 의식의 죽음을 재촉하는 죽음의 그림자에 휩싸여 있다. '의식의 맨 끝이 항상 죽음'인 삶 속에서 시인은 '뚫을 수 없는 여러 운명의/크고 작은 입맛들'(「사물의 정다움」)로 인해 고통스러워한다. 이러한 인식은 '죽음이 따로따로 되어/거리에 다채롭게 넘치고 있음을/아는 그대들은 보았겠지'(「기억제2」)라는 인식에서도 알 수 있듯이, 죽음과 같은 삶의 부유를 목격하면서 피폐해져가는 삶을 고통스러워하는 탄식을 자아낸다. 이때 죽음이야말로 죽음과 같은 삶으로 단절된 삶의 형식이며 삶의 자연스러운 연속선상에 놓여있는 죽음과는 다른 극히 근대적 죽음이며 암담함이다. 시인의 이러한 죽음의식은 도시라는 삶의 공간 자체를 죽음의 묘지로 인식하는 암담함으로 이어진다.

이 도시의 건물들은 비석처럼 서 있다.
아래의 묘비명은 우리들의 죽음을 위로할 수 있을까.

이 비석들 사이의 죽음의 미로에 넘치는 우리들은 자기들이 죽어가고 있음을 의식할 때 죄인이 되고, 우리는 죽어가고 있다고 말할때 그 말의 무덤인 검은 귀의 어두운 나락으로 떨어지며 따라서 우리를 단죄하는 보이지 않는 邪神의 이름도 물론 침묵으로 말해지는 운명임.

—「우리들의 죽음」 부분

　도시를 거대한 비석으로 은유한 이 시는 죽음을 자각하지 못하고 살아가는 인간의 비극적 현실을 탄식하고 있다. 이러한 탄식은 핏기 없는 문명에 대한 비판의식과 그 곳에서 살아가는 인간 삶의 내면이 어떠한가를 고발하고 있다. 죄인, 무덤, 나락, 邪神으로 이어지는 하강적 시어들은 현대적 삶의 시공간이 우리에게 가져다준 무채색의 풍경이며 어둠에 다름 아니다. 그렇다면 이러한 죽음의식이 정현종의 시세계에서 몸적 자아로의 전회를 통해 어떤 변화를 겪게 되었을까?

　과도한 죽음의식에 시달리는 시인은 몸이 지닌 에로스적 사랑의 감정을 통해 세계와의 소통을 실현한다. 그러므로 정현종의 시세계에서 에로스적인 충동의 시적 포착은 죽음의식을 극복하고 낙관적인 삶의 면면을 인식하는 계기가 된다. 시인의 대표작이기도 한 시 「교감」을 살펴보자.

　　밤이 자기의 심정처럼
　　켜고 있는 街燈
　　붉고 따뜻한 가등의 정감을
　　흐르게 하는 안개

　　젖은 안개의 혀와
　　가등의 하염없는 혀가
　　서로의 가장 작은 소리까지도
　　빨아들이고 있는
　　눈물겨운 욕정의 친화

— 「교감」 전문

　시인은 세계를 육체화 함으로써 사물화된 세계에 에로스적 욕망을 불러일으킨다. 이러한 에로스적 욕망은 타나토스적 죽음의 충동을 이겨내고 세계와 상호교감하는 영혼의 아름다운 풍경을 그려낸다. 시적 수사학에서 사물을 인간에 빗대거나 무정물을 유정물에 빗대어 표현하는 기법은 오랜 전통을 가지고 있다. 그러나 유독 세계를 육체적으로 표현하는 것은 정현종 시가 우리 시사에서 갖는 각별한 의미를 되새기게 하는 대목이다. 즉 그의 시세계에서 육체적 사랑의 감정을 통해 사물화된 세계를 되살려냄으로써 세계는 기운생동하는 실체로 인식된다. 이러한 시적 기법은 정현종의 많은 시에 나타나는데 '새벽의 푸른 육체 속으로 뚫린(나의 육체가 지나오면서 그린) 한 줄기 따듯한 구멍'(「새벽의 피」)처럼 세계를 육체로 환치시키고 여기에 인간적인 체온을 불어넣음으로써 시인은 세계에 온기를 불어넣고 뜨거운 교감의 활로를 열어젖힌다. 이렇게 세계를 육체화 함으로써 시인은 몸적 자아에 대한 관심을 심화시켜 나간다. 어쩌면 이러한 정현종 시인의 에로스적 충동이야말로 몸이 문명화된 삶의 그늘로 자리하게 됨에 따른 자학과 자폐의 정서를 방출하는 찢어지고 해체되고 상처난 몸으로 표출되지 않는 원인이라 할 수 있을 것이다. 그의 몸에 대한 인식은 '죽음을 향한 발전/의 검은 아스팔트로/덮인 도시여,'(「문명의 死神」)라는 절망을 극복하고 몸을 통해 주체와 대상, 영혼과 육체, 삶과 죽음이라는 대립적이고 이원적인 삶을 하나로 이어놓는다. 초기의 실존적인 죽음의식이 세계의 육체화를 통해 에로스적 충동의 대상으로 거듭나고 이는 다시 육체적 감각화를 통해 살아 꿈틀거리는 거대한 우주적 몸으로 인식된다.

　몸에 대한 이러한 인식에 이르는 과정에서 도취와 광기의 삶은 막힌 몸에 기를 뚫는 과정으로 또는 막힌 핏줄을 열어주는 행위로 이해된다. 그의 많은 시편들에서 도취로서의 삶과 광기에 사로잡힌 듯한

삶은 술과 깊이 연관되어 있다. 시인은 '주정뱅이의 자로 세상을 재'
왔으며 이것이 '필경 우주의 숨통이'(「거지와 광인」)라는 인식에 도달
한다. 이것은 도취와 광기가 강제된 삶으로부터 인간을 자유롭게 하
는 출구라는 믿음의 시적 전언으로 읽혀진다. 그러나 이러한 술에 취
한 도취의 삶도 세계의 육체적 감감화라는 몸을 매개로 삼음으로써
방탕이 아닌 도취로 승화될 수 있었다고 하겠다. 왜냐하면 몸은 세계
와 혼연일체가 되는 경험을 허락하기 때문이다.

> 비에 술 탄 듯 비가 내린다
> 자기의 육체로 내리면서 비는
> 여성인 바다에 내리면서 여성이 되는 비는
> 바다의 모든 가장자리의 항구에
> 불을 켜놓는다.

—「新生」 부분

이 시는 도취가 열어놓는 새로운 삶의 예감을 포착하고 있다. 그것
은 술과 비에 젖는 삶의 우울과 '여성'으로 은유된 '바다'와 '불'이라
는 사랑의 상징적 대비를 통해 우울한 영혼의 승화와 비상을 보여준
다. 이처럼 시인은 몸의 인식을 통해 죽음의식을 극복하고 에로스적
충동으로 가득 찬 사랑의 세계를 기원하고 노래한다.

그러나 정현종 시인은 사랑을 노래하더라도 몸적 자아에 대한 인
식을 기반으로 하기 때문에 그것은 열정적이고 불타는 에로스의 충
동과 충족으로 나아가기 보다는 무위와 자재한 삶을 통한 본성적 사
랑으로 나아간다. 시인은 '우리의 고향 저 原始가 보이는/걸어다니
는 窓인 저 살들의 번쩍임이/풀무질해 키우는 한 기운'(「한 꽃송이」)
이야말로 한 편의 시상의 원천임을 강조한다. 즉 그가 시적으로 포착

하는 몸은 불타는 욕망의 실체로서가 아니라 자연의 일부이며 원시적 생명력을 가진 몸이라 하겠다. 그의 이러한 면은 그의 시세계가 자연에 대한 대상화를 넘어서서 자연의 겸손한 일원으로 살아가는 자연인(自然人)으로서의 몸을 발견하고자 한다는 점과 깊이 연관되어 있는 듯하다.

4. 몸의 시, 생명의 말

정현종의 시세계에서 몸의 미학은 몸 자체에 대한 예찬에서 더 나아가 몸의 움직임을 통해 단절된 의식을 넘어서는 생기 넘치는 우주 생명을 그리는 지점으로 나아간다. 시인은 몸을 통해 대립적 인식을 넘어서고 포괄적인 관계망 속에 존재하는 생태적인 인간의 존재지형을 그려낸다. 정신이 필연적으로 독백적이지만 몸은 대화적이라는 지적에서도 알 수 있듯이[12], 몸은 마음과 정신 혹은 영혼과 육체라는 이원적 개념이 통합된 지점으로서 삶의 음영을 아우르는 자연과의 동의어로 인식된다.

> 몸을 여기서 저기로 움직이는 것
> 몸이 여기서 저기로 가는 건
> 거룩하다
> 여기서 저기로
> 저기서 여기로
> 가까운 데 또는 멀리

---

12) 정화열, 박현모역, 『몸의 정치』, 민음사, 1999, p.267.

움직이는 건

거룩하다

삶과 죽음이 같이 움직이기 때문이다

욕망과 그 그림자 슬픔이

같이 움직이기 때문이다

나와 한없이 가까운 내 마음

나에게서 한없이 먼 내 마음이

같이 움직이기 때문이다

바깥은 가이없고

안도 가이없다

안팎이 같이 움직이며

넓어지고 깊어진다

몸이 움직인다

—「몸이 움직인다」 전문

몸은 우주적 기운이 교통하는 길목으로서 삶과 죽음, 욕망과 슬픔, 안팎의 경계가 동시에 존재하는 장소이다. 몸의 움직임이라는 단순하면서도 다소 무의미해 보이는 행위가 거룩할 수 있는 것은 여기와 저기, 가까움과 멂, 욕망과 그 슬픔이 몸의 움직임을 통해 하나로 이어지고 꿰어지기 때문이다. 그러므로 이 시에서 몸의 움직임은 그 자체로 대립적 인식을 넘어서는 생태적 세계관의 현현이며 가시적으로 보이는 현상 이면에 깊고 넓게 드리워져 있는 생명의 그물망을 시적으로 짜나가는 시적 노동에 해당한다. 이러한 인식은 몸이야 말로 관념이 아니라 실제적이고 구체적인 감각 속에서 생명의 말씀들을 경청하는 자연 그 자체임을 직관적으로 보여준다고 하겠다. 마지막 연에서 '몸이 움직인다'는 진술은 마치 무위로서의 존재에 의미를 더함으로써 생명의 자유로운 자재(自在)를 꾸밈없는 소박한 진언 속에서 담아내고 있는 듯하다. 따라서 이 시는 시인의 몸이 근대적 질곡과 모순으로 인해 망각해 왔던 자연의 생기어린 생명어(生命語)를 향해 조금씩 열리고 있음을 보여준다고 하겠다.

> 나무에서 물방울이
> 내 얼굴에 떨어졌다
> 나무가 말을 거는 것이다
> 나는 미소로 대답하며 지나간다
>
> —「물방울 — 말」 부분

> 저쪽 벌판이 말했습니다
> 내 가슴속의 두루미떼!
> 이쪽 벌판도 말합니다
> 내 가슴속의 기러기떼!
> 눈부십니다
> 날아오르는
> 벌판의
> 가슴!
>
> —「벌판이 말했습니다」 전문

관계적이고 생태적인 몸을 가진 시인은 삼라만상에 존재하는 모든 것을 행해 열린 몸을 가진 존재이기 때문에 무수한 자연의 말을 엿듣는다. 아니 어쩌면 자연과 자유롭게 대화를 해나간다. 인용한 시에서도 알 수 있듯이, 그것은 물방울의 말이며 벌판의 말이다. 시인이 언어를 인간 이성의 표현이며 사유하는 인간의 지적 척도이자 그 수단으로 인식해 오던 근대적 인식을 넘어서는 지점이 여기 어디쯤일 것이다. 시인에게 있어서 언어는 몸 자체로 언어인 세계, 즉 몸을 관통하고 넘나드는 숨결과 바람이 곧 언어이며 그러한 언어가 행위로서 몸의 거룩한 움직임을 포착하고 이것은 다시 만물의 언어로 되돌리는 작업에 열중하고 있는 듯하다. 이 천지공심(天地公心)의 자연어이며 생명어로 된 시는 자연의 대상화와 시계시간 속에서 스스로를 감금시켜온 근대적 삶에 대한 반성이요 미학적 응전이라 할 수 있을 것이다. 정현종 시가 한국현대시의 모더니티를 획득해 나간 과정은 바로 이 몸이라는 생동하는 감각을 통해 물화된 세계를 벗어나 잃어버린 오감을 회복시켜냄으로써 기운생동하는 자연(自然)으로 돌아가는 과정에 해당한다고 할 수 있다. 자연이 곧 시이자 몸이 곧 언어인 그 세계 속으로.

부드럽고 견고한 상상
— 이기철의 시세계

1

이기철의 시는 연한 배의 속살처럼 부드럽다. 그의 시는 삶의 아픔과 고통, 분노와 성냄을 녹이고 곰삭혀 낮고 연한 내성의 어조로 부드럽게 이 세계를 노래한다. 이 부드러움은 표면적으로는 차분하면서도 유연한 어조에서 촉발되는 것처럼 여겨지지만, 그러나 보다 근원적으로는 자연을 향한 열림의 언어들과 존재와 인생에 대한 깊은 시적 성찰에 그 원인이 있다고 할 수 있다. 문제는 이러한 면면들이 균형과 조화를 이루며 절조 있게 서로를 향해 스며들고 있다는 사실이다. 그렇다고 그의 시세계가 형식적인 단순함으로 귀결되거나 지나치게 주관적이고 협소한 서정적 세계로 치닫게 하는 것은 아니다. 오히려 조용하고 나지막한 어조와 자연과의 깊은 친화성, 삶에 대한 아픈 통찰의 면면들은 어디 하나 어긋나지 않고 가장 안정적으로 서로를 떠받치고 있다. 즉 이들은 단순한 배합이 아니라 스미듯이 서로를 지탱함으로써 파편화된 생을 부드럽게 기워 하나의 생(生)으로 완성한다. 시인은 삶의 상처나 회환까지도 부드러운 연성의 상상을 통해 하나의 실루엣으로 엮어내며 삶의 아픔을 치유한다. 이기철의 시세계는 일관되게 지상의 삶을 살아가는 인간적 고통과 이 고통에도 불구하고 진실된 삶을 견지하려는 열망을 노래해 왔다. 이들 노래에서 부드러운 시인의 상상은 그의 시세계가 인간적 온기와 생에 대한 따뜻한 믿음을 간직할 수 있는 구심력으로 작용해 왔다. 그렇다면 시인에게 이렇게 부드러운 상상을 가능하게 하는 근원적인 질료는 무엇일까?

자연은 시인이 일관되게 추구하는 시적 질료이자 삶의 궁극적인 거처이다. '사람의 이름과 함께 생애를 살고/풀잎의 이름으로 시를 쓴다'(「생의 노래」)라고 말할 때 시인은 자연과 인간을 은유적으로 묶을 뿐만 아니라 삶과 시를 동의어로 인식한다. 그의 시세계는 자연을 노래하면서 그 속에서 삶을 포착하고, 삶을 노래하기 위해 자연 속으로 파고든다. 따라서 이미 김우창이 간파했던 바처럼 '이기철은 자연을 말하는 시인'이다. 그러나 이기철의 시세계에서 자연은 단순히 자연을 말한다는 사실에 주안점이 놓이지 않고 자연을 통해 발견하는 인생을 말한다고 해야 옳을 것이다. 따라서 이기철은 인생을 말하는 시인이다. 그럼에도 불구하고 여전히 그의 시에서 자연이 중요한 것은 파편적이고 단절되고 일회적인 생의 실존성을 우주적인 영원성으로 잇대어 놓는 길을 자연의 상상을 통해 시인이 획득하고 있기 때문이다. 자연에 기댄 시인의 부드럽고 섬세한 상상은 이점에서 힘을 발휘한다. 따라서 자연은 초기 시에서부터 지속되는 부드러운 서정적 울림의 진원이 되고 있다.

한편, 이기철의 시세계를 깊이 들여다보면 유연한 가락과 따뜻한 어조의 이면에 생에 대한 의지와 다짐, 쉽게 꺾을 수 없는 고집스러

움으로 보이는 삶에 대한 확고한 믿음이 내재해 있다. 이 믿음의 대
상이나 내용이 구체적으로 무엇인가는 좀더 면밀한 관찰을 요하지만
어쨌든 그의 부드러움 속에는 간단치 않는 사색과 고뇌의 결과물인
듯한 견고함이 자리하고 있다. 그것은 '세상에는 길이 많지만 삶에
는 하나밖에 길이 없다'(「고뇌의 빛깔은 무슨 색으로 칠할까」)는 단호한
진술 앞에서 우리가 경험하게 되는 숙연함이나 비장함과 연관되는
것이다. 그렇다면 이기철의 시세계를 견고하게 만드는 궁극적인 내
용성은 무엇일까? 시인은 일회성으로서의 삶 앞에서 '내 열 줄 시가
아니면 무슨 말로/손수건만한 생애가 소중함을 노래하리'(「生의 노
래」)라고 고백한다. 시인은 단 한번 밖에 없는 생을 시로서 살다가겠
다는 시적 성채에 대한 견고한 신앙을 가지고 있다. 또한 시인은 '손
수건만한 생애'에 대한 확고한 애정과 사랑을 가지고 있다. 즉, 시인
으로서의 생(生)과 작고 초라한 삶에 대한 믿음이 시인의 견고한 상
상이 뿌리내리고 있는 토양이라 할 수 있다. 이 같은 그의 견고한 상
상이 구체적으로 어떻게 구현되는가를 살펴보자.

> 그러나, 나는 가야 한다. 한번의 가을도 거짓으로 꽃
> 피운 일 없는 들을 지나
> 작은 물줄기가 흐름을 시작하는 산을 지나
> 아직도 정신의 열대인 내 가혹한 시간 속으로
> 나는 가야한다
> 내 발길 닿는 길 지상의 한 뼘밖에 안 돼
> 배추벌레 기어간 葉脈에 불과해도
> 내 불러야 할 즈믄 개의 이름들과 목숨들을 위해
> 藥든 가슴으로 가야 한다

얼마를 더 가면 제 잎을 잘라 가슴에 꽂아도
소리하지 않는 풀들의 무심을 배우랴

—「地上의 길」 부분

시적 화자는 어디론가 가고자 한다. 일차적으로 그곳은 '정신의 열대인 내 가혹한 시간 속'이다. 그러나 시적 화자가 궁극적으로 지향하는 곳이 여기는 아니다. 화자의 시선은 '즈문 개의 이름들과 목숨들'이 살아가는 '지상의' 삶이다. 시적 화자에게 작고 비루하고 초라한 지상의 삶은 한 마리 배추벌레로 비유된다. 이 미물의 생에 도달하기 위해 시적 화자는 가혹한 '정신의 열대'를 통과하고자 한다. 그가 이렇듯 작은 생에 주목하는 것은 진보와 발전을 내세운 근대적인 삶의 폭력성에 대한 저항이라고 간명하게 요약한다면 그것은 지나치게 표면적일 뿐이다. 오히려 시인이 미물로서의 생에 주목할 수 있는 힘은 '즈문 개의 이름들과 목숨들'이 어우러져 화평하게 살아가는 생명의 화엄장을 발견하고 그곳에 도달하고자 하는 지난한 마음의 고투가 시라는 믿음에 기인한다. 여기에 이르기 위해 우리가 배워야 할 윤리적인 덕목이 '무심'에 있음은 어쩌면 식상해 보인다. 그러나 시인에게 있어서 무심은 마음의 없음을 의미하는 것이 아니다. 오히려 시인은 순정한 무심을 위해 방편으로서의 있음들의 실상 속으로 들어가 풀, 벌레, 별, 구름의 마음과 혼숙하며 궁극적인 비움의 형상을 획득한다. 이러한 여정을 이끄는 동력은 언제나 견고한 상상에 힘입고 있다. 이처럼 이기철의 시세계는 무심에 이르기 위한 자기수련의 노래이기에 시인은 일종의 정신의 견인주의자로까지 보인다. 언어가 아니라 정신의 견인주의자인 시인이 부드럽고 견고한 상상을 자연 속에서 교직해내면서 가난과 고통과 슬픔으로 점철된 삶의 길이 곧 희망과 사랑과 기쁨의 길임을 실증하고자 하는 도정에서 그의 시세계는 구축된다.

2

　이번에 발표된 신작 시편들은 시인이 보여준 기존 시세계의 연장
선상에 놓여있다. 주제나 소재에 있어서나 이를 다루고 드러내는 방
식에 있어서도 기존 시편들과 큰 차이를 보이지는 않는다. 그러나 이
번 신작시에서 주목되는 점은 시인이 부드럽고 견고한 상상의 힘을
통해 포착해 내는 시적 비전이라 할 수 있다. 그의 시세계는 동화적
인 상상, 거의 몽상에 가깝다고 할 수 있는, 이 상상을 통해 자연에
마술적인 이미지를 부여하고 이 이미지의 연상과정에서 삶은 어떤
통일적인 생의 조화로 귀납된다. 그의 부드러운 상상은 분절된 기억
의 편린들을 이끌어 내면서 근대적인 시간인식에 의한 분절적이자
산술적인 존재를 유기적이고 통일적인 존재로 거듭나게 한다. 이 과
정에서 생은 다시 하나의 생성되고 신생하는 존재로 거듭난다는 사
실이다. 여기에서 기억은 과거의 한 순간이나 특정한 사건이 아니라
현재적인 내 몸과 시간 속에 공존하며 현재의 시간이 존재의 발효를
감행하는데 필수적인 효모로 기능한다. 이런 맥락에서 볼 때, 이번에
발표된 시「구름에 대한 명상」은 단순한 낭만적 감성의 자유로운 분
출로만 읽히는 것은 아니다. 우선 시를 읽어 보자.

　　나는 열 살 때는 논두렁에 서서 구름을 바라보았고
　　마흔 살에는 교실의 창문 틈으로 구름을 바라보았다
　　지금 나는 햇살이 풍금소리를 내며 다가오는 내 방 창문을 통해
　　느린 기차처럼 가고 있는 구름을 보고 있지만

저렇게 느리게 가는 기차라면 나는

세수도 좀 하고 양복도 갈아입고 구두도 신고 천천히 걸어가서도

충분히 기차에 오늘 수 있으리라고 생각하며

자꾸 글썽이는 볼펜으로 구름에 대한 명상을 쓰고 있다

글썽인다는 말은 얼마나 애잔하고 아름다운가

나는 본래 작고 여리고 슬픈 것을 사랑한다

내가 만일 애인을 택한다면 나는 자주 글썽이는 애인을 택하리라

채송화 꽃잎에도 글썽이고 고추잠자리에도 글썽이는 애인

미모사같이 자주 잎을 오므리고 연잎같이 그리움을 펴는 애인

눈시울에 추억을 매달고 있는 애인

구름처럼 떠나갔다가 소낙비 같이 찾아오는 애인

떠날 때의 발자국 소리가 대문간에 조약돌처럼 남아있는 애인

구름을 바라보며 나는 기다림을 배웠고

기다림이 참음이라는 것을 배웠다

—「구름에 대한 명상」 부분

　시적 화자는 자신의 방에서 느리게 가는 구름을 보고 있다. 속도와 빛의 시대로 명명되는 근대적인 삶에 대한 미학적 대응으로 느림의 미학이 존중되어 온 것은 주지의 사실이다. 이 시의 시적 화자는 구름이라는 자연에 기대어 발 빠른 현실논리와는 다른 차원의 삶을 모색하고 있다. 그렇다면 시인이 구름의 명상을 통해 도달하고자 하는 삶은 어떤 모습일까? 이 시가 뿜어내는 시적 성채는 느림의 예찬에 있다기보다는 느림이 촉발하는 삶의 충만한 아우라에 있다. 이러한 아우라는 이 시에서 존재의 '글썽임'으로 표출된다. 구름을 바라보는 시적 화자는 존재의 글썽임을 느끼게 되고, 이 글썽이는 마음을 시로 되받아 쓰고 있다. 그것은 채송화 꽃잎, 고추잠자리 등의 작고

여린 존재들과 등위를 이루며 연잎 같은 그리움을 간직한 존재이다. 여기에서 '글썽임'은 '애잔하고 아름다운' 존재의 본질로의 열림의 순간을 향해 자연스럽게 샘솟는 자연어라 할 수 있다. 이 시에서 시적 화자가 '작고 여린 것을 사랑'할 수 있는 이유는 바로 이 글썽이는 존재로서 존재하기를 지속하기 때문이다. '책 속에 몸이 잠기는 소년을 지나/지식이 감성을 누르는 청년을 지나오면서/나는 구름 쳐다보는 일을 오래 잊고 지냈다'는 아픈 자책은 현존재의 충일성이 있기에 가능하다. 시적 화자는 '생각의 풍랑에 빠져 있는 사람들'이나 '시계를 보며 햇볕 없는 곳을 달리는 그들'을 향한 한없는 연민의 감정을 숨기지 않는다. 이처럼 구름의 명상을 통해 시인은, 감성을 억누르는 과도한 이성의 숲에서 어둡고 우울한 지적 유희를 지속하는 삶이나, 합리와 효용을 내세우며 존재를 창살 없는 감옥에 유폐해온 근대적인 삶의 방식들에 대한 거절을 가장 작고 섬세한 마음의 움직임을 통해 드러내고 있다. 이처럼 시인은 가장 유연한 존재인 구름을 통해 굳고 딱딱한 삶의 인식을 부드럽게 녹인다. 이 점은 인간이 가장 연약한 존재라는 점을 승인하는 순간 진선미의 미적 가치들을 향해 존재가 몸을 열어젖힌다는 사실과도 무관하지 않으리라. 시인 백석이 '나는 이 세상에서 가난하고 외롭고 높고 쓸쓸하니 살아가도록 태어났다'(「흰 바람벽이 있어」)고 고백할 때, 그것은 곧 가장 작고 낮고 비루한 생임을 직감하는 순간이 세상만물을 바라보는 순수하고 진실한 눈을 획득하는 순간임을 말하는 것과 같다. 이 시에서 '글썽임'이란 가장 진실한 순간에 자신의 존재의 떨림을 감지하는 시적 순간이라 할 수 있다. 그러나 근대적 인간은 '한 끼 수저질'에 바쁜 난폭한 질주의 삶에서 스스로를 망각하고 소멸시켜 왔다. 시인은 이렇게 소실된 인간 존재의 원상을 찾아 기억의 면면을 언어로 되살리고 여기에 부드러운 상상의 힘으로 생기를 불어 넣는다. 이처럼 그의 부드러운 상상은 진정한 인간을 발견하기 위한 시적 촉매라 할 것이다.

그러나 이러한 상상의 촉수가 기억에 대한 단순한 회상으로 손을 내밀 때 그것은 추억에 대한 경사의 수준을 넘지 못한다. 시「검정 교복」을 보자.

어느 어깨에 걸쳐도 알맞게 드리워져
추운 몸 따뜻이 데우는 마음의 겹옷
그리운 것들이 그 속에서 벌 떼처럼 잉잉거려도
그 하나하나의 오라기들이 내 마흔 해 뒤의
생의 씨줄이 될 줄 그 땐 몰랐네

길 위에 서면 긴 휘파람으로 다가오던
살구꽃 같은 희망
차마 희망이라고 말하기에는 가슴 설레던
숯검뎅이 추억
그 이름만으로도 스무 해는 옛날로 돌아갈 수 있는
저 온대의 햇살인 검정 교복

—「검정 교복」 부분

이 시에서 검정 교복은 시적 화자를 '스무 해는 옛날로 돌아갈 수 있'게 하는 회상의 매개체이다. 그러나 이 과거로의 시간여행은 아름답고 순연한 기억의 저편이 현재의 삶을 향해 열린 희망의 순간들이었음을 반추하는 순간으로 기억될 뿐이다. 기억을 다시 살면서 시인은 현재를 살지 못하고 과거로 귀환한다. 이것은 자칫 시인의 상상적 비전이 현재적 삶의 문제들을 간과하고 과거로 퇴행하면서 자족의 길을 걷게 될 수도 있다는 우려를 낳게 한다. 이기철의 시가 과도한 이념의 시대였던 80년대를 거치면서도 작고 가난하고 초라한 생을 노래하면서 서정적 울림을 간직할 수 있었던 것은 그 속에 현재적 삶에 대한 고민과 모색이 누구보다 웅숭깊게 자리하고 있었기 때문이었다는 점은 널리 인정된 바이기도 하다. 의미 있는 과거는 과거로만 남아있지 않고 언제나 현재적 삶에 관여하듯이, 기억은 과거와 현재 혹은 미래를 향해 자신을 열어 둘 때 충만한 생의 의미를 우리 앞에 펼쳐 보일 수 있을 것이다. 이런 점에서 이기철의 아름다운 이 상상이 생의 면면을 파고들어 기억의 놀라운 산파술을 통해 화석화된 삶에 생기를 불어넣고 새로운 삶을 분만하기를 기원해 본다. 진정한 상상력은 상투적인 기억의 형식을 와해시키고 놀라운 건축술로 생을 다르게 건설하는 힘을 지닌 무엇이기 때문에 더욱 그러하다. 이 점은 반경환이 시인의 시를 해설하는 자리에서, 그의 시세계가 신화적인 상상의 시적 변용을 보인다고 지적하며, 상상은 사회역사적인 맥락 안에서 자유로운 정신으로 살아 숨 쉴 때만이 의미 있는 시적 비전을 성취한다는 사실을 지적하는 것과도 맥을 같이 한다고 할 수 있다.

3

한편, 이기철의 시세계에는 앞서 말한 바처럼 유연한 상상과 더불어 견고하고 단호한 비장미가 서려있다. 신작 시편들에도 이점은 여실히 드러나고 있다. 시인은 세계에 대한 단정한 응시와 짧고 단호한 어조로 서정적 직접성(Lyrical immediacy)에 기댄 울림 있는 삶의 순간을 포착하고 노래한다. 이 단호함은 뜨거운 정신의 삼엄함이나 고결함과 결부된다는 점에서 이기철의 시세계는 처연한 아픔으로 다가오기도 한다. 그러나 그의 시세계는 가난과 고통, 고적함과 쓰라림의 궤적을 끌고 마침내 인간적인 온기의 발견에 도달한다는 점에서 따뜻하다. 즉 이기철의 시세계에서 견고한 상상은 삶의 냉엄함을 온기로 전환시키려는 시적 도정에 개입한다.

시인은 스스로의 죄를 속죄하기 위해 내적인 성찰의 시간에 자신을 전면 노출시킨다. 이 시공간은 극히 일상적인 시공간이기도 하고 일상적 시공간에서 동떨어진 어떤 곳이기도 하다. 따라서 시공간성 자체보다는 시공간이 불러오는 생의 의미가 문제적이다. 이번 신작시에서 이것은 '한 그릇 더운 밥'과 마주한 순간이거나 시인이 여행 끝에 도달한 '함허동천'이라는 곳이다. 이들 시공간은 시인에게 생의 의미가 한 줄의 경구로 압축되고 번역되는 순간을 의미하는데, 이때 시인은 생의 의미를 어떻게 인식하고 있는가를 살펴보자.

> 신발마다 전생이 묻어있다
> 세월에 용서 비는 일 쉽지 않음을
> 한 그릇 더운 밥 앞에서 깨닫는다
> 어제는 모두 남루와 회한의 빛깔이다
> 저무는 것들은 다 제 속에
> 눈물 한 방울씩 감추고 있다
> 저녁이 끌고 오는 것이 어찌 어둠뿐이랴
> 내 용서 받고 살아야 할 죄의 목록들
> 내일 다시 걸어야 할 낯선 초행길들
> 생은 사는 것이 아니라 아파하는 것이다
> 너는 몇 켤레의 신발을 버리며
> 예까지 왔느냐
> 나무들은 인간처럼 20세기의 오류를 범하진 않을 것이다
> 늦었지만 그것이 내 믿음이요 신앙이다

나는 내 믿음이 틀렸더라도 끝내 수정하지 않으리라

쌀 안치는 손의 거룩함을 알기 전에는

이런 말도 함부로 써서는 안 되리라

생을 업고 일을 업고 가기 위해선

이 따뜻한 밥 한 그릇의 종교를

내 것으로 하기 위해선

—「따뜻한 밥」 전문

시적 화자는 하루의 일과를 마친 후 한 그릇 저녁밥을 먹기 위해 밥상을 받아들고 있다. 그러나 이 시에서 이러한 구체적인 정황은 최소화 되거나 배제되어 있다. 시적 정황의 최소화는 묘사의 생략으로 이어지며 진술에 온전히 의지한 채 생의 통찰을 견지한다. 이들 통찰은 직접적인 통찰과 비유적인 통찰로 교직되어 있다. '생은 사는 것이 아니라 아파하는 것이다', '세월에 용서 비는 일 쉽지 않다'가 직접적인 통찰이라면 '신발마다 전생이 묻어있다', '저무는 것들은 다 제 속에/눈물 한 방울씩 감추고 있다', '저녁이 끌고 오는 것이 어찌 어둠뿐이랴'는 비유적인 통찰에 해당한다. 이 통찰은 '남루와 회한'으로 남아 '용서 받고 살아야 할 죄의 목록'만을 남긴 어제의 시간을 반성하는 의미론적 실마리를 제공한다. 그렇다면 왜 시인은 과거를 아프게 후회하고 있는 것일까? 이 질문에 대한 해답은 '나무들은 인간처럼 20세기의 오류를 범하진 않을 것이다'라는 진술에서 찾아진다. 시인은 발전과 진보에의 열망에 몸 달았던 20세기가 죽음의 세기였음을 직시한다. 즉 시인의 반성적 성찰은 근대적인 인간의 역사를 향한 회의요 반문이며 반성이라 할 수 있다. 그러나 이 시를 읽는 독자들에게 시인이 힘주어 표방하는 인간과 자연 파괴의 역사로 점철된 20세기에 대한 거절은 지나치게 관념즉이고 보편적이라는 불만을 갖게 하는 것도 사실이다. 시가 개체를 통해 전체를 말하거나 특수를 통해 보편을 노래하는 방식으로 존재한다는 점을 떠올려 볼 때, 이 시가 들려주는 반성에 자연스럽게 동참하기가 쉽지 못한 것이 사실이다. 그 이유는 지적인 통찰이 충분히 비옥한 서정적 토양을 통과하지 못하고 성급한 주장으로 불거졌기 때문이 아닌가 한다.

그러나 한편으로 이 시는 견고한 상상에 의한 정서의 비극적 승화를 경험하게 하는 것도 사실이다. 그렇다면 이 시가 이 같은 여운을 남기는 것은 무엇 때문일까? '쌀 안치는 손의 거룩함'의 발견이 그 이유라 할 것이다. 시적 화자는 '따뜻한 밥 한 그릇'이 곧 '종교'가 되는 순간을 열망한다. 따뜻한 밥은 생의 온기와 평화로움을 환기하는 매개이자, 삶의 진실을 반추하게 하는 가장 속되기에 가장 성스러운 시공간적 은유이다. 시인이 시적인 순간을 포착하는 계기가 이처럼 평화롭고 온기어린 삶의 한 국면에 있다는 점은 시「구름에 대한 명상」에서 밝힌 바처럼 '나는 본래 작고 여리고 슬픈 것을 사랑한다'는 점과 무관하지 않을 듯하다. 시인은 쌀을 안치며 누군가의 허기를 채울 밥을 하는 손의 거룩함이야말로 인간이 살아가는 원동력이라는 점을 단호히 믿고 있다. 이것을 보편적인 사랑으로 환원하지 않고 구체적인 생의 순간 속에서 포착하고 있기에 이 시는 아름다운 전율을 남겨 준다.

기실 존재에 대한 관념적 탐색과 침잠은 그가 쓴 일련의 연작 시편들에서 본격적으로 드러난 바 있다. 시인이 정신의 고준한 거처를 마련하고자 용맹정진의 자세로 탐구했던 '멱라'나 '열하' 혹은 '유리'의 상징이 그 예들이라 할 것이다. 가령, '우리가 물의 마음으로 사물의 이름을 부를 때/그것은 영혼의 옷을 입고 생명이 되어 태어난다/오직 그것이 물이므로 산 것의 체온이 되고/목숨이 되는 물의 마음을/그 순수의 절정에/물의 몸, 유리의 마음 아니고는 닿을 수 없다'(「琉璃의 나날·3」)고 노래할 때, 시인은 존재의 근원적인 본래 마음자리를 되새기는 엄숙하고 깊이 있는 사유를 우리 앞에 펼쳐 보였다. 이러한 면은 잡되고 속된 세계를 떨치고 나아가 성스러운 존재로의 비상으로 우리를 추동한다는 점에서 결코 적지 않은 의미를 던진다. 그러나 이들 시편들이 세속의 우리에게 구체적으로 다가오지 못하고 엄청난 사유의 중압으로 느껴진 것은 무엇일까? 그것은 이들 시편들이 삶의 세목을 간과한 것에 그 원인이 있을 것이다. 물론 속된 세계의 몸에서 성스러운 영혼의 정수를 찾아 나가려는 고고한 자기탐색의 도정에서 관념의 노출은 필연적인 국면이기도 할 것이다. 그러나 우리는 시인의 시적 촉수가 인간사의 세파에 부서지고 상처 난 것들의 아픔에 누구보다 민감하다는 사실을 기억하고 있다. 또한 상처야말로 삶을 성숙하게 한다는 믿음, 그 견고한 상상을 통해 시인이 삶을 포착할 때 그의 시에서 아름다운 광휘가 뿜어져 나왔음을 기억하고 있다. 이 시에서 '따뜻한 밥'이 더욱 따스하고 정겨워 보이는 것은 이기철의 시적 궤적 속에서 새삼 다시 포착되는 인간적 온기의 표징 때문일 것이다.

이번 신작 시편에서 시인은 여전히 진흙을 발에 묻힌 채 속된 삶을 살아가는 자로서 정신의 자유자재를 향한 뜨거운 염원을 간직한 모습으로 생을 노래하고 있다. 시 「진흙발로 흡허동천에 닿다」에서 시인은 '마음의 불꽃으로 쇠를 녹였던 사람, 흡허/그가 바라보았던 고려의 하늘빛도 푸르렀을까'라고 노래한다. 오탁악세에 발 디디고 사는 우리에게 '날아간 하늘에 발자국을 남기지 않는' 새의 이미지는 무욕과 청정한 마음자리의 구현을 성취한 상징으로, 시적 문맥 안에서는 함허선사의 삶과 은유적으로 결합된다. 시인은 '날아간 새가 돌아올 때까진/나는 어떤 은유로도 시 써선 안 되리라'고 다짐하며 허명과 욕망이 창궐하는 마음의 곳간을 비우고자 한다. 이는 무욕의 삶이 청정하게 빛나는 그 언저리에 시인의 시적 지향점이 놓인다는 점을 암시해 준다. 날아간 새가 돌아올 때까지 깊고 아득한 침묵을 지키며 '어둠을 만나 겁 많은 사슴의 등을 어루만지'는 시인의 손길은 난폭한 우리의 하루를 '유순하'게 다독이는 온기의 진원지라 할 것이다. 어둠이 찾아와 겁먹은 '사슴의 등'을 만지는 시인의 부드러운 저 손길과 끝내 침묵으로 완성하는 기다림의 견고함 사이에 이기철의 시는 놓여 있다고 하겠다. 다만, 해탈에의 열망이 대승적 견지에서 보면 집착에 지나지 않듯이, 성속의 어느 한 쪽으로 치우치지 않고 삶의 촉기가 녹아있는 진실어린 풍경을 포착함으로써, 그의 시 세계가 상처와 회한이 사랑과 연민과 함께 하고 절망과 고통이 희망과 충만과 함께 숨쉬는 존재의 실경을 그려 보이길 기원해 본다. 이러한 기원은 그가 지속적으로 보여준 부드럽고 견고한 상상의 공존이 이 세계를 무엇보다도 아름답게 직조해 낼 것이라는 믿음이 있기에 가능하다. 선승은 마음의 불꽃으로 쇠를 녹였다면 시인은 언어의 불꽃으로 세상을 녹여 따뜻한 서정의 이불로 우리를 덮어줄 것이기 때문이다.

남루한 生의 저녁
— 이명희의 시세계

詩에서든 人生에서든 우리가 만나게 되는 가장 순정한 순간은 가난하고 외롭고 쓸쓸함이 깃든 시간임은 틀림없는 듯하다. 하루로 치면 날 저무는 순간이 그것에 해당할 터이고 인생으로 치면 쓰리고 아린 순간들을 달래며 지나온 노년의 시간이 여기에 해당할 것이다. 순연한 내면의 소리에 귀 기울이게 되는 이 시간은 알몸의 자신을 보는 순간이며 그러므로 그것은 고통스러운 시간어 다름 아니다. 일찍이 시인 백석은 '하늘이 세상을 내일 적에 그가 가장 귀해 하고 사랑하는 것들은 모두 가난하고 외롭고 높고 쓸쓸하니 언제나 넘치는 사랑과 슬픔 속에 살도록 만드신 것이다'(「흰 바람벽이 있어」)라고 노래하며 좁은 방의 바람벽에 의지한 채 살아가는 生을 위로하지 않았던가. 시인이야말로 이 극명한 슬픔에 의지한 채 가장 정갈한 영혼의 성채를 보여주는 자에 해당한다. 이러한 인식은 어쩌면 화려한 修辭나 선명한 시적 지향점보다도 중요한 진정한 시정신의 본질이 무엇인가를 생각하게 하는 대목이기도 하다. 이명희의 이번 시집도 이러한 순정

한 서정시의 본질에서 크게 벗어나지 않으면서 삶의 면면을 통해 生
의 의미를 반추하려는 인생파적 면모를 보이고 있다. 이명희의 시는
처절한 외로움과 그 외로움을 끝없는 기다림으로 환치시켜냄으로써
고통스러운 삶을 견디려는 자의 슬픔에 찬 노래라 할 수 있다. 우선
그녀의 시는 화려한 수사나 뚜렷한 시적 지향점을 드러내지 않는다.
아니 어쩌면 그녀의 시에 있어서 이런 것들은 무의미한 것인지도 모
른다. 마치 '이승을 나들이'(「나들이」) 나온 사람처럼 살아가는 시인
에게 시는 자신의 내면을 향한 진솔한 독백이거나 자기위로의 중얼
거림 이상의 의미가 아니기 때문이다. 총천연색의 스펙터클을 소비
하려는 오늘날의 삶에 견주어 볼 때, 이명희의 이러한 고백과 중얼거
림은 오래된 흑백사진처럼 낮고 고즈넉한 톱으로 영혼을 불러 모으
는 힘을 보여준다는 점에서 새삼 그 시적 진정성을 생각하게 한다.
그렇다면 시인이 들려주는 내밀한 독백의 풍경은 어떤 모습일까.

　　버려진 의자를 주워왔다 서른 밤이 넘도록 사랑은 돌아오지 않고 어디
든 앉고 싶은 영혼이 의자를 들고 왔다 주워 온 나무의자에 기대어 자는
나를 보았다
　　아침은 낮에 앉아서 저녁이 되었다 마루 같은 시간에 앉아 아이를 만들
고 늙은이를 죽이고 발 밑으로 천천히 사라진다 시간이 잠시 머무르지 않
으면 아이는 열매처럼 다닥다닥 열리고 죽음은 이별할 사이도 없이 우리
를 업어 갈 것이다
　　의자를 주워왔다 누가 세상을 다녀가면서 물 한 잔 마셨을 정류장을 껴
안고 서른 밤이 지나도 오지 않는 사랑을 기다려 보려고 의자 하나 들고
왔다

—「의자를 주워오는 여자」 전문

시인은 버려진 의자라는 누군가가 살다간 生에 기댄 채 조용히 삶의 의미를 되새긴다. 이 시에서 시간의 지속은 生老病死로 이어지는 삶의 근원적 드라마를 보여주지만, 그 속에서 살아가는 시인은 부재하기에 영원한 그리움의 대상인 누군가를 기다리며 남루한 生의 한 때를 인내하고 있다. 그렇다면 시인은 왜 '버려진 의자'를 주워 왔을까? 이 시의 표면적인 의미로는 버려진 의자야 말로 모든 유용성을 상실한 무용한 삶을 상징한다고 하겠다. 이 무용의 순간에 동승한 화자는 '시간이 잠시 머무르'는 한 순간을 포착하고 그 속에서 生의 의미를 발견한다. 이처럼 시인에게 버려진 의자를 줍는 행위는 내밀한 자신성찰의 계기이자 삶을 내면화하는 시간이라 할 수 있을 것이다. 따라서 시인에게 시는 버려진 의자를 주워 모으는 행위이며 그 의자에 앉아 삶의 의미를 숙고하는 성찰의 시간에 해당한다고 할 수 있다. 그렇다면 이렇게 버려진 의자에 앉은 시인이 간절히 바라는 것은 무엇인가? 이 질문은 어쩌면 이명희 시인이 버려진 의자를 주워온 근원적 이유에 해당하는 것으로, 주워온 의자가 허락하는 시간은 '서른 밤이 넘도록 오지 않는 사랑을 기다려 보려'는 간절한 기다림을 수반하고 있다. 기실 이명희의 시세계에서 사랑에 대한 간절한 기원은 시인의 상상력을 이끄는 근원적인 힘이라고 해도 과언이 아닐 것이다. 물론 여기에서 사랑은 한 사람에 대한 사랑의 형식만을 의미하는 것은 아니다. 가령 시 「나는 차다」나 「보리밥」 등에서는 '따뜻한 사람'이나 '할머니'로 상징되는 보편적인 사랑을 노래하기도 한다. 그러나 그녀의 많은 시편들은 사랑의 절정을 노래하기 보다는 오지 않는 사랑을 기다리는 기다림의 절절한 비원이며 그 좌절감과 상실감의 표출이라 할 수 있다.

그렇다면 이 시인에게 사랑은 왜 이토록 남루한 시간에 주어지는 간절함일까? 여기에서 우리는 시인의 시적 촉수가 어디로 향하고 있는가를 엿볼 수 있을 듯하다. 시적 화자는 '버려진 의자'에 앉아 '누가 세상을 다녀가면서 물 한 잔 마셨을 정류장'의 풍경을 추억한다. 이 시에서 정류장은 잠시 머물다 가는 우리네 삶의 비유이면서 만남과 이별의 연속인 生의 운명성을 상징한다고 할 수 있을 것이다. 삶의 가공할만한 속도와 그 속도로 인한 숨 막힘이 삶의 보편적인 형식이 되어버린 오늘날, 시인은 잠시 삶을 반추하고 성찰할 수 있는 휴식의 시간을 '물 한잔 마셨을 정류장'을 통해 기억하고자 한다. 그것은 바로 경쟁과 타율적 삶의 경영에서 한 걸음 떨어져 나온 자가 보여주는 자기성찰의 시간이며 이러한 시간이야말로 시인이 가져다주는 선물이라 할 수 있을 것이다. 이런 맥락에서 '주워온 의자'는 곧 시인 자신을 상징하며 이 남루한 시간은 절실히 한 사람을 사랑할 수 있는 열린 공간이라는 점에서 새로운 의미를 향해 열려있다. 즉 이명희 시인에게 있어서 버려짐으로서의 삶은 곧 누군가를 향한 사랑의 열망을 낳는 모태이며 그리고 이러한 사랑이야말로 그녀의 시가 과도한 자의식에 함몰되지 않고 세계를 향해 자기를 열어놓는 원천이 된다고 하겠다. 그러므로 이 시는 이명희 시인의 시론이 무엇인가를 엿보게 하면서 그의 시적 향방을 보여주는 시에 해당한다.

> 그릇에 묻은 깨죽같이 시시하게
> 나는 산다
>
> 대문에 서서 손으로 우편물을 찢고
> 벚꽃이 지고 있는,
> 참을 수 없는 눈물겨움
> 나도 돌아갈 것이다, 생각한다

공중전화에 껌처럼 붙어서
단물 빠진 안부를 묻고

사거리를 넘어 책방에 와서
죽을 때까지 내 무식함을 들키지 말자
조용조용 걸어다닌다

내 가진 것 다 가져라
가진 것이 보이면
지나가는 도둑에게 말을 걸고

삶이 느릿느릿 기어간다

—「삶이 느릿느릿 기어간다」 전문

　시인이 고백하는 자신의 삶은 '그릇에 묻은 깨죽같이 시시하게 사는' 삶이다. 그녀의 또 다른 시에서는 '구운 식빵처럼 뜯기거나 뭉쳐'(「겨울을 걸었다」)지는 삶을 말하고 있다. 언뜻 읽기에 소시민적 삶의 비애를 토로하는 듯한 이 시의 이면에는 의도적으로 철저한 소시민으로서의 삶을 선택한 자의 담담하지만 결연한 목소리가 짙은 배음으로 깔려 있다. 시인은 우편물을 찢고 단물 빠진 껌처럼 붙어 서서 전화를 하는 남루한 生을 살아가지만 '내 가진 것 다 가져라'라 외치며 가진 것을 도둑에게 내어주는 호기를 보여주기도 한다. 그렇다면 이처럼 시인이 세속성에 연연하지 않는 모습을 보일 수 있는 연유는 무엇일까? 시인의 이러한 자세는 '벚꽃이 지고 있는,/참을 수 없는 눈물겨움/나도 돌아갈 것이다'라는 인간의 필연적 귀향처인 죽음에 대한 자각을 잊지 않고 있기 때문에 가능할 것이다. 그녀의 많은 시편에서 보이는 죽음의 이미지는 느림의 삶을 가능하게 하는 중요한 실존적 좌표가 바로 죽음의 자각에 놓인다는 사실을 환기시킨다. 시 「누워 있어도」, 「마흔이 되고 싶다」 등에서도 보이는 느림에 대한 예찬은 빛과 속도를 향하는 시대에 대한 반성으로서 언제나 어두움과 그늘 혹은 죽음을 향하고 있다. 그녀의 시에서 자주 보이는 저녁의 이미지는 이러한 어두움의 이미지를 구체화한 것이라 하겠다. 따라서 그녀의 시에서 어두움은 빛을 쫓는 삶의 대척점에 놓이면서 내성의 시간을 향해 존재를 열어놓는 눈뜸의 시간이라 하겠다. 그러나 이명희 시인은 죽음을 통해 비워지게 될 삶에 대한 인식을 초월이나 초탈의 형식이 아니라 삶 안에서 극히 인간적인 방식으로 되돌려 놓는다. 이런 면에서 시인이 보이는 특유의 '느리느릿'이 포착하는 시적 정황은 삶의 가장 중요한 상징인 밥상 언저리를 벗어나지 않는다.

생각을 자반처럼 쪼아놓고 밥을 먹는다
오랫동안 입안에서 씹혔던 그대 생각이 넘어가고
그리움 쪽으로 그릇을 당겼다
세월을 나눠먹은
기억 저편의 슬픔을 굽다가 국물에 적셔먹어도
목이 막히는 이 메마름

젓가락으로 저녁을 뒤집었다
달이 기우는 하늘을 주렴처럼 걷고 싶었던
종지만한 내 마음이 등을 찔렀다
숟가락에 가만히 와서 담기는
눈물을 툭툭 받아먹으며 내 생이 하루만큼 빠지고,

빗장 걸어둔 뒤란으로 누가 서성이고 있다

—「저녁」 전문

시인은 홀로 밥상을 받아든 채 적막한 한 시절을 견디고 있다. '오 랫동안 입안에서 씹혔던 그대 생각'은 홀로의 삶을 유지하고 지탱하게 하는 근원적 힘일 것이다. 그리움의 대상은 부재하는 대상이지만 이 부재하는 대상이 가져오는 '눈물을 툭툭 받아먹으며' 살아가는 시인에게 있어서 그리움은 '빗장 걸어둔 뒤란으로 누가 서성이고 있다'는 진술에서 알 수 있듯이, 언제나 삶을 유지하게 하는 힘이라 할 것이다. 흔히 그리움이라는 주제는 다분히 감상적인 정서의 토로로 그치기 쉽지만 이명희의 시에서는 생활의 면면들과 강한 결속력을 보이며 이러한 위험을 비껴간다. 그녀에게 삶은 항상 '빗장 걸어둔 뒤란으로 누가 서성이고 있다'는 진술로 요약될 수 있는 그리움의 일 상이라 할 것이다. 이런 점에서 그녀의 시는 그리움의 시학이라는 전통적인 서정시의 흐름에서 벗어나지 않는다.

때때로 그의 이러한 절절한 그리움은 텅 빈 生의 순간에 직면하기도 한다. 그리고 이러한 텅 빈 生에 대한 인식은 어둠이 오는 시간과 함께 한다. 언제나 저물녘은 번잡한 일상의 문을 닫고 앉아 자신을 들여다보는 고요한 내성의 시간으로 주어진다. 이때 대상에 대한 한없는 기다림은 언제나 존재의 빈 곳을 향하여 시인의 상상력을 열어둔다. 다음의 시는 위에서 본 「저녁」이라는 시와 함께 이러한 정황을 여실히 보여준다.

생선을 발라먹으며
동굴처럼 비어있는
내장의 자리를 생각한다

남루한 生의 저녁: 이명희의 시세계   **111**

물과 작은 벌레를 녹여먹었을

알맹이는 버려두고

껍질만 불에 구워서 만찬을 연다

김치조각 같은 밥상을 펴고

껍데기는 껍데기를 찌른다

머리 속의 허전한 계절을 위하여

죽은 세월이 엎드려 말을 걸고

껍데기는 껍데기를 먹인다

죽은 것이 산 것을 온전히 가르치는

오 우리들의 학교

—「인생」 전문

이 시에서 생선을 발라먹는 시적 정황은(실제로 그녀의 많은 시편은
식사를 모티프로 하고 있는데) 알맹이 없이 살아가는 삶을 반성적으로
성찰하는 계기가 되고 있다. 그러나 알맹이 없는 생선을 발라 먹으며
살아가는 삶은 죽음을 통해 삶의 허기를 달래는 또 다른 텅 빈 실체
라는 자각으로 이어지고 있다. 그렇다면 시인이 텅 빈 껍데기의 삶을
포착하는 까닭은 무엇인가? 그것은 죽음에 대한 인식이 항상 삶의
밑그림으로 자리하고 있기 때문일 것이다. 삶의 강박들이 죽음을 망
각하게 하는 우리시대에 죽음이 삶을 의미화 하는 그녀의 시는 그러
므로 다소 심심하고 무기력해 보이기까지 하다. 실제로 이번 시집에
수록되어 있는 많은 시편들이 내용면에서나 형식 미학적인 면에서
지나치게 단순한 면을 보이는 것도 사실이다. 그러나 이러한 한계에

도 불구하고 그녀의 시는 삶의 짝패인 죽음을 기억함으로써 남루한
生의 저녁에도 누군가를 향한 간절한 사랑을 포기하지 않는다. 영원
한 그리움을 통한 사랑이야말로 죽음 앞의 生인 인간이 불태우는 가
장 욕심 없는, 그러므로 그 어느 것보다 순정한 갈망이기 때문이리
라. 이러한 사랑의 시학이 이명희 시의 근간을 형성하고 있기에 남루
한 生의 저녁을 살아가는 그의 시는 차가운 겨울을 이기고 꽃피는 봄
을 향하는 씨앗의 희망을 머금을 수 있었을 것이다.

> 오랫동안 겨울을 걸었다
> 덜거덕거리는 흰 뼈를 모으고
> 쓸쓸한 나무 사이로
> 평행선처럼 마주보지 못하는
> 걸음을 흔들었다
> 세상 귀퉁이를 모눈종이처럼 갈라놓고
> 발을 빼거나 담글 때
> 오랫동안 떠났으나 닿아보지 못한
> 길 끝의 길이 말을 열었다
>
> 아무렇게나 눕혀졌다
> 구운 식빵처럼 뜯기거나 뭉쳐져도
> 내 모습이 사람의 위로가 된다면
> 느리게 지나가는 저 달팽이집 같은 겨울 위에
> 내 피곤한 잠을 얹으리라
>
> 딱딱한 공기를 걷어차며
> 슬픈 짐승이여 행군하라

봉지에 갇힌 씨앗의 희망처럼

봄이 저기 온다

— 「겨울을 걸었다」 전문

시인은 홀로의 삶을 '슬픔 짐승'이 되어 살아온 듯하다. 이 시에서 겨울은 극도의 절대고독이면서 그 고독을 안으로 삭이고 달래는 인고의 시간이기도 하다. 이런 시인에게 삶은 '오랫동안 떠났으나' 그러나 한번도 '닿아보지 못한' 길 위의 그것이었다. 그러나 이 길 위에서 '구운 식빵처럼 뜯기거나 뭉쳐'지는 삶을 살아내면서 시인은 길의 말을 우리에게 번역해 준다. 그것은 바로 '봉지에 갇힌 씨앗의 희망처럼/봄이 저기 온다'는 환호성이라 할 것이다. 시인은 언제나 겨울을 걸어가는 자이지만 그의 내면은 봄을 향한 희망의 환호를 외면하지 않는다. 그러나 이명희의 시편들은 이 희망이 어떤 모습인지는 구체적으로 보여주지 않고 있다. 그녀가 이제 막 시적 출발선상에 서 있기에 희망은 하나의 징후이자 예감으로 남아있는지 모를 일이다. 아니 어쩌면 시인은 지금 절망과 희망의 문지방에 안타깝게 서서 어디로도 발을 옮기지 못하고 있는 것은 아닐까 싶다. 남루한 生을 노래하는 시인의 저녁에 환하고 따뜻한 별이 떠오르기를 기원해 본다.

견딘다는 것의 의미
— 김정수의 시세계

1

　김정수의 시는 희망 없이 살아내야 하는 삶을 향해 패배의 백기(白旗)를 들어올린 자의 그늘 깊은 노래다. 그러나 그의 탄식은 이미 백기를 들어올렸다는 점에서 패배적이지만 백기 든 상태로도 희망에 유혹당하거나 절망에 잠식당하지 않는다는 점에서 우울로부터 비켜서있다. 그의 시적 서사의 중심에는 가족사가 놓여 있는데, 특히 가난한 가장(家長)으로 평생을 살다간 아버지와 이러한 삶을 대물림하고 있는 시인자신의 삶이 겹쳐지면서 온힘으로 가족의 삶을 지켜내려는 가장의 삶에 대한 시적 응시가 도드라진다.

　두말할 것도 없이 가족사야말로 가장 흔한 이 시대의 드라마이면서 당연히 가장 진부한 드라마다. 이 드라마에서 원하든 원하지 않던 가장은 주역을 맡고 있으며, 아버지의 이름으로 혹은 남편의 이름으로 절대 무너지지 않는 힘을 과시하며 서사를 이끌어야 한다. 만약

이 가장의 이름을 포기한 자, 가령 가난한 혹은 실직한 가장은 한 가정의 근원적 비극을 제공했다는 더없는 죄의식과 수치심을 감내해야 한다. 그러므로 아버지는 더럽지만 세상과 싸워서 무슨 수로라도 이겨야 하고, 죄의식을 모면하기 위해서라도 더 고통스럽고 더 힘겹게 세계와 싸우며 참을 수 없는 모멸감을 가져다주는 이 삶을 견뎌내야 한다. 그러나 분명한 것은 힘없는 가장이 아무리 악을 쓰면서 세계와 싸운다한들 이미 승부는 결정되어 버린 지 오래라는 사실이다. 이 세계에서 극적인 반전은 판타지 속에서만 존재할 뿐이다. 이 같은 희망이 거세되어 버린 삶을 살아내야 하는 가장의 암담한 내면이 김정수의 시세계를 감싸고 있는 기본 정서라 할 것이다.

김정수의 시적 촉수는 세계와의 싸움에서 처절한 패배를 인정하는 순간을 향해 있다. 그의 시는 패배와 그로 인한 고통을 감내하는 생(生)의 한 순간을 시적 거처로 삼는다. 그는 패배한 자에게 가해지는 학대와 이를 감내하는 몸을 통해 자신의 처절한 존재성을 온몸으로 증명하고자 한다. 그러므로 그의 드라마는 재미없고 지루하고 진부하며 때로는 옹색하기까지 하다. 그러나 모든 비상에의 혹은 역전의 드라마를 반납한 가장의 정직한 자기응시야말로 가난한 소시민 가장의 남루한 내면을 가장 진솔하게 웅변한다는 점에서 문제적이지 않을 수 없을 것이다. 따라서 시인이 보여주는 비천한 가장의 드라마는 발단과 결말이 비극에서 출발하여 비극으로 끝나는 반복과 순환의 구조를 보이지만, 삶의 성취욕망을 완전히 거세하고 백기를 들어올리기까지 시인이 겪는 삶의 고통스러움을 생각할 때 그의 드라마는 눈물겹기까지 하다. 시인은 삶의 폭력적 현실로부터 자신과 가족을 지키기 위해 폭력을 온몸으로 견딤으로써 생계의 험로를 헤쳐 나가고자 한다. 그러므로 김정수의 시세계에서 견딤은 삶에 대한 유일하고도 처절한 대응 방식이라 할 수 있다.

　그렇다면 먼저 김정수의 시세계에서 가혹한 고통을 감내하면서 끝
내 가족을 지키는 가장의 삶은 어떤 모습으로 그려지고 있는가를 살
펴보자.

　　　나도 저처럼, 웃으며
　　　죽음을 맞이할 수 있게 하시압
　　　더러운 우리에 갇혀
　　　손가락질 당할지라도
　　　순간의 고통 잊게 하시압

　　　저처럼 나도, 목이 잘릴지언정
　　　입안 가득
　　　돈봉투 물고 있게 하시압
　　　평생 떠돈 노동판
　　　남은 건 목까지 차오른 癌과
　　　나를 닮은 새끼들뿐

　　　수술은 무슨!
　　　판잣집 전세금이나마
　　　곱게 남기고
　　　죽어서도 남겨
　　　남은 식구들
　　　입에 풀칠이나 하게 하시압 이제

　　　우리 밖을 넘보기보다는
　　　우리 안에서

식구들 곁에서 웃으며
경계를 넘게 하시압 저처럼 나도
죽어서도
큰절 받게 하시압

—「고사용 돼지머리」 전문

　시인은 '고사용 돼지머리'를 보며 죽음의 순간까지 생계를 위해 가
장으로서의 희생을 마다하지 않겠노라고 다짐한다. 이 각오와 다짐
은 목숨을 건 싸움을 배경으로 한다는 점에서 시인이 직면하고 있는
생계의 가혹함을 짐작하게 한다. 그는 가혹한 현실을 살다 죽음에 이
르는 순간까지 '식구들 곁에서 웃으며/경계를 넘'으려는 강고한 염
원을 버리지 못한다. 냉엄한 현실은 '돈봉투', '큰절' 등의 욕망으로
가장을 유혹한다. 그러나 가난한 가장에게 남는 현실은 '전세금',
'풀칠'로 이어지는 생계의 고달픔이며 목숨을 바치면서 지켜야하는
가족에 대한 의무감이다. '목까지 차오른 癌'이라는 죽음의 순간까
지도 가장으로서 가족을 지키려는 고투는 '판잣집 전세금이나마/곱
게 남기'고 가고자 하는 극단적인 자기희생으로 나타난다. 이처럼 시
인은 목숨까지도 기꺼이 내놓으면서 가족을 지키는 자신의 모습을
'고사용 돼지머리'의 우스꽝스러운 모습으로 인식한다. 그에게 가족
은 '손가락질 당할지라도/순간의 고통'을 견디게 하는 원천이며 절
대적인 가치로서 자리하고 있는 것이다. 따라서 김정수의 시세계는
목숨을 걸고라도 어떻게든 지켜야 하는 마지노선으로서의 가족, 그
리고 이를 위해 죽음도 불사하는 가장의 삶이 시세계의 중심 내용을
이루고 있다고 하겠다.

　그렇다면 김정수의 시세계에서 가장이라는 고통스러운 책무감의
원체험은 어떻게 형성된 것일까? 이 시집의 도처에서 산견되는 아버

지에 대한 기억은 아버지야말로 시인에게 하나의 치명적인 내상(內傷)으로 자리하고 있음을 짐작하게 한다. 다음의 시를 읽어 보자.

> (전략) 먼 길을 따라
> 소원했던 식구들 墓碑처럼 모여든다.
> 장독대 옆에는 더 이상 자라지 않는
> 나무가 있다. 그 나무의 목줄기엔
> 유해한 벌레들이 아……癌…… 아, 아버지.
> 피가 말랐다. 몸은 고사목이 되어갔다.
> 지문 지워진 손처럼 나이테 썩어 가는 나무는
> 나이를 감추고 있었다. 언제 죽을지 모르면서도
> 낮이면 일을 나갔다. 뿌리가 허약해 늘
> 상처를 달고 다녔지만
> 分家한 자식들에겐 전화 한 통화하지 않았다.
>
> ―「祭祀」부분

　몸에 암덩이를 키우면서도 생계의 끈을 놓지 않았던 아버지는 시인에게 가장의 멍에를 짊어지게 한 장본인이다. '언제 죽을지 모르면서도/낮이면 일을 나가'야 했던 아버지는 시인에게 깊은 내상을 남기며 정신적 강박을 심어준 것으로 추측된다. 가난한 삶과 그 가난에 대한 책임을 죽음 앞에서도 놓아버리지 못했던 아버지의 삶은, 시인에게 비극적인 상처를 남기며 '빗쟁이처럼/함부로 드러눕는//파산한 家長'(「물 위의 가족」)에 대한 강박적인 경계심을 낳은 것으로 판단된다.

　김정수의 시세계에서 아버지에 대한 기억은 「그늘, 그 아침의」, 「껍질 속의 고리 끊기」에서 비교적 직접적으로 드러나고 있는데, 이 시편들에 기대어 짐작해 보면, 시인의 아버지는 가난한 환경미화원으로 살다 온몸에 암이 퍼져 돌아가셨음을 알 수 있다. 죽음 직전까지 가난한 가장의 삶을 감내하며 그늘진 삶을 기꺼이 감당했던 것이다. 시인에게 이런 아버지는 영혼에 덧입혀진 상처이며 끝내 그가 도달하야 하는 근원적 동일시의 대상으로 자리 잡는다. 이 아버지라는 이름으로 새겨진 내상은 시인의 시선이 사회로 확대되어 나감에 따라, 시인 자신에게는 아버지와 같은 삶을 강요하는 심리적 검열기제로, 사회적으로는 가장의 멍에를 아프게 짊어지고 가는 이웃들의 삶에 대한 관심으로 표출된다. 「신월동, 신혼의」, 「명퇴일기」 등이 시인의 직접체험을 다루고 있다면, 「잘못 들어선 길도 때론」, 「흔적」, 「목수」 등은 고통스럽지만 끝내 가장으로서의 삶을 포기하지 않고 살아가는 백기든 가장의 삶을 절제된 시선을 통해 묘파해 내고 있다. 반지하 셋방에서 기관지염을 달고 사는 아내에게 미안해서 '문 닫는 소리조차 내지 못한 채'(「신월동, 신혼의」) 출근하는 남편이나 '가족의 생계가 대팻날 속에 들락거리는'(「목수」) 목수는 가난한 가장으로 살아가는 힘겨움을 다루고 있는데, 이들은 모두 죽음의 순간까지 가장의 삶을 회피하지 않았던 아버지의 모습과 닮아 있다. 이처럼 시인에게 아버지라는 내상은 삶이야말로 처절한 견딤이라는 것을 각인시켜준 근원적인 상처이자 원체험이라 할 것이다.

2

김정수의 시세계에서 가난한 가장의 삶은 시적 질료의 원형질을 이루고 있다는 점에서도 중요하지만 이것이 강한 자학의 미학을 형성한다는 점에서 눈여겨 볼 필요가 있다. 시인에게 삶이란 온몸이 찢

기는 고통을 감내해야 하는 현실과 동의어이다. '온 몸이 쫙쫙 찢어
져 씹히고야마는/고단한 삶이여'(「오징어」)라고 노래하는 시인에게
삶은 학대받는 몸에 대한 자각이 곧 삶이라는 내용으로 이어진다. 그
의 많은 시편들이 이러한 인식을 가공할 자학으로 드러냄으로써 고
통스러운 현실을 반영한다. 시인은 학대받는 몸을 통해 살아있음을
확인함으로써 자학적인 시선으로 존재를 실현한다. 즉 시인에게 자
학은 견딤의 한 방식이며 자기존재에 대한 웅변이다.

그는 물고문을 당한다

입에 게거품을 물고 하얗게 까무라친다

찬물을 뒤집어쓰고서야 간신히 눈을 뜬다

정신 추스릴 새도 없이 다시 물고문을 당한다

그는 원래 결백했지만 약간의 노폐물을 배설한다

그러나 그것만으론 양이 차지 않는 모양이다

몽둥이가 날아오고 온몸이 자근자근 부서진다

그는 더 이상 견디지 못하고

검은 내막을 몽땅 토해낸다 새로 산 흰와이셔츠처럼

평생을 살 수는, 한번만 입어도 소매 끝에

때가 끼는 것을…… 다시 몽둥이가 날아온다

마침내 그는 검은 얼룩을 만들어 뱉어낸다

그제서야 몽둥이가 멈춘다 그는

각서를 쓴다 오늘 일을 죽는 한이 있더라도

입 밖에 내지 않겠다는. 그는 지하에서

옥상으로 끌려간다 온몸이 후줄근히 구겨져 있다 그러나

고문은 아직 끝나지 않은 모양이다

그는 목이 잡혀 허공에 떠올라 남아 있던 눈물마저

탈탈 털린다 목숨만은 살려달라 애원하지만

끝내 거꾸로 매달리고 만다 '바람이 분다

살아야겠다 열심히 白旗를 흔든다

˙폴 발레리

—「옥상의 빨래」 전문

　시인은 옥상에 널린 빨래를 보며 고문당하고 학대받는 삶을 연상
한다. 이러한 상상의 전이에는 삶이란 '새로 산 와이셔츠처럼 평생
을 살 수는' 없다는 체념과 함께 '검은 얼룩을 만들어 뱉어내'게 하는
삶의 가공할 만한 폭력에 대한 응시가 깃들어 있다. 삶의 폭력으로부
터 지울 수 없는 상처를 받은 영혼은 이 세계를 학대와 피학의 현실
로 인식하게 된 것이다. 이 폭력 앞에서 '눈물 마저 탈탈 털린' 채
'목숨만은 살려달라고 애원하지만 끝내 거꾸로 매달리'는 절망적인
삶이 선택할 수 있는 방법은 무엇일까? 그것은 김정수의 시세계가
지향하는 바가 무엇인가하는 물음과도 결부되는 바, 바로 '바람이
분다/살아야겠다 열심히 白旗를 흔든다'가 그 답이다. 삶의 폭력성
앞에서 함부로 희망을 누설하거나 절망을 발설하지 않고 오히려 당
당히 백기를 흔드는 것. 시인은 백기를 흔들며 폭력적 삶에 균열을
만들어내는 방식으로 삶을 의욕한다. 이러한 존재방식이야말로 세계
의 폭력을 모방없이 소진시키는, 누구보다 여리고 섬약한 내면을 가
진 시인만이 발견할 수 있는 미학적 귀착지가 될 것이다. 시인은 삶
을 향해 당당히 백기를 흔든다. 백기를 흔듦으로서 시인은 세계의
'검은 얼룩'에 오염되지 않는 순수한 자신의 성채를 간직하고자 한
다. 그러나 이 성채는 너무 학대받아서인지 온몸이 멍이다. 하지만
시인이 '내 팔에 白旗가 숨어 있다'(「기지개」)고 말하거나 '가냘픈 갈

대가 白旗를 흔든다'(「벌판에서」)고 세계를 바라볼 때, 이러한 인식에
는 상처받은 몸이 보여주는 처절한 정직함과 이 정직함으로 삶을 견
디려는 의지가 숨겨져 있다. 그러므로 김정수의 시세계에서 백기는
패배와 절망의 은유라는 관습적 인식을 거부한다. 오히려 이 시인에
서 백기는 삶이 우리에게 말하려는 것이 무엇인가를 인식하는 지표
이자 하나의 준거라 할 것이다. 백기를 들고 시인은 '살아봐야겠다'
며 생을 욕망한다. 모든 것을 포기하고 현실의 경계를 넘어설 수도
없고 그렇다고 '검은 얼룩'을 토해내는 현실의 안쪽으로 다가갈 수
도 없는 시인은 이 경계에서 학대받는 몸을 통해 고통스럽게 삶을 견
딘다. '추락해 본 것들은 날아오르는 꿈을 꾸지 않는다/바닥에 드러
누운 것들도/함부로 절망을 꿈꾸지 않는다'(「신월동, 신혼의」)는 진술
처럼 추락과 비상, 하강과 상승의 어느 한쪽으로 치닫지 않고 이 상
반된 것들의 틈바구니에서 긴장을 유지하며 희망도 절망도 아닌 삶
자체를 그는 견딘다. 그러므로 이 시인에게 삶은 견디다로 술어화(述
語化)된다. 열심히 백기를 흔들면서 견디는 자에게 '산다'는 곧 '견디
다'이다. 다음 시는 시인에게 견딤의 의미가 구엇인가를 구체적으로
보여주는 한 예이다.

<blockquote>

못을 박다가
망치가 헐거워져 자꾸 빠지면
망치에
못을 박아야 한다

</blockquote>

—「不惑」 전문

  시인에게 가장으로서의 책무를 다하며 이 세상을 산다는 것은 스
스로를 향해 못을 박는 행위와 다르지 않다. 자신에게 주어진 삶을

산다는 일이 얼마나 어려운가를 생각하게 하는 이 시는, '못'을 향한 '망치'의 가학이 '망치'에 대한 '못'의 가학으로 역전되는 순간, 즉 가학이 자학으로 전복되는 순간을 포착하고 있다. 자학의 방식이야 말로 이 시인에게 견딤을 지탱하는 시적 전략이라는 사실을 극명하게 보여주는 예라 할 것이다. 그러므로 견딤은 희망에게도 절망에게도 쉽게 혹하지 않고 냉철하게 자기를 지켜나가려는 시인의 정신적 고투를 의미한다. 시인은 스스로에게 못을 박는 아픔을 견디면서 자신에게 박힌 못, 즉 견딤의 방식을 시로 쓴다. 어쩌면 시인은 스스로에게 못을 박는 자학적인 자세를 견지함으로써 누추한 절망이나 남루한 희망에 미혹되지 않고 담담하게 자기를 지켜나갈 수 있었을 것이다.

한편 김정수의 시세계에서 이러한 자학적인 면모는 시인의 세계관뿐만 아니라 단순한 시적 수사에서도 지배적인 기법으로 드러난다. '새끼손톱만한 웃음조차 걸리지 않는/깨진 창이, 몰려오던 환한 아침을 찢었다'(「껍질 속의 고리 끊기」)나 '나무 끝에 찔린 순진한 빗방울'(「여러 조각난 하늘」), '오늘 아침도/사람들 틈에 욕설처럼 박혀'(「지하철」)나 '온 몸이 쫙쫙 찢어져 씹히고야마는'(「오징어」) 등에서 알 수 있듯이, 시인에게 자학적이거나 피학적인 세계인식은 표현기법의 한 특징으로 자리하고 있다. 이러한 수사적 특징은 짧은 단문을 구사하는 문체적인 특징과 결부되면서 시에서 정서적 촉기를 제거하고 시적 건조함을 강화하는데 기여한다. 그러나 그의 이러한 시적 건조함은 비극을 말하는 순간에도 결코 감정의 흘러넘침이나 치우침으로 치닫지 않으려는 아버지라는 내상 혹은 가장이라는 상처가 가져다준 무의식적 자기검열의 결과로 보인다. 시인의 시선이 삶의 폭력성에 가닿을 수 있었던 근원적 동인은 아버지라는 원상처라는 점은 앞에서도 살폈다. 그렇다면 이 시인에게 있어서 세계의 폭력성에 대한 천착을 통해 자신과 가족에게 폭력을 가한 세계의 비정함을 굳이 자학의 미학으로 수용해 나가고자하는 이유는 무엇일까? 그 이유는 자학이야말로 자신을 학대함으로써 비로소 이 세계에서 자신을 이탈하지 못하도록 만드는 견고한 장치라는 사실에서 찾을 수 있을 것이다. 이 장치가 견고할수록 시인이 느끼는 내면적 참담함과 아득함은 증폭한다는 사실은 어쩌면 당연할 것이다.

3

　김정수의 시세계에 있어서 아버지라는 내상은 죽음과 부재의식과도 깊이 결부된다. 시인에게 아버지는 가장의 삶을 성실하게 수행하게 하는 강한 삶의 의지를 의미하지만 다른 한편으로는 죽음과 같은 적막이라는 내면을 그에게 심어준 실체이기도 하다. 다음의 시는 이러한 점을 잘 보여준다.

> 태아처럼 웅크린 늙수그레한,
> 구멍난 양말조차 신지 못한 채
> 그늘 그 위험한 모서리에서 즐기는 단잠의,
> 밤새 재활용 폐지 모아 헐값에 넘기고는 무일푼으로 돌아와 죽음 퍼 올리는,
>
> 　　　　　　　　　　　　　　　　　—「그늘, 그 아침의」 부분

　시인에게 아버지에 대한 기억은 언제나 죽음과 결부된다. 이때 죽음은 가난체험의 비유이기도 하지만 다른 한편으로는 죽음으로 밀봉되는 존재의 구멍에 대한 강한 자각을 수반하고 있다. 시인이 '죽음

보다 깊은 막장엘 들어가도 外風 부는 몸'(「흔적」)으로 바라보는 세상
은 끝이 보이지 않는 깊은 상실감을 낳는다. 죽음이 깃든 몸이라는
인식은 물리적인 죽음을 자각함으로써 삶의 환난을 견디려는 죽음에
대한 애착을 불러일으키기도 한다. 기실 죽음만이 가장의 책무에 시
달리면서 끝내 버리지 못한 가족이라는 짐을 내려놓을 수 있는 유일
한 출구이기 때문이다. '밤새 재활용 폐지 모아 헐값에 넘기고는 무
일푼으로 돌아와 죽음 퍼 올리'는 가난한 가장에게 죽음은 마지막으
로 그에게 허락된, 그것도 간신히 허락된, 평화며 휴식일 것이다. 그
러나 시인의 의식 속에서 이러한 죽음은 더 깊은 상실과 부재의식을
심어주는 계기로 자리한다. 다음 시는 이러한 시인의 내면을 진솔하
게 보여준다.

고샅길 돌아오는 추위에 얼어

또르르

바닥에 구르는 불빛.

사랑은 저 혼자 아름답고

나에겐 발 녹일

무덤조차 없다.

— 「집」 전문

　시인에게 목숨을 바쳐서까지 지켜야하는 집 혹은 가족은 추위에
얼어 바닥을 구르는 작고 희미한 불빛마저도 허락되지 않는 암담함
그것이다. 그러므로 '사랑은 저 혼자 아름답고' 시인에겐 '발 녹일/
무덤조차 없다'. 이러한 비극적인 부재의식은 죽음조차 고통스럽게
각인된 영혼에게 포착되는 아픈 고백이 아닐 수 없을 것이다. 이처럼
발 녹일 무덤조차 없는 시인에게는 '밥을 먹는다'(「罪」)는 사실이 죄

이고 '인간으로' '다시 태어난' 것이(「罰」) 벌이다. 이러한 존재와 삶 자체에 대한 부정은 시인의 내면에 자리한 '발 녹일/ 무덤조차 없다'는 상실의식 혹은 부재의식과 연관된다고 할 수 있다.

한편, 시인은 죽음 혹은 무덤조차 허락되지 않는 삶을 살아내기 위해 때로는 가벼운 조롱과 풍자로 세계를 야유하거나 언어유희를 통해 참을 수 없는 조소를 드러내기도 한다. 가령 '불만있는놈과/불필요한년이한데어울려/불장난을한다//불보듯빤한데/불철주야//불장난을한다//연막을치고/분탕질을친다//불만있는놈과/불필요한년둘이서//초가삼간/다태운다.'(「빈대」)같은 시에서 이러한 풍자의식은 재미를 전해주기도 한다. 그러나 대개의 시편들은 지나치게 상식적이거나 상투적인 면을 벗어나지 못하는 한계를 보여준다. 문명에 대한 불만을 다룬 「末 – 20세기」, 「양들의 침묵」이나 현대적 삶과 일상성을 다룬 「현대인」, 「지하철」, 「하품」, 「동대문은 열려 있다」 등등의 시편에서 날카롭고 참신한 풍자성을 찾기는 어렵다. 이 풍자시편은 당당히 백기를 들어올리고 자학적인 자세로 삶을 견디려는 시인의 시적 중심주제과 깊은 관련성을 갖지 못한다는 점에 그 실패의 중요한 원인이 놓여진다고 하겠다.

시인은 누구보다 삶이 환난(患難)이며 고통의 축제라는 점을 잘 알고 있는 듯하다. 이러한 시인의 인식은 대부분의 시편들에서 자학적인 언어로 세계를 가두고 그 속에서 고통을 감내하는 모습을 하고 있다. 이런 점에서 이번 시집의 많은 시편들은 세상의 아픔을 향한 열림의 언어를 보여주지 못하고 있다. 그러나 다음과 같은 시는 앞으로 그의 시가 나아갈 방향을 조심스레 짐작하게 한다.

새가 나무에 날아와 앉습니다
새의 무게만큼 나무가 휘어집니다

새가 날아갑니다
나무는 새의 무게만큼 일어섭니다

또 다른 새가 날아와
나무에 앉습니다
새의 무게만큼 나무가 휘어집니다

새가 날아갑니다 그러나
새의 무게에 길들여진 나무는
일어설 줄 모릅니다

하늘도 새의 무게만큼 휘어져
일어나지 않습니다

하늘로 날아간 새도
나무만큼 휘어져 아쉽습니다

—「나무와 새」 전문

　　삶이 시인에게 백기를 들게 했음을 고백하는 가파른 생애의 서사
(敍事)가 이 시집의 중심을 이루고 있다면, 이 시는 이러한 서사가 보
편적인 삶의 아픔 속으로 녹아드는 모습을 보여준다. '새'와 '나무'
를 자아와 세계로 환치시켜 놓고 보면, 결국 이 시는 내가 아프면 세
상이 아프고 세상이 아프면 내가 아프다는 유마적인 일깨움의 시적
형상화로 볼 수 있다. 이러한 인식은 그의 시가 자학이라는 상처 난
언어에서 상처를 향해 열린 사랑의 언어로 나아갈 수 있는 출구를 제

공하고 있어 의미 있게 다가온다. 세상이 내게 준 상처와 내가 세상에 낸 상처를 정직하게 직시하는 일, 그것은 '새'와 '나무가 휘어짐'과 '일어남'을 변주하는 동안 서로의 상처를 공유해 나가는 과정에 해당할 것이다. 이때 공유는 상처를 사랑의 이름으로 치환시키는 힘이라 할 수 있다. 이 힘이 삶 속에 내장되어 있음을 직감하는 시인의 시선은 보편적인 삶의 상처로 시적 촉수를 옮겨 놓으며 그 시적 폭과 깊이를 확보해 나갈 것으로 기대된다. 이것은 시인에게 견딘다는 것의 새로운 의미영역을 발견하는 일에 해당할 것이다.

삶의 길 혹은 虛白의 시학
―신진의 근작 시편

1

    신진 시인의 근작 시편에는 인간사의 세속적 가치에 대한 덧없음이 짙게 배어 있다. 이 허망에 대한 절실한 공명은 활달한 어조와 상응하면서 시인을 현실적 속박으로부터 멀찍이 비켜나게 한다. 그러나 시인의 이러한 탈속적 경향이 진입하는 지점은 언제나 세속의 한 순간을 포착한다는 점에서 그의 시는 지독하게도 세속적이다. 따라서 그는 그믐밤 길을 잃고 헤매는 산행의 한 순간(「그믐밤 길을 잃고」)이나, 모래성을 쌓고 허무는 부자를 바라보는 순간(「모래성」)이거나 질질맞은 오줌빨을 바라보는 순간(「찌꺼기」)에도 사람다운 삶, 삶다운 삶의 길을 찾는데 골몰한다. 세속과 탈속의 이러한 팽팽한 긴장관계는 시에 탄력성을 부여하는 주요한 시적 전략으로 자리하면서 시인 특유의 긴장과 이완, 속박과 자유, 맺힘과 풀림의 변증을 펼쳐 보인다. 기실 소시민적 삶에 대한 애정이나 순수 존재로의 열망, 혹은 물질문명에 대한 비판과 인간 회복에 대한 열망을 보여준 것으로 평가되는 기왕의 시세계에서도 이러한 기법은 주요하게 자리해 왔다. 이를 통해 시인은 온갖 세속적 삶의 부박한 형태를 벗어나 비움으로써 환하게 열리는 아름다운 무욕의 순연한 존재성에 이르고자 한다. 분별과 소유의 욕망에 시달리는 세속의 삶에서 벗어나려는 시인의 시적 지향점은 『장자』의 「인간세」편에 묘사되어 있는, 아무 것도 없이 텅 빈 마음에 산다는 눈부시게 희고 환한 빛(虛室生白)을 좇는 허백의 영혼을 추구한다고 하겠다.

소유가 아닌 비움, 시비와 분별이 아닌 평정과 화해의 마음을 추구하는 시인의 시적 소망은 언제나 일상적 삶의 면면을 관류한다. 이처럼 신진 시인의 근작시편은 일상적이며 소시민적인 삶에 주목한다는 점에서 이전의 시세계와 그 맥을 같이하면서도 세속적 욕망에서 벗어나 존재의 가벼움과 자유로움을 적극적으로 노래한다는 점에서 시적 반경을 심화확대하고 있다고 하겠다. 우선 그의 최근작을 살펴보자.

> 소변을 보아하니
> 그놈도 나이가 들었는지
> 오줌빨이 질질맞다.
> 다 털어 내었는데
> 아직도 한 짐 남았다.
> 욕망의 원망의 남은 찌꺼기
> 마저 떨지 못하고
> 털 때마다 남겨서 손가락을 버리는지.

— 「찌꺼기」 전문

무언가가 몸을 빠져나가는 배설의 순간에 시인은 자신의 몸 속에 남은 '욕망의 원망의 남은 찌꺼기'를 발견한다. 다 비워내지 못한 그 무엇으로 인해 스스로의 몸이 더럽혀지고 마는 것은 무슨 까닭일까? 이는 단순히 '나이가 들어'가는 생물학적 노화 때문이 아니라 나이가 들어갈수록 제대로 버리지 못하고 소유욕에 찌들어 가는 세속적 집착에서 비롯되는 것일 테다. 이 시를 통해 시인이 포착하고 있는 것은 몸의 노화와 반비례하는 세속적 집착의 강화란 바로 삶의 알맹이가 아니라 찌꺼기이며 영혼을 더럽히는 오염원이라는 점이다. '다 털어 내었는데/아직도 한 짐 남아' 손가락을 버린다는 인식은 이 집착의 강도가 쉽게 철거될 성질이 아님을 여실히 보여준다. 그렇다면 이러한 집착의 마수에서 어떻게 벗어날 수 있을 것인가?

지금 여기가 아닌 또 다른 곳으로 향하는 시인의 열망은 '날아가는 새를 보면/떠나고 싶다/흘러가는 구름 보면/떠나고 싶다'(「떠나고 싶다」)에서처럼 직접적이고 노골적으로 토로된다. 그러나 이러한 탈속의 열망은 인간과 상치되는 자연으로의 표박이나 관념적 유토피아의 탐닉이 아니라 지금 여기에서 살아가는 삶의 반성을 통한 인간다운 삶의 회귀로 이어진다. 즉 떠남이라는 다른 삶의 방식에 대한 모색이 '곧은 사람, 착한 사람 그리워하며/굽은 사람 나쁜 사람 정해 놓고 미워하면서'(「떠나고 싶다」) 살아가는 세속의 가치에 순응하지는 않으리라는 결의로 이어지는 것은, 식탁의 온기에 기대어 모여 사는 인간사의 풍경을 '세상은 그래도 아름다웠다'(「떠나고 싶다」)고 기억하는 시인의 천품과 깊이 연관되어 있는 듯하다. 그의 이러한 인정주의는 그의 대표작 가운데 한 편인 「겨울 송충이」에서도 이미 확인된 바 있는 대목이었다.

겨울 밤/아이스크림/아들 두 놈이 잠을 잔다./은백색 망아지/잔등에서

부숴지는/十九공탄의 금 비늘/분노의 그림자/달게 녹는다./천막집 소주
와/닭 내장 구이의 잔해를 떨며/아비는 옷을 벗는다./천근만근 누르는/어
둠의 큰 엉덩이 밀치며/열 세 평 전세 아파트, 밤내/오무렸다 펴고/오무
렸다 펴고/푸릇푸릇 송충이 애벌레처럼.

—「겨울 송충이」 전문

차가운 겨울밤에 가난한 가장이 마주한 방안의 풍경은 삶에 대한
분노도 천근만근 누리는 어둠도 안으로 달래고 삭이게 하는 애벌레
처럼 잠든 두 아들의 모습이다. 이를 통해 시인은 '오무렸다 펴고/오
무렸다 펴고'하는 푸릇푸릇한 애벌레의 성장을 직관적으로 포착한
다. 이러한 애정어린 시선은 세속적 삶의 덧없음을 포착하고 떠나보
지만 결국 세속으로 되돌아오는, 마치 '오무렸다 펴고'를 반복하며
존재의 성숙한 면모를 획득해나가는 애벌레의 모습에 비견된다. 그
러기에 신진의 시에서 떠남은 언제나 되돌아옴으로 이어진다.

겨울 산 오르는 동안
호주머니 속 땅콩캬라멜
껍데기만 남는다.
감귤 향 사라지고
껍데기만 남는다.
수통에 찼던 물
껍데기만 남는다
기슭에서 떠돌던
형형색색의 이름들
껍데기 되어 날아간다.
돌아가는 길

나도 껍데기만 남아 있다.
겨울산 골짜기 온통 껍데기
바람의 껍데기가 딱 딱 딱
빈 눈꺼풀을 때린다.

—「겨울산 껍데기」 전문

산행은 시인의 탈속을 자극하는 주요 모티프로 자리한다. 산을 오르는 동안 세속의 꺼풀들이 하나하나 벗겨지고 결국 껍데기만 남는다는 외면적 인식은 '형형색색의 이름들/껍데기 되어 날아간다'는 내면적 비움의 과정을 수반한다. 그러므로 '돌아가는 길'은 껍데기로 남은 자신의 모습을 통해 껍데기와 알맹이가 역전하는, 비움과 충만의 역설적 합일이 진행되는 숙성의 시간이기도 하다. 껍데기로 남은 자신에 대한 자각은 존재본연의 무욕한 모습으로의 귀환을 촉진하며 '빈 눈꺼풀을 때리'는 생명감각의 일깨움으로 이어진다. 이처럼 그의 시는 산행을 통해 비워낸 존재의 아름다운 무욕의 귀환을 자각한다. 이는 결국 빈손으로 돌아가는 인간의 존재성을 직감하는 일이기도 하다. 그러나 여기서 심각하게 고려해야 할 것은 그의 시적 전언이 시적 형상성의 완성으로 치닫지 못하고 직접적 진술이나 관념의 성급한 드러냄에 머문다는 점이다. 우리는 시적 지향점이 외적인 몸체를 늘여나갈수록 시적 내실로서의 응축과 비약은 약화 내지는 이완된다는 사실을 적지 않은 독시경험을 통해 알고 있다. 두말할 것도 없이 연륜과 서정적 긴장이 함께 어우러질 때 비로소 서정의 도도한 향기가 오래 간직될 수 있음은 자명하다. 그러나 이같은 교양적 진술에 기대는 한계에도 불구하고, 그의 시는 '길없는 길'로 명명되는 삶의 길을 찾아 떠나는 길찾기의 노래로 자본과 포식에 길들여진 우리의 현실을 질타하고 각성케 한다.

그믐밤 산에서 길을 잃고

나그네 되니

내딛는 걸음마다 길이로구나.

딱딱새 나무 쪼는 소리에 악의가 없고

밤부엉이 우는 소리 시비(是非) 들 틈이 없네.

대명천지, 길 이르는 이 가득하고

길 고르는 이 많아도

이제보니 그믐밤 산길보다 어두웠구나.

길 잃고 때를 잃고 나그네 되니

소리마다 향마다 새 길을 여네.

길 없이 가는 그믐밤 산길

세상사 돌이켜 한탄할 까닭이 없네.

매달리지 않는다면 인간사의 숲속에서도

어디를 가나 길은 열리는 것을

서로 횃불을 끄고 어둡게 섞여 구르다 보면

마음 이어 함께 가기도 하리.

길 잃은 그믐밤 나그네에게

오오, 그립지 않은 길 없네.

—「그믐밤 길을 잃고」 전문

　　세속적 삶의 덧없음과 부질없음을 한탄하며 시적 화자는 그믐밤 산길의 '길 없는 길'을 발견한다. 밤에도 대명천지처럼 환하게 불을 밝히는 백야의 문명에 견준다면, 이 그믐밤의 산행은 악의와 시비, 집착에서 벗어나 존재의 진정한 내면과 조우하는 시간이다. 어두운 내면의 숙성을 통해 예감하는 삶의 연대는 '서로 횃불을 끄고 어둡게 섞여 구르다 보면/마음 이어 함께 가기도 하리'라는 진술로 알 수 있듯이, 탈속의 순간에 직면하는 진정한 삶의 길의 모색이라 하겠다. 그믐밤의 산행은 어디를 가나 길은 열린다는 인식으로 이어지면서 '길잃음/길찾음'의 동일시라는 자기성찰의 전형적인 구도로 그 중심 축을 형성한다. 이러한 자기반성의 반성적 사유는 무한포식을 주도 하는 신자유주의 경제체제 하에서 텅 빈방에서 환하게 뿜어져 나오 는 허백의 시학을 추구한다. 집착에서 벗어난 자유로운 영혼의 탐구 는 인간과 삶을 향한 뜨거운 그리움으로 전환되면서 세속의 초입으 로 귀환한다고 하겠다.

  결국 신진의 근작 시편은 탈속의 호방하고 유유자적하는 다분히 고전적인 정서를 탐취하면서도 언제나 사람살이를 도외시하지 않는 다는 점에서 세속적 삶을 견지하는 미덕을 간직한다. 또한 고전적 정 서에 입각한 엄정한 어조를 간직하면서도 환경오염의 문제(「강—부 동강」)나 생명의 자연스러움을 감금하는 인위성에 대한 비판(「애완견 '고리'의 출산」)에도 민감하게 그 시적 촉수를 드리움으로써 탈속과 세속의 팽팽한 긴장을 통한 진정한 삶의 길을 모색한 데에 적극적이 다. 문제는 이같은 폭넓은 시적 경계에 비례하여 시적 비유와 상징의 밀도를 더해가기란 결코 수월치 않다는 점이다. 삶에 대한 진지한 성 찰은 상징의 강렬함과 비유의 참신함을 통해 실현된다는 점은 고전 적 서정시가 자칫 관념의 교술로 떨어지는 위험을 목도해 온 독자라 면 누구나 염려하는 대목이 아닐 수 없다. 이런 맥락에서 신진의 최 근작은 전통서정의 안과 밖, 어제와 내일을 다시금 묵상케 하며, 진 정한 사람다움의 길을 조용히 반추해 보게 한다.

극빈의 정신 혹은 욕심 없는 나라의 백성
— 김관식의 시세계

1

　예술적 삶에 경도되었던 순수파 시인 김종삼은 '저는 날마다 애도
합니다/죽은 지 오래 된 아우와/어머니를/그리고 金冠植을.'(「死
別」)이라고 노래했다. 혈연의 정을 느끼며 날마다 애도했던 시인 김
관식(1934~1970)을 그는 또 다른 시에서 '쌍놈의새끼들이라고 소
리지르'며 '持參한 막걸리'(「詩人學校」)를 마시는 모습으로 소묘해
냈다. 김종삼의 애도와 소묘가 말해주듯이, 김관식 시인은 전쟁의
상처로 인한 폐허의 전후시단에서 술과 독설로 삶을 소진한 자멸파
시인의 한사람이라 할 수 있다. 그는 평소 명조체로 인쇄된 〈대한민
국 김관식〉이라는 명함을 가지고 다녔다는 사실로 유명하다. 대한민
국이라는 국가와 개인 김관식을 동등하게 인식하는 이 명함의 일화
만으로도 그가 호방하고 오만한 기질의 소유자였음을 짐작할 수 있
다. 그러나 이러한 호방한 기상과는 달리 시인의 삶은 서른일곱의

나이로 요절하기까지 삶과의 불화로 점철되었다. 이 기질적 호방함과 현실적 불화라는 불협화음 속에 그의 시가 놓여있다. 생활에서의 불화와는 달리 그의 시세계는 극빈한 삶을 견디려는 강인한 정신과 함께 타고난 목숨을 기르며 무욕의 삶을 살다가고자 하는 염원이 주된 정서를 이룬다. 가난한 삶을 살면서도 결코 비굴하지 않는 당당한 기상과 소박한 삶에의 지향이 일종의 자족의 미학으로 표출되고 있다고 하겠다.

지금까지 시인에 대한 평가는 주로 그가 보인 기행에 집중되어 왔다. 그는 술과 관련된 기행으로 한국 시사(詩史)에서 지나치게 에피소드화 되어버린 경향이 있다. 이러한 관심은 그의 시를 정치(精緻)하게 읽어내는 데 장애가 되어 왔을 뿐더러, 그의 시세계가 현실을 초탈한 탈속적 경향을 보인 것으로 평가하는 근거가 되어 온 것이 사실이다. 이러한 논의의 연장에 놓여있는 그에 관한 부당한 평가의 또다른 하나는, 시인의 정신세계를 지나치게 상고주의나 고전주의로 규정하려 하는 점이다. 물론 시인은 일찍이 유학의 대가인 최병심 선생에게 한학을 배웠으며 정인보, 최남선, 김영랑 등을 문학적 스승으로 삼아 민족적인 가락과 정서에 대해 깊이 천착한 바가 있었다. 시집의 한 자서(自序)에서 그는 '나는 東洋人이다. 나는 나대로의 눈으로 東洋의 自然과 生活을 다시 한번 省察하지 않으면 안 될 運命에 놓여 있'다고 고백하기도 했다. 하지만 그의 시세계의 주된 질료가 되고 있는 무욕의 삶과 자연과 더불어 살아가는 소박한 삶에는 '생강을 씹지 않곤/잠 못 이루던 孔子의 괴로운 밤'(「撫劍의 書」)으로 상징되는 부정한 현실과의 긴장이 놓여있음을 간과해서는 안 된다. 술과 독설로 얼룩진 시인의 삶과 소박한 삶을 노래한 시세계 사이에 어떠한 유기적인 관련성이 있는가를 살피지 않고는 그의 시세계의 본질적인 국면을 포착해 내기는 어렵기 때문이다. 따라서 그의

시세계에 대한 정직한 독법은 시인이 어떻게 브정한 현실과 대결해
나갔으며 이를 어떤 방식으로 극복해 나갔는가 하는 정신사적 물음
에서 찾아야 할 것이다.

2

　김관식의 시에는 부정한 현실을 거부하고 이로 인해 직면하게 되
는 가난한 삶에 당당하게 맞서려는 냉기어린 의지가 곳곳에 배어있
다. 시인에게 가난은 비굴하지 않은 삶의 선택이 가져다준 자연스러
운 결과로 인식된다. 그러므로 그의 시에서 가난한 삶은 슬퍼하고 탄
식해야 할 비탄의 대상이 아니라 자부심과 긍지를 불러일으키는 찬
양의 대상이라 할 수 있다. 쇼펜하우어가 의지야말로 존재의 본질이
라고 말했듯이 시인은 단호한 의지로써 부정한 현실을 거부하며 삶
에 당당히 맞서나간다.

> 해 진 뒤, 몸 둘 데 있음을 神에게 감사한다!
> 나 또한 나의 집을 사랑하노니
> 自助勤勞事業場에서 들여온 밀가루 粥이나마 延命을 하고
> 호랑이표 시멘트 크라푸트 종이로 바른 방바닥이라
> 자연 虎皮를 깔고
> 騎虎之勢로 傲然히 앉아
> 韓美合同! 友情과 信賴의 握手표 밀가루 포대로 호청을 한 이불일망정
> 行·住·將·相이 부럽지 않고
> 白堊館 靑瓦臺 주어도 싫다.
> G·N·P가 어떻고,

그런 神話 같은 얘기는 당분간 나에겐 하지 않는 게 좋을 것이다.

—「虎皮 위에서」전문

시적 화자가 처한 현실은 밀가루 죽을 먹으며 시멘트 크라푸트 종이로 바른 방바닥에 누워 밀가루 포대로 호청한 이불을 덮고 살아가는 극빈의 그것이다. 이러한 가난의 이면에는 '韓美合同'이나 'G·N·P'로 상징되는 어려운 정치경제적 현실이 음영처럼 드리워져 있다. '악수표 밀가루'와 '백악관 청와대'는 전후에 확산되었던 친미이데올로기와 이와 연관된 원조경제라는 부끄러운 역사를 환기한다. 화자는 이러한 시대에 가난한 삶은 자부심을 갖게 하는 존재방식이라는 인식을 보이고 있다. 투박한 산문적 진술에 의존하고 있는 이 시에서 화자가 처한 상황은 더는 물러날 곳이 없는 절박한 상황임에도 불구하고 치욕과 비굴의 어조와 정서는 전혀 찾을 수가 없다. 오히려 '감사한다', '싫다' 등의 단정적인 종결어를 통해 당당한 삶의 주체로 어려운 시대를 견뎌나가려는 단호한 의지가 시의 정서를 주도하고 있다. 화자가 보여주는 이러한 오연한 기상은 가난에 짓눌리지 않는 정신의 강인함에서 비롯되었을 것이다. 화자는 물질적 풍요나 세속적 명리를 추구하는 현실적인 가치에 대해 극빈주의적 삶으로 여기에 맞서고 있다고 하겠다.

김관식의 시세계를 근원적으로 감싸는 정서는 이처럼 오욕의 삶에 당당히 맞섬으로서 고준한 정신의 높이를 지켜나가는 정신의 형형(炯炯)함에서 찾아진다. 실제로 시인은 부정한 현실을 개탄하며 사리사욕이 없는 선정(善政)을 베풀어 보려는 원대한 포부를 실현하고자 국회의원에 출마하기도 하였다. 이 돌발적 행위는 출발에서부터 전혀 정치적이지 못했기에 패배로 끝날 수밖에 없었지만, 그의 정신이 현실과의 치열한 대결의지로 불타고 있었음을 입증하는 일례로 볼 수 있다. 이처럼 그의 시와 삶에는 부정한 현실에 대한 대결 의지가 근원적인 충동으로 자리하고 있었다. 그렇다면 시인이 부정한 현실과 당당히 대결해 나갈 수 있었던 정신의 힘은 어디에 기인하는 것일까?

> 바위야 바위야 눌러라.
> 황소 같은 바위야
> 千斤 같은 무게로
> 네가 아무리 눌러도
> 竹筍은 뾰죽뾰죽
> 자꾸만 자꾸만 솟더라.

—「諷謠調」전문

화자는 외부적인 억압을 부정하고 거부하는 대결의지를 죽순의 생명력을 통해 노래하고 있다. 실상 바위에 대항하는 죽순의 대결이란 좌절로 귀결될 것이 너무나 자명하다. 그럼에도 불구하고 화자는 '竹筍은 뾰죽뾰죽/자꾸만 자꾸만 솟더라.'라는 낙관적인 어조로 위압적인 바위를 조롱한다. 이러한 풍자정신의 표출은 일차적으로는 삶에 대한 낙관적인 믿음에 기인한다. 인용한 시에서 알 수 있듯이, 시인은 '황소 같은 바위'가 상징하는 현실의 과도한 억압에도 불구하고 '자꾸만 자꾸만 솟더라'라는 낙관적인 믿음을 통해 현실을 거부해 나갈 수 있었을 것이다. 죽순으로 바위에 맞서는 이 무모함은 '주리기만 한 내 뱃속에는/空洞無物이라 아무것도 없네만/時世의 卿相輩/여남은쯤은/잡아가둬 둘 곳집이 있'(「捫腹의 書」)다는 오연한 기상과도 통한다. 이러한 기상은 비속한 세계에 맞서나가는 근원적인 힘이 되었을 것이다. 그의 기행 또한 바위 같은 현실에 억눌리지

않고 한 사람의 인간으로 살아가고자 하는 무모함의 표출로 해석될
수 있을 듯하다. 그러나 무엇보다 중요한 사실은 그의 시세계의 근저
에는 타락한 세계에 극빈의 정신으로 맞서려는 강고한 의지가 자리
하고 있다는 점이다.

옛날에 東陵侯가 靑門에서 외밭 고랑을 탔다더니
한여름내 땀으로 가꾼
무우 배추가 서푼에 팔리나니
배부른 자여 은진미륵처럼 커서
코끼리 같은
壁이 되거라
나는 엄나무마냥 야위어 산다
가시가 돋힌……

―「無題」전문

화자는 여름내 땀으로 가꾼 무배추가 서푼에 팔리는 현실 앞에서
사회적으로 가진 자들이야 말로 '땀으로 가꾼' 삶의 진실을 알지 못
하고 '壁'처럼 살아가는 존재임을 풍자한다. 그러나 이러한 풍자에는
공격적인 어조나 태도가 보이지 않는다. 오히려 화자는 배부른 자를
은진미륵에 비유하는 정서적 여유를 보인다. 화자는 '배부른 자'에게
'은진미륵처럼 커서/코끼리 같은/벽이 되'라고 말함으로써 탐욕의 대
상을 선명한 이미지로 희화화 한다. 이러한 풍자가 가능한 것은 '엄
나무마냥 야위어 산다'는 극빈의 대결정신이 자리하고 있기 때문이
다. '엄나무'는 불합리한 현실과 결탁하지 않으려는 화자의 정신적
염결성을 표상하고 있다고 하겠다. 그러므로 이 시는 삶의 진정성을
간직하려는 정신의 치열함이 날카로운 가시로 돋아있는 한 폭의 단

정한 풍경화를 보는 듯하다. 이 극빈의 정신은 그의 많은 시편들에서 삶을 견디는 강인한 내면성으로 표출되곤 하는데, '눈 속에 묻혀 눈을 씹어 눈물을 먹고/三冬을 하얗게 얼어서 살자'(「撫劍의 書」)와 같은 견결한 내면은 '엄나무마냥 야위어' 사는 삶이 있기에 가능할 것이다. 즉 시인이 삶의 횡포에 훼손되지 않고 견고히 자신을 지켜나갈 수 있었던 근원적인 이유는 가장 가난한 삶을 견지함으로써 부정한 현실에 대결해 나가는 극빈의 정신에서 찾아진다고 하겠다.

또한, 시인은 부정한 현실에 타협하지 않고 자신을 지켜나가기 위해 늘상 깨어있는 정신을 갖고자 한다. 시 「地球 最後의 날에」에서 이러한 시인의 내면을 엿볼 수 있다.

싸탄이다. 싸탄이다. 모두가 틀림없는 싸탄의 노름이다. 絶望하라. 絶望하라 絶望하라 兄弟여. 닭아 울지 말으라 괴로운 나날 다시 밝을까 두려웁구나

〔…중략…〕

세상 끝나는 난장판에서

지쳐서 헐떡거리는 해를 바라보다가

호주머니를 털어서 술을 받아 마시고

장마져 구정거린 질디진 흙탕물의 시궁창같이 잔뜩 醉해버린 후

피묻은 옷고름을 풀어헤치면 서리찬 가슴속에 여즈러진 숫돌에다 칼을 가는 소리다.

마지막 낡은 옷을 불모잡혀 가지고

신세진 親舊여 빚갚아 주마.

—「地球 最後의 날에」 부분

사탄의 노름에 빠진 세상에서 시인은 맑은 정신을 간직하기가 쉽지 않았을 것이다. 그렇다면 '모두가 틀림없는 싸탄의 노름'인 세계에서 사탄이 될 수도 없는 절망한 자가 취할 수 있는 행동은 무엇일까? 그것은 먼저 장마 뒤의 흙탕물처럼 취해버리는 자기학대일 수 있을 것이다. 술과 독설로 인구에 회자된 시인의 삶은 이러한 자기학대로 볼 수 있겠다. 그러나 극단적인 자기학대에도 불구하고 그의 시 세계의 근저에는 언제나 '서리찬 가슴속에 여즈러진 숫돌에다 칼을 가는 소리'가 있었기에 깨어있는 시정신을 간직할 수 있지 않았을까? 부패한 이승만 정권과 군부정권의 폭압으로 이어지는 현대사의 질곡을 견뎌야 했던 시인에게 '칼을 가'는 깨어있는 정신이 없었다면, 그는 세계와의 치열한 대결에서 패배했을 지도 모를 일이다. '나 본시 귀머거리도 당당봉사도 아니언마는/獨裁者! 獨裁者 치고 베개에 바로 누워 考終命한 일을 듣지도 보지도 못하였노라'(「이제 天下는」)고 정직하게 외칠 수 있었던 것은 시인의 내면에 언제나 '칼을 가는 소리'가 있었기 때문이다. 무엇보다 이 정신의 치열함에는 최저의 생활로서 최대의 정신을 연마하려는 극빈의 정신이 자리하고 있었다. 극빈의 정신으로 자존을 지켜나가는 시인의 삶은 '華屋에 高車·錦衣·玉食을/꿈에도 기루어하지를 않아/언제나 홀가분한 그 생애'(「舐痔莊에게」)였다. 많은 시편들에서 투박한 산문투의 어조와 정제되지 못한 시적 정서를 보이는 흠에도 불구하고 김관식의 시가 울림을 주는 것은 속악한 현실을 거부하는 이 정신의 서늘한 기운 때문일 것이다. 우리 현대시사에서 자멸파 시인의 계보를 형성하는 시인의 정신세계에는 언제나 때 묻지 않은 극빈의 정신이 자리하고 있음을 김관식의 시세계는 여실히 보여주고 있다.

3

　한편 김관식의 시세계에는 자연에 순응하며 소박하고 질박한 삶을 살아가고자 하는 염원이 강하게 표출되고 있다. 시인은 많은 시편들에서 현실적으로 불우했지만 정신적으로 자족적인 삶을 살다간 죽림칠현, 도연명, 이태백, 굴원, 소부, 허유 등의 삶을 흠모하고, 자신도 이러한 삶을 살아가고자 하는 시적 염원을 드러낸다. 시인은 이들의 삶에서 세속적 가치에 현혹되지 않고 인간의 타고난 심성을 기르며 살아가는 소박한 삶의 한 전형을 발견한 것으로 보인다. 즉 그의 시세계에서 자연귀의는 소박한 삶의 실현과 동일한 의미를 갖는다.

> 山에가 살래.
> 팔밭을 일궈 穀食도 심구고
> 질그릇이나 구워 먹고
> 가끔, 날씨 淸明하면 東海에 나가
> 물고기 몇 놈 데리고 오고
> 爵祿도 싫으니 山에 가 살래.
>
> ─「居山好·Ⅰ」전문

　시인은 산에 관한 여러 편의 시를 남기고 있다. 인용한 시「居山好·Ⅰ」이외에도「居山好·Ⅱ」,「山 길」,「山中宰相」,「東洋의 山脈」,「山」등등 산을 소재로 한 이들 시편에서, 시인은 산속에 숨어 소박한 삶을 즐기며 살아가고자 하는 염원을 노래한다. 밭을 일구고 농사를 짓는 일이나 질그릇을 굽고 고기를 낚는 일은 모두 소박하게 삶을 경영하는 모습에 해당할 것이다. 이처럼 산으로 표상되는 자연은 최소주의로서의 삶을 가능하게 하는 이상적 공간이다. 물론 시인이 처해있는 현대적인 삶에서 팥밭을 일구거나 질그릇을 구으며 물고기를 잡아 생계를 유지하는 이같은 자족적인 삶이 가능할 리 없다. 소망형의 '살래'라는 종결어가 남기는 여운은 '爵祿'이 상징하는 현실적 명리에 부딪혀 현실로 되돌아온다. 그러므로 이 소박한 삶의 추구는 부정한 현실과 대위를 이루는 순일무잡한 공간이라는 지향적 의미를 갖는다. 부정한 현실에 염증을 느낀 시인에게 타고난 인간의 품성을 보존할 수 있는 삶에 대한 갈망은 남달리 강렬했을 것으로 추측된다. '山中宰相은/그림자가 山에서 떠난 적 없어 城市의 티끌을 발에 묻히지 않는다'(「山中宰相」)는 진술에서도 알 수 있듯이, 시인은 소박한 삶을 지향함으로써 티끌세상으로부터 자신을 지켜나가고자 한다. 그러나 이러한 삶의 추구가 단순히 현실의 도피나 초월적인 은둔이라는 의미를 갖는 것은 아니다. 오히려 시인은 세속적 오염으로부터 벗어나 타고난 품성을 더럽히지 않는 순일한 삶을 지향함으로써 자본과 권력에 기반을 둔 근대적인 삶의 방식이 아닌 새로운 삶의 가능성을 추구하고자 했던 것으로 판단된다.

> 시골 살림살이도 맛들이기 나름이지. 나는 나의 가난한 食率들을 거느리고 아하 이런 隱僻한 살골짝에 없는 듯이 파묻혀 조용히 살지라도 연연히 짙어오는 新綠과 같이 타고난 목숨을 티없이 조촐히 기른다는 그것은. 얼마나 스럽고 즐겁고 또 빛나는 이야기가 될 것인가.
>
> ─「養生銘」 부분

인용한 시에서 시인은 '타고난 목숨을 티없이 조촐히 기른다는 그것은./얼마나 스럽고 즐겁고 또 빛나는 이야기가 될 것인가.'라고 노래한다. 즉 시인이 지향하는 이상적인 삶의 공간은 '타고난 목숨을 티없이 조촐히 기'를 수 있는 곳이다. 이러한 자연은 조선조 유학자

들이 도의를 닦고 올바른 심정을 간직하려는 형이상학적 욕망의 대
상이었던 자연과는 다르다. 타고난 심성을 ㄱ르며 살아가는 생활현
장으로서의 자연은 '天生 麗質의 착한 性稟을 無恙하게 자라도록
김매고 고수런해 가꾸'(「養生修」)는 노장적 삶의 공간에 가깝다. 그
렇다면 시인은 왜 이런 공간을 꿈꾸었을까?

　시인이 살다간 시대는 서구적인 삶의 가치들이 물밀듯이 밀려와
전통가치와의 깊은 단절을 만든 시기라 할 수 있다. 이러한 시대에
시인은 '우리가 率先해서 西洋人이 핥아버리고 지내간 查滓糟粕을
다시 씹을 맛이야 없지 않겠는가. 그보다는 차라리 生命의 淵源을
찾아내는 것이 莫急하기 까닭이다.'(「自序小引」, 『김관식시선』)라고
주장한다. 그가 폐허의 전후문학에서 유행처럼 번졌던 서구적인 실
존주의나 주지주의에 경도되지 않을 수 있었던 것은, '生命의 淵源'
이라는 보다 본질적인 차원을 시적으로 탐구해 보고자 하는 충동이
자리하고 있었기 때문이다.

　宇宙의 生命의 한구석에서 타고난 性稟을 다치지 않고 分에 맞는 제자
리를 지키어 主人없는 空地에 기쁘게 살아가는 한떨기 풀꽃의 意思까지
를 이렇게 속속들이 거느려 다스릴 뿐만 아니라 샅샅이 헤아려 풀이한단
말인가.
　〔…중략…〕
　내 잠 안오는 어떤 새벽에 베개를 고쳐 머리맡에 襤褸한 이불을 무릅쓰
고 돌아누우며 白雪이 덮인 山등성이에 추위 E 떨고 있을 어린 뿌리의
싹수를 생각하고 뜬눈으로 밝힌다.

—「舐蘭操」부분

　화자는 '宇宙의 生命의 한구석에서 타고는 性稟을 다치지 않고

分에 맞는 제자리를 지키어 主人없는 空地에 기쁘게 살아가는 한떨기 풀꽃'의 삶을 추구한다. 여기에서 알 수 있듯이, 시인이 추구한 '生命의 淵源'은 '타고난 性稟을 다치지 않'고 살아가는 삶에 닿아 있다. 그러나 '남루한 이불'에 의지한 시인에게 삶은 '白雪이 덮인 山등성이에 추위 타 떨고 있을 어린 뿌리의 싹수'가 처한 현실에 다름 아니다. 이 '어린 싹수'를 생각하며 시인은 '뜬눈으로' 밤을 견딘다. 생명 그 자체는 강한 삶의 의지를 지니고 있다는 점에서 남루한 삶을 견디게 하는 근원적인 힘의 원천일 수 있다. 그러나 김관식의 시는 이 지점에서 시적 미의식을 포기한 채 형이상학적인 사변으로 변질되고 만다. 과다한 한자의 남용이나 산문에 가까운 표현도 문제지만, 무엇보다 '타고난 性稟을 다치지 않고 分에 맞는 제자리를 지키는' 삶이 관념으로 인식되고 만다는 점은 시적 실패의 중요한 원인이라 할 수 있다.

이러한 한계에도 불구하고 김관식의 시세계에서 소박한 삶의 원형에 대한 탐구는 시인이 처한 삶에 대한 성찰의 계기를 제공하는 의미를 갖는다. 그것은 '황금의 무게'(「守錢奴에게」)와 '市井의 비린내'(「舐痔莊에게」)로 상징되는 속악한 세계에 대한 비판의식과 연관되어 있다.

나도 오늘은 巢父許由와 같이
慾心없는 나라의 百姓이 되어
흰 무명옷을 정갈히 갈아 입고
목이 마를 때 명감잎을 뜯어 石澗水를 한모금 떠서 마시고 農事짓는 일밖에 아무것도 모르는 淳朴한 大古적으로 저만치 썩 물러나 어리석게 살리라.
是非 없는 세상에 是非 없이 태어나 是非 없이 살다가 是非 없이 가

는 것이 所願이어니

―「巢父許由 傳」 부분

시인은 동양의 경서를 두루 깨친 바 있다. 그러나 인용한 시에서
이들 지식은 오히려 인간을 속박하는 질곡이 될 수 있음을 비판하며
절학무우(絶學無憂)의 경지를 조용히 염원하다. '是非없는 세상'이
바로 이러한 경지일 것이다. 그러나 '是非 없는 세상에 是非 없이
태어나 是非 없이 살다가 是非 없이 가는 것이 所願'이라는 표현에
서 느낄 수 있듯이, 是非 없음의 반복은 세상의 是非로부터 벗어날
수 없음에 대해 시인이 느끼는 절망의 깊이를 말해준다. 이 절망감이
'농사짓는 일밖에 아무것도 모르는 淳朴한 大古적으로 저만치 썩
물러나 어리석게 살리라'라는 소박한 삶에의 지향을 가능하게 하는
근원적 충동이라 하겠다. 이렇듯 현실에 대한 비판의식이 배면에 드
리워져 있을 때, 소박한 삶에의 염원은 현실적인 삶과 대위를 이루면
서 의미 있는 울림으로 다가온다. 사실 巢父와 許由의 삶이 주는 아
름다움이란 그 삶의 방식이 아니라 '是非'의 현실과 대결해나간 치
열한 정신에서 찾아질 수 있을 것이다. '稅吏도 배고파 오지 않는'
(「가난예찬」) 극빈의 삶으로 타락한 세계에 대결해 나간 시인에게 이
'욕심없는 나라의 백성'으로 살아가고자 하는 염원은 절실함의 표출
이라 할 수 있다. 그러나 여기에는 최소한의 삶으로 최대의 정신을
추구하려는 극빈주의자로서의 삶이 없었다면 욕심 없는 나라의 백성
으로 살아가고자 하는 염원은 순정한 울림으로 다가오기 어렵다. 어
쩌면 그가 가지고 다녔던 〈대한민국 김관식〉이라는 명함은 그가 곧
정부이자 유일한 백성일 수 있는, 그의 시세계가 지향한 소박한 이상
국(理想國)의 주민증에 해당한다고 할 수 있겠다.

그러나 실제로 시인이 지향했던 이러한 삶은 그가 살다간 시대와

의 치열한 대결정신으로 구체화되지 못하고 낭만적인 동경으로 끝나는 한계를 보여준다. 자연과 더불어 소박한 삶을 영위하고자 하는 시인의 염원이 낭만적인 동경차원에 머무르고 마는 까닭은, 가난을 예찬의 대상으로 보는 극빈의 정신과 내밀한 연관성을 갖는다. 시인의 의식 속에는 '집이 좋았자 한 몸뚱이를/용납할 뿐/맛이 있었자 배를 채울 뿐.'(「林園生活志」)이라는 시에서도 알 수 있듯이, 최소한의 삶에 자족하는 극빈의 정신이 자리하고 있었다. 다른 한편으로는 이 극빈의 삶이란 시인에게 '오늘도 나는, 누더기 한 벌에 바리때 하나/눈포래 윙윙 기승부리고/사람 자국이 놓인 적 없이/흰곰만 아프게 소리쳐 우는 저, 天山北路를 넘는다'(「가난 禮讚」)는 아픈 고백에서 알 수 있듯이, 고통스러운 삶의 원체험으로 놓여있었다. 이처럼 김관식의 시세계에서 가난은 찬양의 대상이면서 극복의 대상이라는 모순되는 인식을 형성하며 삶을 매개해 나갔다. 그러나 그의 주된 시적 정서는 극빈의 정신을 통한 현실대결에 놓여 있었기에, 그가 추구한 소박한 삶은 치열하게 탐구되어야 할 대상이 되지 못하고 낭만적인 동경에 머무르고 마는 한계를 보인다. 그러나 전후 한국 현대시에서 자본과 권력의 독이 빠진 순일한 삶의 한 전형을 탐구하고자 한 김관식의 시적 탐색은, 동양정신을 통해 새로운 삶의 비전을 모색한 하나의 시금석으로 평가할 만하다. 특히 이러한 시적 탐색에는 비굴과 타협이 아닌 극기적인 절제로 삶을 살아낸 극빈의 정신이 있었다는 점은 세속도시에서 살아가는 오늘날의 우리에게 적지 않은 의미를 던져준다.

단아한 서정의 절제와 기품
— 임강빈의 시세계

1. 말목의 고리, 剛彬의 詩畵

　시인 박용래는 「公州에서」라는 시에 평생의 情人이었던 임강빈 시인을 담담하지만 오롯하게 새겨 넣고 있다. '미나리 江/건너/牛市場 마당/말목에/고리만 남아 있었다./이른 제비떼/발밑으로/빠져/木橋를/오내리는/좁은 거리./버들잎은/피어/길을/쓸고/그의 고향/文化院에서/剛彬은/詩畵展을/열고 있었다.'가 그것이다. 미나리 江, 牛市場, 木橋가 한적한 정취를 자아내는 이 시 속에 아무도 와서 볼 것 같지 않은 시화전을 열고 있었던 시인이 바로 임강빈이다.[1] 말목에 고리만 남아 적막하기 이른데 없는 우시장의 풍경과 시화전을 열고 있는 임강빈 시인이 겹쳐지는 이 시는, 임강빈 시인의 단정

---

[1] 임강빈 시인은 1956년 『현대문학』으로 등단했으며 지금까지 시집 『당신의 손』, 『冬木』, 『매듭을 풀며』, 『등나무 아래서』, 『조금은 쓸쓸하고 싶다』, 『버리는 날의 반복』, 『버들강아지』, 『비 오는 날의 향기』, 『쉽게 詩가 쓰여진 날은 不安하다』와 시선집 『초록빛에 기대어』을 출간했다.

한 성정을 목탄화로 그려낸 듯한 느낌을 준다.

그와 절친한 문우로 지낸 박용래에 대한 평가가 지속적이고도 폭넓게 이루어지고 있는 점에 비할 때, 임강빈 시인에 대한 평가는 상대적으로 텅 빈 우시장에 서있는 말목의 고리처럼 고요하고 적막할 뿐이다. 그러나 말목이 평생 한자리에 서서 제 운명을 견디듯, 임강빈 시인은 단아함을 잃지 않고 전후 한국 현대시에 미적 질서를 부여하는 일에 성실해 왔다. 그는 그간에 펴낸 아홉 권의 시집이라는 것이 김춘수, 서정주 같은 시인에 비하면 애기시인에 지나지 않는다는 겸손으로 묵묵히 자신만의 서정의 시밭을 일구고 있다. 시인으로서의 그의 삶은 박용래의 시 속 풍경처럼 적막하지만 단정하고 절제된 기품을 간직해 온 것으로 평가되고 있다.

그는 애초부터 시인이 되고자 욕망한 바가 없다. 내성적인 소년이었던 그가 일찍부터 무엇인가를 쓴다는 일에 흥미를 느끼긴 했지만 시인의 운명을 흠모하거나 욕망한 바는 없었다. 그런 그를 시인의 길을 이끈 사람은 중학교 시절 선생님의 소개로 찾아간 김구용 선생이었다. 선생은 시인도 모르게 『현대문학』에 그의 시를 보내놓고 그 사실조차 통보해 주지 않았다. 장날이면 찾아오는 장터서점에서 『현대문학』이라는 잡지를 뒤적이다 이 책에 인쇄되어 있는 자신의 이름을 발견하고서야 비로소 이 사실을 알게 된다. 시인의 등단이 인위적이거나 갈망의 결과가 아니었듯이, 詩作에 있어서도 그는 과도하게 자기를 드러내려는 욕망을 보이지 않는다. 그는 소박한 미적 금욕주의자라 할 수 있을 것이다. 임강빈의 시와 삶은 박용래가 그의 시에서 그려낸 것처럼 텅 빈 우시장에 말목의 고리처럼 남아 모두가 떠나버린 인간의 장터 한 켠에서 묵묵히 시로서 한 생을 견뎠다고 할 수 있다. 그의 이런 삶의 자세는 다음의 시에 여실히 드러난다.

한번은
논바닥에
고인 물일레.

거두어간
밑둥에
넘치는 물일레.

서릿바람
그 안에도
얼지 않는 구름

진정
서러운 것 없이
다시 녹는 물일레.

한번은
논바닥에
혼자 있는 물일레.

―「無題」 전문

　서정적 자아의 내면은 겨울 논바닥에 갇힌 굴처럼 춥고 적막하다. 그러나 이 적막의 이면에는 물처럼 낮으면서도 맑고 정갈하게 자신을 지켜나가고자 하는 엄정한 결의가 드리워져 있다. 텅 빈 겨울 논에 허드레로 고인 물의 이미지는 시인이 평생을 지향해온 삶의 자세이기도 하다. 겨울 논바닥에 고인 물이고자 하는 시인의 염원은 가장

낮은 자세로 살아가고자 하는 자기절제의 면모라 할 것이다. 그러나 2연에서 알 수 있듯이 이 물은 '거두어간/밑둥'을 적시는 갇힌 물이지만 동시에 '넘치는 물'로 그려진다. 거둘 것 없고 삭막한 현실이지만 인간적 온기로 스스로를 녹이는 이 시의 겨울 논물은 서릿바람 속에서도 한가로이 떠도는 구름을 얼리지 않는 강인한 정신을 지니고 있다. 그러므로 폭설과 한파에도 조용히 구름을 받아드는 겨울 논물의 서정적 응시는 4연에 이르러 조용한 시적 도약을 예비한다. 춥고 외로운 겨울들판에서 삶에 마음 다치지 않고 서러울 것 없이 다시 녹아 봄물로 풀리고자 하는 모습은, 물이 얼었다 녹는 자연의 순리를 겸허히 받아들이며 살아가고자 하는 화자의 결의를 보여준다. 따라서 마지막 연의 '논바닥에/혼자 있는 물'이라는 고립과 단절의식은 긴긴 겨울 같은 삶을 인고하며 살아가는 내밀한 자기절제의 한 면모라 할 것이다. 이 시에서 '물일레'의 반복적 사용은 겨울 논바닥에 고인 물이지만 따뜻한 온기를 간직하고 살아가고자 하는 시인의 바람을 고양시킨다. 이러한 자아의 최소화는 시인이 지닌 자기절제의 표출이며 엄정한 자기절제를 통해 세계와 대결해 나가는 시적 윤리의식의 표출이라 할 수 있을 것이다. 이러한 면모는 초기시에서 근자에 이르기까지 지속적으로 드러나는 바, 최근 발간한 시집의 서문에서 시인은 이런 시적 태도를 다음과 같이 말하고 있다. '밭을 갈아엎는 농부는 일한 만큼의 자리가 환히 드러나지만 시는 그렇지 않다. 시는 침묵과 함께 하기를 좋아한다(시집『쉽게 詩가 쓰여진 날은 不安하다』). 침묵하는 언어는 의미의 잔상을 거느린다. 이들 의미의 잔상은 애상과 비애로 귀결되기가 쉽지만 임강빈의 시에서는 언제나 잔잔하지만 내성적 결의로 승화된다. 이러한 시적 특징은 그의 시세계가 한 편으로는 박용래의 시세계와 유사성을 가지면서도 다른 한편으로는 선명한 차이점을 드러내는 분기점이 된다. 박용래의 시세계가 서정적 자아를 좁히고 소거시킴으로써 비로소 포착하게 되는 가난하고 소외된 삶에 대한 연민과 응시라면 임강빈의 시세계는 이를 연민과 응시가 아니라 긍정과 수긍을 통해 시적 화해로 전환한다.

이러한 시세계의 상이성은 두 시인의 삶의 쾌도에서도 그대로 드러난 듯하다. 술친구였던 두 사람이 함께 술을 마시면 언제나 눈물을 흘리던 박용래에 비해 임강빈은 눈물은 커녕 조금도 흐트러진 모습을 보이지 않는 사람으로 유명했다. 박용래가 술에 취하면 불러댔다는 일찍 죽은 누이 홍래의 이름은 그의 슬픔의 원체험이 혈육의 죽음에 있었다는 사실을 짐작하게 한다. 그러나 혈육의 죽음과 그로 인한 상처로 말하면 임강빈 시인의 눈물도 마를 날이 없었을 것이다. 일곱 살에 어머니를 여의고 혼자 감당해야 했던 상주노릇이나 곧 이은 어린 동생의 죽음, 돌아가신 어머니를 대신하여 그를 돌보아주시던 할머니와 외할머니의 죽음은 어린시인의 영혼에 지울 수 없는 상처를 남겼을 것은 짐작하고도 남음이 있다. 어린시절에 경험한 이러한 죽음과 이로 인한 깊은 상실감이 적지 않았을 터이지만 그의 시에는 물기어린 비애나 울분이 좀체 드러나지 않는다. 그것은 '진정/서러운 것 없이/다시 녹는 물'이고자 한 시인의 자기절제가 얼마나 강고한 것이었는가를 짐작하게 한다. 그렇다면 이렇듯 시인의 엄정한 감정의 자기통제는 어디에서 연유하는 것일까.

조용히 먹을 가신다.
안으로 괸
앙금이랑 섞어 먹을 가신다.
연적의 물을
盆에서 자란 느티나무 뿌리에
조금씩 부으시며

다시 먹을 가신다.
붓끝에서만 풀리는
당신의 매듭.
한 획 한 字 내려가는
아버지의 隸書.
풀리지 않는 매듭이나
풀어가듯
나도 조용히 무릎 꿇는다.
그 行間에 비치는
가랑잎 소리.

—「아버지의 隸書」 전문

서예란 유가에서 자기수련과 연마의 방법으로 발전되어 온 선비문화의 일종이다. 실제로 시인의 부친은 서예전을 몇 차례 열기도 하였다. 이 시는 붓글씨를 쓰는 과정에서 마음을 가다듬는 아버지의 모습을 지켜보는 시인의 심정이 어떤 것이었는가를 여실히 보여준다. 마음의 평정을 잃지 않으려는 아버지의 모습에서 시인은 엄정한 자기절제를 배웠던 것이다. 시인의 아버지는 '그 行間에 비치는/가랑잎 소리'에서 유추해 볼 수 있는 삶의 풍상에도 불구하고 平心을 잃지 않는 이상적인 삶의 초상을 시인의 뇌리에 자연스레 새겨놓았을 것으로 추측된다. 이렇게 형성된 그의 성품은 시에서 하나의 미의식으로 각인되어 절제와 응축의 서정으로 표출되었다고 하겠다. 박용래의 표현을 빌리면 그는 '일주일에 한번씩 책상 서랍을 정리하면서 사는 선비'(이문구, 「문단의 外燈」)다. 극도의 자기절제를 통해 시인은 쓸쓸한 우시장의 말목에 고리처럼 남아 내성의 자기성찰을 지속해온 것이 아닐까. 시인 박용래와의 우정을 그리며 나태주 시인은 이렇게 노래했다. '지상의 주소를 잃은 龍來의 눈물이/잘 울지 않는 剛彬을 울리고 있었다'(「우정」)라고.

이처럼 주변정리가 철저하고 스스로에 대한 엄격성이 강했던 탓에 그의 시는 언제나 화려한 수사적 외장을 거부하고 짧고 간결한 시행을 즐겨 사용하였다. 1956년 『현대문학』誌에 박두진 선생의 추천으로 등단한 이래 평생을 시쓰기에 집중해온 그는, 가난한 사람에게 문학이 왔다고 위로하며 '아내도 읽지 않는 시를 쓰는'(「不在」) 시인의 고독을 시행의 면면에 알뜰히 녹여냈다. 어린 나이에 어머니를 여위고 외갓집에서 자라서인지 누구보다도 숫기가 없고 내성적인 시인이지만, 그 침묵의 깊은 그늘 속에 삶의 온기를 새겨 넣으며 한국 현대시에서 단아한 정물적 서정의 한 성취를 보여주고 있다. 직정적인 진술보다는 묘사에 의지하며 정서의 방기를 절제하고 조용히 생을 걸어온 시인을 소설가 이문구는 '변두리의 어둡고 외진 난민촌의 외등처럼 늘 먼데서도 뚜렷한'(「문단의 外燈」) 모습이라고 평했다. 이 평처럼 임강빈의 시세계는 그의 성정처럼 단아하고 조촐하지만 엄정한 서정적 빛을 머금고 있다고 하겠다.

2. 정물적 서정 혹은 비움과 채움

임강빈의 시는 한 폭의 정물화로 다가온다. 비록 풍경을 다루는 경우에도 시인의 시선은 정물화처럼 정적이고 균정한 구도를 잃지 않는다. 그러므로 임강빈의 시를 읽는 재미는 시 속의 정물적인 풍경 속으로 걸어들어가 그 안정된 구도가 유발하는 평정한 마음을 공유하는데 있다. 초기시에서 근작에 이르기까지 임강빈의 시세계는 서정시의 본도인 세계와의 합일에 기반하면서도 세계를 미학적으로 조

형하고 가공하여 안정과 균형의 세계로 재구성 한다. 또한 그는 하나
의 정경을 조소(彫塑)하는 과정에서 소박하지만 섬세한 풍경의 질감
을 따스하게 살려낸다.

크고 작은 숱한 항아리 옆
민들레가 피었다.

솔 한 그루
굽어보듯 서 있는

그림 같은
愛情.

무엇이나
가득히 담아주고 싶도록

그토록 하늘마다 향한
둥그런 門.

아아
나도

항아리 옆에서 피어가는
노을이 되고 만다.

— 「항아리」 전문

시인의 등단작인 이 시의 풍경은 항아리, 딘들레, 소나무가 상호 조응하는 조화로운 세계다. 크고 작은 항아리와 노랗게 핀 민들레의 어우러짐이나 이 순간을 굽어보고 선 한그루 소나무의 조응은 이상적인 조화의 구도를 빚어낸다. 임강빈의 시세계에서 이러한 이상적 구도는 작고 둥글고 여린 것에 대한 친밀한 정서에서 촉발되어 언제나 세계와의 합일이라는 서정적 온기를 품어낸다. 그러나 시인이 그려내는 풍경의 안정적 구도는 다시 '둥그런 하늘마다 향한/둥그런 門'에서 알 수 있듯이 세계를 향한 정서의 열림을 통해 풍경을 열어놓는다. 그렇다면 그의 이러한 단정한 시적 정서는 어떻게 형성된 것일까. 단아한 풍경 속에 새긴 듯한 정갈한 심상은 30년대 이미지즘이 보여준 도시적이고 감상적인 정서나 풍경과는 분명 다르다. 오히려 그의 안정적인 시적 구도는 사물과 풍경의 순간적 포착을 통해 정서를 감추어온 전통적 산수시나 서경시에 가깝다고 볼 수 있다. 이러한 면은 그의 문학적 출발에 상당한 영향을 끼친 것으로 판단되는 『문장』誌와의 만남에서 그 정신적 연원을 찾아볼 수 있다.

내가 中學校 2학년 때 解放이 되었다. 그때는 번번한 冊肆 하나 없었다. 하루는 우연히 어느 露店에 쏟아져나온 古本 가운데서 「文章」을 발견했다. 호기심으로 몇권 을 그 자리에서 훑어보았다. 참 신기했다. 이런 純文藝誌가 우리나라에도 있었구나 하는…… 그 잡지를 몇권 사가지고 집에 돌아왔다.
해방 직후라 그때의 국문실력이란 뻔한 것이었지만 그런대로 더듬거리며 읽어갔다. 일본말로 쓰여진 文學全集따위만 읽어내려오던 내 눈에 비로소 우리말의 아름다움에 흥분됐다. 아마 이것이 막연하나마 내가 文學에 관심을 갖게 된 動機가 아니었던가 싶다.

—「고독한 빛」 부분

　우리말 실력이 형편없던 중학생에게 『文章』지에 실린 시는 틀림없이 시의 교사적 역할을 했을 것으로 추측된다. 구체적으로 누구의 시를 감명 깊게 읽었는가를 소상히 밝히고 있지는 않지만 이 잡지에서 시인 추천을 맡았던 정지용이나 그의 추천으로 문단에 나온 박목월, 박두진, 조지훈, 박남수 등의 시가 그에게 영향을 끼쳤을 것으로 판단된다. 특히 그가 보여준 정서의 절제는 전통산수시가 함유하고 있는 정신성의 추구와 맥을 같이한다는 점에서 더욱 그러하다. 그러나 그의 시는 자연과의 교감이나 음풍농월, 혹은 산수로의 도피를 보여준 전통서정과도 일정한 거리를 유지하고 있다. 그의 시는 존재론적 아픔이나 생활의 애상을 소박한 정물적 세계 속에서 화해와 조화의 정서로 녹여낸다. 그러므로 그의 시세계의 원형적 질료들은 굳고 딱딱하지 않고 부드럽고 유동적이다.

　　달빛은
　　한동안 잊고 있던
　　어머니의 시간이다

　　고샅으로 내려와서
　　황량한
　　집 마당으로 모이게 하고

　　벌레소리도
　　뚝 멈추게 하고
　　거푸거푸 조용하라 하신다

　　밟아도

좀체로 부서지지 않는
달빛

채우라 하신다
반쯤은
네 몫이라 한다

나머지 반쯤은 무엇일까
고독일까
아니면 그 언저리일까

— 「달빛」 전문

달은 풍요와 재생, 죽음과 부활을 의미하며 모성적 안온함과 유년 체험을 환기하는 주된 매개로 시에서 활용되어 왔다. 이 시에서도 달은 '어머니의 시간'을 제공하면서 시적 화자가 대면하는 공간을 '벌레소리도/뚝 멈추게 하고/거푸거푸 조용하'게 하는 절대공간으로 전환시킨다. 달빛이 유발하는 절대공간 안에서 시인이 감지하는 내면의 원상은 근원적인 인간존재의 불완전성이다. 즉 시인에게 달은 반쯤은 비어있는 인간 존재의 근원적 음향을 들려준다. 이 내면의 메아리를 수신하며 시인은 고독한 단독자로 살아가는 인간존재의 원상을 감지한다. 달빛의 어슴푸레한 광도는 존재의 희미한 감지로 이어지고 이는 '나머지 반쯤은 무엇일까/고독일까/아니면 그 언저리일까'라는 질문으로 남겨진다. 고독에 대한 천착은 때로 '황소의 눈 언저리엔/외로움이 잠시 스친다/하늘에 걸려 있는 한 조각 구름/고독은 사람만의 것이라는데/참말 그럴까'(「牛市場에서」)에서 보이듯, 우시장에 모인 소에게서도 고독한 존재로 살아가는 운명적 동류의식을 느끼게 한다. 이 같은 고독한 존재에 대한 인식은 그러나 명료한 인식으로 자리하지 않고 '그 언저리'로 시선을 옮김으로써 삶의 불가해성을 향해 존재를 열어둔다. 이처럼 시인이 달이미지를 통해 충만과 결핍, 채움과 비움 사이를 오가는 삶의 반복적 율동을 포착하는 것은 앞에서도 언급한 그의 균형감각의 소산이라 할 것이다. 특히 이 시에서 일찍 사별한 어머니의 회상은 슬픔이나 상처의 환기로 치닫지 않고 균정한 시심 속에서 자기절제의 내성적 목소리로 정화된다는 점을 상기할 필요가 있겠다. 달빛은 어머니라는 근원적 상처를 환기하지만 동시에 이를 치유한다는 점에서 비움과 채움을 동시적 포섭한다. 그의 정물적 서정이 안정적 구도를 이루면서도 존재론적 열림을 향해 열려있는 이유가 바로 여기에 있을 것이다.

3. 부끄러움의 미학 혹은 절제의 의미

서정시는 인간 존재의 근원에서 흘러나오는 기원과 간구의 목소리를 감지하는 일이거니와 동시에 스스로의 부끄러움에 대한 진솔한 고백이라 할 수 있다. 詩史的으로 볼 때, 부끄러움의 미학이 얼마나 아름다울 수 있는가를 우리는 윤동주의 시를 통해 경험한 바 있다. 순도 높은 서정시일수록 그 미더운 덕목은 인간의 존재론적 사유의 천착과 더불어 인간 존재의 부끄러움에 대한 고백에서 찾아질 수 있을 것이다. 그렇다면 시인은 왜 부끄러운가. 임강빈의 시세계에서 그것은 현실법칙에 의해 유지되는 일상적 삶과의 갈등에 의해 촉발된다기보다는 일종의 정신적 자기수련의 의미를 갖는다.

삭정이
마른가지만으로
집이 되어 저렇게 시원하다.

세상에 태어나
내가 한 일
부끄러울 때가 있다.

비워둔
까치 둥지를 바라보며
더욱 그러하다.

달빛에
올려놓은 나뭇가지
동양화 한폭으로
땅에 와 눕는데
내려올 줄 모르는
까치집 하나

그 안을 달빛이
가득 채우고 있다.

—「까치집」 전문

　시적 화자의 눈길이 가닿는 곳은 마른가지 위에 지은 까치집이다.
텅 빈 까치집을 응시하며 시적 화자는 '세상에 태어나/내가 한 일/부
끄러울 때가 있다'고 고백한다. 이 시에서 마른가지만으로 지어진 까

치집은 현실의 무게에 짓눌리지 않고, 심지어 집을 짓는 재료가 된 나뭇가지는 내려놓으면서 제집은 그대로 보존하는 존재의 제로점을 완성한다. 시적 화자의 부끄러움은 비어있음으로 충만한 까치집과 병치되면서 달빛을 향해 열려있다. 즉 임강빈 시에서 부끄러움은 진정한 충만을 위해 갖추어야 할 정서적 기본항이다. 부끄러움의 미학이야말로 세계의 경건성을 포착하는 출발이기 때문이다. 이 시가 앙상한 극빈의 서정이 아니라 달빛이 넘치는 충만의 서정으로 전이되는 과정에서 부끄러움은 상상력의 촉매가 된다고 할 수 있다. 이처럼 그의 시세계는 부끄러움을 매개로 앙상한 풍경과 그 풍경 속의 충만을 조용히 내접한다. 그의 시가 단정하지만 그윽한 온기를 간직하는 이유가 바로 여기에 있다. 그의 이러한 시적 특징은 일상을 시화(詩化)하는 경우에도 다르지 않다.

답답할 때
마른 손이라도 비빈다.

바람부는 날
한 치 더 작아보이는
나의 손

일년초
마른 꽃대궁에게
손을 내민다.

참
내가

부끄럽다는 뜻이다.

—「손을 비비며」 부분

닫힌 일상을 살아가는 소시민이 자기긍정을 할 수 있는 방법은 무엇일까. 소시민이란 거대한 사회에서 한층 작아지고 왜소화된 내면을 소유할 수밖에 없는 운명을 말하지 않는가. 손을 비비는 단순한 일상적 행위는 서글픈 자기긍정과 자기위안의 방식이며 이렇듯 자아의 위축을 통해 '일년초/마른 꽃대궁에게/손을 내민다'는 시적 도약을 이루어낸다. 즉 손을 내미는 자기열림은 부끄러움의 고백을 전제로 한 세계와의 화해라 할 것이다. 서정적 자아는 일년초 마른 꽃대궁에게 손을 내미는 정서적 교감을 통해 부끄러운 자기를 긍정하고 왜소한 자기를 극복하고자 한다. 임강빈의 시세계에서 자기성찰은 이러한 부끄러움을 참회하면서 자기긍정의 화해로 나아가는 과정에서 이루어진다. 여기에는 행간의 의미를 확장하기 위해 최소화한 언어가 빚어내는 여백도 중요하다. 이러한 점은 서정시의 전통적인 기법이 미적 단순성이나 궁색함으로 치부될 것만은 아니라는 점을 새삼 상기하게 한다. 시인은 이 땅에서 살아온 어떤 시인보다도 삶의 단정함이 시의 단정함과 일치해 왔다. 이러한 기품은 스스로의 삶에 자족할 줄 아는 겸허함의 결과이기도 하지만 부끄러움의 정서를 시세계의 원적(原籍)으로 삼으면서 삶을 다스린 결과이기도 할 것이다.

변화에 민감한 한국 현대문학사에서 일생 전통서정시를 써온 많은 시인들이 뚜렷한 이념적 지향성이 보이지 않거나 미적 충격이 없다는 이유로 성급하게 유물화 되어버린 것이 사실이다. 그러나 시가 점점 사변에 가까워지고 전략적 글쓰기가 치열한 시대정신으로 자리잡은 오늘날, 새삼 임강빈의 시세계가 보여주는 단아한 서정의 기품은 시와 시인의 진정성이 무엇인가를 되묻게 한다는 점에서 소중하게 다가온다. 릴케는 예술에 대한 단상을 술회한 글에서 '어쩌면 명성은 새로운 이름 주변에 모여든 모든 오해의 총체 개념이 아닌 다른 어떤 것인 적은 단 한 번도 없었다'(「예술작품」)라고 단언했다. 우리에게 전통서정시가 묵은 치부책처럼 쓸모없는 것으로 평가되는 현실을 생각한다면 릴케의 단상은 진지하게 고려될 필요가 있을 것이다.

선(禪) 혹은 열림의 언어
— 조오현의 시세계

1

조오현의 시세계는 마음의 본래 자리를 찾는 과정이 세상을 여실히 보고 그 실상을 파악하는 과정과 다르지 않음을 보여주는, 즉 마음의 길과 세속의 길이 둘이 아니라 하나임을 증명하는 구도의 여정을 시적 요체로 삼고 있다. 그의 시는 출세간에 놓인 절간을 노래할 때에도 세간의 잡사와 인간적인 희로애락을 놓치지 않는다. 이런 면에서 그의 시는 선적(禪的) 인식을 담고 있는 수많은 불교시편들이 보여준 존재와 삶의 본래 면목인 충만한 공성(空性)을 미학화하는 시풍들과는 일정한 거리를 갖는다. 오히려 조오현의 시는 세계의 공함을 인식하는 과정에서 벌이게 되는 힘겨운 정신적 고투를 시적으로 포착하고 번뇌와 미망과의 치열한 대결을 시적 화두로 삼거나, 삶의 도처에 깃들어 있는 불성을 포착함으로써 삼라만상이 장엄한 화엄생명의 실현임을 시적으로 증언하고자 한다. 조오현의 시적 울림

의 진원지는 이러한 마음의 길과 세속의 길이 하나로 어우러지는 일
원상을 시적으로 구현하는 도정에 놓여있다. 비록 그것이 불교적인
언어에 기대는 경우라 하더라도, 시인은 세속의 길을 구도를 향한 마
음의 길에 잇대기 위해 성스러움과 속됨, 스님과 속인, 산중의 일과
세상잡사를 두루 포섭한다. 이를 위해 시인은 세간의 잡설까지도 기
꺼이 시적 질료로 활용한다. 즉 그의 시세계는 스스로의 본래 마음자
리를 찾아가는 수행정진의 존재론적인 기원과 세계와 삶의 실상을
여실히 보고 그 속에서 깨달음의 의미를 포착하려는 사회적 관심이
내적 수렴과 외적 확산을 지속하면서 생성해내는 시적 지평 위에 건
설된다. 그렇다면 조오현의 시세계에 있어서 이러한 두 층위가 어떤
풍경으로 그려지며 이 둘이 어떻게 만나는가를 살펴보자.

2

조오현의 많은 시편들은 조사선(祖師禪)의 유명한 공안에 기대어
스스로의 분별심을 경계하고 마음의 미망과 속박에서 벗어나려는 활
달한 선적 기운을 담아내고 있다. 그의 시에서 선적 인식은 대개 관
습적인 앎에 친숙하게 길들여진 나태한 정신을 부정하고 하나의 경
계를 넘어서서 새로운 존재의 열림을 가능하게 하는 정신의 힘으로
작용한다. 부정을 통한 존재의 실상에 가닿으려는 선적 인식은 「무
자화(無字話)」 연작, 「일색변(一色邊)」 연작, 「만인고칙(萬人古則)」
연작, 「무산심우도(霧山尋牛圖)」, 「무설설(無設設)」 연작, 「절간이야
기」 연작 등에서 집중적으로 표출되고 있다. 특히 이들 시편들에서
주목되는 점은 존재의 본래면목을 찾아나가는 구도의 길이 부처를
만나면 부처를 죽이고 조사를 만나면 조사를 죽이는 살부살조(殺佛

殺祖)의 극단적인 자기부정의 결과라는 사실이다.

무심한 한 덩이 바위도
바위소리 들을라면

들어도 들어 올려도
끝내 들리지 않아야

그 물론 검버섯 같은 것이
거뭇거뭇 피어나야

—「일색변·1」 전문

사물이 자기본연의 자리를 지켜내기란 수월치 않다. 인용한 시에서도 알 수 있듯이, 무심한 듯한 '바위' 조차도 그 이름에 값하기 위해서는 '들어도 들어 올려도/끝내 들리지 않'는 수행과 정진이 필요하다. 시인은 이러한 수행의 길에는 '검버섯' '거뭇거뭇 피어나야' 하는 오랜 공력의 시간이 필요하다는 사실을 직시하고 있다. 이러한 인식은 '놈이라고 다 중놈이냐/중놈소리 들을라면//취모검 날 끝에서/그 몇 번은 죽어야//그 물론 손발톱 눈썹도/짓물러 다 빠져야'(「일색변·6」)와 의미상 상응하는 것으로써, 극단적인 자기부정을 통한 고통스러운 수행과정이 존재의 실상에 이르는 길임을 상징하고 있다. 즉 시인은 가혹한 정진의 과정과 그 결과 마침내 도달하는 존재의 실상을 향한 염원을 '바위'라는 사물에 투사시켜 노래하고 있다고 하겠다. 그렇다면 왜 시인은 이렇듯 엄준하고 혹독한 자기정진의 길을 가고자 하는 것일까? 다음의 시편은 이러한 시인의 발원이 어디에 기인하는가를 엿보게 한다.

선(禪) 혹은 열림의 언어: 조오현의 시세계 171

무금선원에 앉아
내가 나를 바라보니

기는 벌레 한 마리가
몸을 폈다 오그렸다가

온갖 것 다 갉아먹으며
배설하고
알을 슬기도 한다.

―「내가 나를 바라보니」 전문

　시적 화자는 목숨 받아 이 세상에 온 존재로서 인간 본연의 모습과 대면하고자 하는 내성의 시간을 갖고 있다. '내가 나를 바라보'는 순간은 그러므로 온갖 위선과 허명을 벗어버리고 진솔한 눈으로 본연의 '나'를 직시하는 시간이다. 이렇게 바라본 본연의 나는 '벌레 한 마리'에 지나지 않는 초라한 형색으로 비추어진다. 문제는 이 초라한 형색으로도 '온갖 것 다 갉아먹으며/배설하고/알을 슬기도 하'는 욕망하는 주체로 존재한다는 사실이다. 삶을 직관하고 실체를 바라보려는 시인의 눈에 포착되는 본연의 자아는 몸은 미물이지만 그 속에 담긴 욕망은 무한정인 욕망하는 살덩어리에 지나지 않는다. 따라서 시인은 욕망하는 자신의 모습을 부정하고 욕망을 스스로 삼가고 절제하려는 치열한 정진의 길을 추구한다. 여기에서 문제는 어떻게 이 정진의 과정 동안 정신의 깨어있음을 지켜나갈 것인가 하는 점이다. 시인의 시세계에서 선적 인식이 개입하는 지점이 바로 여기이다. 존재와 삶의 본질을 제대로 인식하는 바로보기로서의 선적(禪的) 인식은 정신의 일깨움을 위한 불교 특유의 살아있는 지침이라 할 수 있다. 선적 인식이야말로 존재와 삶의 실상을 제대로 인식할 수 있는 열림의 언어를 지향하고 있다. 선의 언어는 선 자체를 정의하고 설명하지 않는다는 점에서 열림의 언어이며, 다양한 비유와 상징으로 세계의 실상을 향해 정신을 열어나간다는 점에서 열림의 언어이다. 이러한 선적 인식은 조오현의 시세계를 관류하는 시정신이자 시적 방법이라 할 수 있다. 그의 시세계가 부정정신을 통한 자기성찰의 길을 보여주는 것은 선의 언어가 보여주는 열림의 언어를 적극적으로 차용하고 변용한 결과로 판단된다. 그러나 조오현의 시적 진정성은 이러한 선적 인식이 지극히 인간적인 성찰과 결부된다는 사실에서 찾을 수 있다. 시인은 자기를 부정해나가는 정신의 힘으로 선적 인식에 기대지만, 이 과정이 관념이 아니라 육화된 방식으로 표출된다는 점에서 시적 울림을 자아낸다. 그의 시에는 '산어 살면서/산도 못 보고//새 울음 소리는커녕/내 울음도 못 듣는다'(「일색과후(一色過後)」)는 구절처럼, 육화된 자기부정이 시적 진정성을 성취하는 정신적 계기로 기능한다. 그렇다면 이러한 자기부정을 통해 시인이 지향하는 존재와 삶의 실상은 어떤 풍경일까?

> 생선비린내가 좋아 견대肩帶 차고 나온 저자
> 장가 들어 본처는 버리고 소실을 얻어 살아볼까
> 나막신 그 나막신 하나 남 주고도 부자라네
>
> 일금 삼백원에 마누라를 팔아먹고
> 일금 삼백원에 두 눈까지 빼 팔고
> 해돋는 보리밭머리 밥 얻으러 가는 문둥이어, 진문둥이어.
>
> ─「霧山尋牛圖」 부분

불교적인 구도의 여정을 보여주는 심우도(尋牛圖)를 시인 나름으로 체화한 「무산심우도」의 마지막은 '생선비린내' 물씬 풍기는 저자거리로 돌아와 '진문둥이'로 살아가는 모습으로 묘사되고 있다. 치열한 구도의 도정을 통해 시인은 '마누라'로 상징되는 세속적인 인연과 '두 눈'으로 상징되는 육신의 얽매임 마저도 모두 버리고 그야말로 적나라한 본래의 면목으로 선 자신의 모습을 '진문둥이'로 포착하고 있다. 속세를 버리고 떠나(출세간)와 다시 속세로 돌아오는 (출출세간) 기나긴 여정의 귀착지가 세간의 저자거리, 그것도 문둥이의 몸이라는 점에서 그의 시적 지향점은 소외되고 고통 받는 중생의 삶을 향하고 있다고 하겠다. 그러나 그의 시세계에서 주목되는 점은 이러한 지향점이라기보다는 여기에 도달하는 과정에서 발열되고 전도되는 살아있는 정신의 높은 열기라 할 것이다.

한편, 조오현의 시에서 선적 인식은 세계의 자재(自在)한 모습 자체를 조용히 응시하는 평상심의 경지를 통해 미혹에 휘둘리지 않는 부드럽지만 단호한 정신성을 보여준다.

해장사 해장 스님께
산일 안부를 물었더니

어제는 서별당 연못에
들오리가 놀다 가고

오늘은 산수유 그림자만
잠겨 있다, 하십니다.

— 「산일·2」 전문

선적 인식은 쓸데없는 분별심에 휘둘리지 않고 사물과 세계의 오염 없는 실상을 바라보는 정신의 경지를 열어 보인다. 이 시에서 해장스님은 세계의 실상을 있는 그대로 바라보는 무위의 그윽한 경지를 통해 평상심을 잃지 않고 살아가는 자재한 견모를 보여준다. 일찍이 조주선사께서 스님도 수행을 하느냐는 질문에 '옷 입고 밥 먹는다'고 일갈한 뜻도 바로 여기에 있을 것이다. 선적인 사유는 자기부정을 통한 치열한 정신의 각성도 중요하지만 억지로 마음을 내어 인위를 조장하는 일 또한 경계하는 바이기도 하다. 머물지 않는 마음의 정진도 중요하지만 머물지 않는다는 마음에 물드는 일 또한 미혹에 지나지 않기 때문이다. 따라서 이러한 평상심의 견지는 조오현의 시세계에서 깨달음을 향한 마음에 집착하지 않고 물외인의 경지를 접수하는 계기로 기능한다. 그러나 조오현의 시세계는 이러한 평상심에 입각한 시편이 그다지 많지 않다. 즉, 그의 시정신의 본류는 도저한 부정정신을 통해 깨어있는 정신의 형형함을 추구하는 데 놓여진다. 그의 시세계는 명상적이고 초탈한 자재와 평정의 언어가 아니라 구도적이고 살아 꿈틀거리는 생명적인 열림의 언어가 중심음을 이루고 있는 것이다. 시인은 한그루 대추나무를 바라보는 순간에도 '우리 절 밭두렁에/벼락맞은 대추나무//무슨 죄가 많았을까/벼락맞을 놈은 난데//오늘도 이런 생각에/하루 해를 보냅니다(「산일(山日) · 1」)'라고 진술한다. 그는 사물과 세계를 자신의 정신을 일깨우는 시적 매개로 삼는다. 표면적으로 보면 조오현의 시는 존재와 세계의 실상을 깨닫기 위한 정진과정을 노래한 순정한 선시의 계보를 잇고 있는 것으로 보인다. 그러나 그의 시적 깊이는 이러한 구도적인 내용성에 있지 않다. 오히려 그의 시는 인간의 미망과 미혹을 스스로 부끄러워하며 엄정한 자기부정을 통해 깨달음을 향해 나아가는 열림의 언어를 지향한다는 점에서 깊은 울림을 던지고 있다.

3

　절간은 세간과 일정한 거리를 가지며 의미론적 대위를 이루는 신성한 상징공간이다. 산문(山門) 안의 절집은 세속적 화법이나 일상과는 다른 의미자질을 가진 공간으로 속인의 경외와 관심의 대상이 되곤 한다. 절집에 대한 이러한 세속적인 심상지리상의 상징적 의미를 비웃듯 조오현의 연작시「절집이야기」는 '절간이야기라는 것이 꺼내 놓고 나면 공연히 세상만 캉캉해질 뿐 별다른 화제거리가 없습니다'「〈절간이야기·1〉」라는 진솔한 자기고백에서 출발한다. 그러나 이러한 고백의 이면에는 절간과 세간으로 나누는 이분법적 상징체계, 이 체계란 인간이 가지는 온갖 분별지심의 궁극적인 반영이기도 한데, 신성과 세속, 구도와 미망, 초월과 집착, 반야와 번뇌 등의 분별과 경계를 부정하고 만유가 하나의 불성을 바탕으로 서로 다르지 않음에 대한 불교적 인식인 불이사상(不異思想)이 놓여 있다. 시인은 이러한 대승적 인식에 기대에 성속의 어우러짐과 넘나듦을 통해 생명의 아름다운 실상을 그려낸다.

　시인이 지속적이고 집중적으로 그려내는「절집이야기」연작시편은 존재와 삶의 진솔하지만 심원한 존재원리에 대한 시적 탐색을 보여주고 있어 문제적이다. 조오현의 시세계에서 세간과 절간은 서로를 비추는 거울이라는 의미를 갖는다. 이 거울의 상호반영을 통해 시인은 삶의 일원상을 포착하며 성찰의 계기를 만들어 나간다. 시인은 세간과 절간을 넘나들며 진솔하고 질박한 삶의 면면을 포착하고 그 속에서 농익은 삶의 성찰들을 시의 문면에 풀어놓는다. 우선 그가 이 연작시편에서 시적 소재로 삼고 있는 이들을 살펴보자. 부목처사, 행자, 초로의 신사, 노비구, 노승, 선승들, 보살들, 석수, 어부, 종두, 염장이, 사냥꾼, 산지기 등등 속인과 승려를 두루 아우르고 있다. 시인

은 이들의 목소리를 빌어 불교적 깨달음이 지향하는 바를 구체적인
인간적 이야기로 치환해 낸다.

　　그날 밤 대중들이 잠이 들어 달빛을 받은 나뭇가지들이 산방 창호지 흰
살결에 얼룩덜룩한 그림을 그리고 있을 때 김행자는 '본래면목(本來面
目)이란 어떤 물건인가?' 라는 의문 때문에 잠이 들지 않아 마당으로 나
왔지요. 땅바닥에 무릎까지 쌓인 인경소리를 한등안 밟다가 거기 보타전
맞은 편 관음지觀音池 둑에 웬 낯선 사내가 두 무릎을 싸안고 앉아 있는
것을 보았지요. '이 밤중에?' 김행자는 머리끝이 쭈빗쭈빗 곤두섰지만 무
엇에 이끌리듯 사내의 등 뒤에 가 서서 사내의 동정을 살피고 있었지요.
그런데 그 사내는 인기척을 느꼈는지 못 느꼈는지 괴이적적한 수면에 떠
오른 달그림자만 뚫어지게 바라보고 있을 뿐 마치 무슨 짐을 몽동그려 놓
은 것처럼 미동도 없었지요. 마침내 달이 기울면서 자기 그림자를 거두어
가고 관음지에 흐릿한 안개비가 풀어져 내리자 사내는 늙은이처럼 시시
부지 일어나며 '그것참…… 물 속에 잠긴 달은 바라 볼 수는 있어도 건져
낼 수는 없는 노릇이구면…….' 하고 수척한 얼굴을 문지르며 흐느적흐느
적 산문 밖으로 걸어나가는 것을 다음 날 새벽녘에 보았지요.

—「절간 이야기·6」 전문

　이 시에서 시인은 행자의 입을 빌어 본래면목(本來面目)이란 무엇
인가라는 물음을 던진다. 이 질문에 대하여 낯선 사내의 말을 통해
'물 속에 잠긴 달은 바라 볼 수는 있어도 건져 낼 수는 없다'는 답이
제시된다. 시인은 주관적인 정서의 개입 없이 오직 객관적인 응시만
으로 세계의 실상을 들려줌으로써 세계에 가까이 다가선다. 이 한 편
의 선화(禪話)는 이야기시의 형식 속에 절간에서 일어난 경험적인
사실을 그리고 있다. 그러나 이야기의 주인공은 선승이나 고승이 아

니라 세속적인 인물들이다. 즉 시인은 절집과 인연이 닿는 사람들을
이야기한다는 점에서 절간 이야기를 하고 있지만, 사실은 절집을 빌
어 세속 이야기를 받아 적고 있는 것이다. 차별 없는 눈으로 바라볼
때 깨달음은 삶의 처처에 두루 편재해 있다. '산문 밖으로 걸어나가
는 낯선 사내'는 깨달음의 불교적 원형상징의 하나인 달을 통해 자신
이 매개되지 않은 깨달음이란 공상에 지나지 않다는 사실을 말해주
고 있는 것이다. 시인은 극단적인 육신의 고행이나 만행을 통해 수행
정진하는 스님네의 이야기가 아니라 평범한 속인의 이야기를 통해
삶의 이치를 들려줌으로써 우리 안의 불성을 일깨우고 있는 것이다.
이처럼 시인은 절간 속에 세간 이야기를 도입하고 이 과정에서 절이
라는 상징이 갖는 진정한 의미를 시적으로 구현해 내고 있다. 그러므
로 이 일련의 연작시편에서 절간은 세속절간으로 새롭게 탄생한다.
그렇다면 시인은 왜 이러한 세속적인 이야기에 주목하는 것일까? 다
음 시를 통해 세간의 이야기에 주목하는 시인의 의도를 읽어보자.

　　그로부터 십수 년이 지난 어느 날 내설악 백담계곡에서 우연히 그 석수
를 만났는데 "요즘도 돌일을 하십니까?" 하고 물어도 그 늙은 석수는 회
넓직한 반석 위에 쭈그려 앉아 가만히 혼자 한숨을 삼키며 말이 없더니
"시님, 사람 한평생 행보가 다 헛걸음 같네요. 이날평생 돌에다 생애를 걸
었지만 일흔이 되어 돌아보니 내가 깨뜨린 돌이 일흔개도 넘는데 그 모두
가 파불破佛이 되고 말았거든요. 일찍이 돌에다 먹물과 징을 먹이지 않고
진불眞佛을 보아내는 안목이 있었다면 내 진작 망치를 들지 않았을 텐
데…." 이렇게 말끝을 흐려트리고는 한동안 허공을 바라보니 "시님. 우리
가 시방 깔고 앉은 이 반석과 저 맑은 물 속에 잠겨 있는 반석들을 눈을
감고 가만히 들여다보시지요. 이 반석들 속에 천진한 동불童佛들이 놀고
있는 모습이 나타날 것입니다. 저쪽 암벽에는 마애불이, 그 옆 바위에는

연등불이, 그 앞 반석에는 삼존불이, 좌편 바위에는 문수보살님이…. 헌
데 시님 젊었을 때는 눈을 뜨고 봐도 나타나지 않아 먹줄을 놓아야 했는
데…. 이제 눈이 멀어 왔던 길도 잘 잊어버리는데…. 눈을 감아야 얼비치
니…. 눈만 감으면 바위 속에 정좌해 계시는 부처님이 보이시니…. 징만
먹이면 징만 먹이면 이제는 정말이지 징만 먹이면….” 무슨 통곡처럼 말
하고 무슨 발작처럼 실소하더니 더는 말이 없었지요.

—「절간이야기·8」 부분

선사들이 남겨놓은 선화들이 지나치게 관념적임에 비해 시인이 그
려내는 세속절간의 이야기에는 구체적이고 역동적인 삶이 매개되어
있다. 이러한 깨달음의 세속화는 마음공부라는 불교적인 관념이 실
상 세상살이와 다르지 않음을 보여주는 방법적 장치라 할 수 있다.
이 시에서 석수는 눈이 멀고 더 이상은 불상을 만들 수 없는 일흔의
나이에 이르러서야 비로소 마음속의 진불을 만나게 되었음을 고백한
다. 모든 것은 마음이 만드는 일이라는 사실과 만물에 깃들어 있는
불성을 진실한 마음만이 인식할 수 있다는 사실을 석수의 삶은 웅변
하고 있는 것이다. 시인에게 삶은 그 자체가 깨달음을 향한 구도의
성격을 띠고 있다. 실상 진실한 삶의 궁극에는 언제나 범상하지 않은
깨달음이 자리하고 있다. 시인은 평범한 중생의 삶을 통해 중생의 마
음이 곧 부처의 마음이라는 사실을 시적으로 실현하고 있는 것이다.
이 연작에서 시인이 다루고 있는 선승들의 이야기는 이런 의도를 좀
더 구체적으로 보여준다.

일본 임제종의 다쿠안(澤庵: 1573~1645) 선사는 항상 마른 나뭇가지
나 차가운 바위처럼 보여 한 젊은이가 짓궂은 생각이 들어 이쁜 창녀의
나체화를 선사 앞에 내놓으며 찬讚을 청하고 선사의 표정을 삐뚜름히 살

선(禪) 혹은 열림의 언어: 조오현의 시세계 179

피니 다쿠안 선사는 뺑긋뺑긋 웃으며 찬을 써 내려갔습니다.

　나는 부처를 팔고
　그대는 몸을 팔고
　버들은 푸르고 꽃은 붉고……
　밤마다 물 위로 달이 지나가지만
　마음 머무르지 않고 그림자 남기지 않는도다

—「절간 이야기·25」 전문

　인용한 시에서 알 수 있듯이, 선(禪)은 속(俗)을 버리지 않는다. 왜 그럴까? 불교적 가르침은 연기법의 이치를 통해 세상만사가 연결되어 있음을 교설하고 있다. 이 시에서 선사는 나체화에 쓴 찬을 통해 젊은이에게 깨달음의 의미를 전하고자 한다. 이를 위해 그는 부처를 파는 행위와 몸을 파는 행위가 다르지 않다고 말한다. 그러나 중요한 사실은 여기에 있지 않다. 선사는 물과 달의 비유를 통해 하나의 사실에 대한 집착이나 분별이 마음을 미혹하게 한다는 사실을 젊은이에게 점잖게 일깨워주고 있는 것이다. 즉 선사의 차가운 바위 같은 이미지는 속됨과는 사뭇 다른 면모이지만 나체화를 보고 웃으며 찬을 써내려가는 모습은 또한 속된 모습과 다르지 않는 모습이라 할 수 있다. 그러나 '마음 머무르지 않고 그림자 남기지 않는도다'에 이르러서는 깨끗함과 미혹함 어디에도 머물지 않는 비승비속(非僧非俗)의 경지를 열어 보인다. 시인은 절집의 선승들의 이야기를 통해서도 성과 속이 하나(聖俗一如)임을 그려 보이고 있는 것이다. 그러나 시인이 선승들의 일화를 다루는 경우, 인용한 시에서처럼 관념이 육화되지 못한 채, 선문답이 보이는 논리적 비약으로 인해 선적 어법에 익숙하지 않은 독자에게는 이해와 감상을 어렵게 하는 측면이 있다.

그의 시세계가 지향하는 존재와 삶을 향한 열림의 언어는 개별화된 개개 인간과 삶을 통해서 시적 몸을 얻을 때만이 살아있는 전언으로 다가오기 때문이다. '동해안 대포/한 늙은 어쿠는//바다에 가면 바다/절에 가면 절이 되고(「무설설·2」)'라는 구절에서도 알 수 있듯이, 조오현의 시는 삼라만상의 차별상의 이면에는 동일 불성이 깃들어 있다는 믿음을 구체적이고 개별화된 삶의 목소리에 담아낼 때 시적 활기를 유지한다.

그의 시세계에서 절간은 존재와 삶에 대한 깊은 통찰과 지혜가 있는 곳이면 어디에나 붙여질 수 있는 이름이라 할 것이다. 이곳에는 부처도 중생도 없고 주인도 객도 없기에 우주만상이 모두 깃들 수 있는 폭과 넓이를 가진다. 시인이 추구해 온 이 세속절간에 대한 시적 탐색은, 만해의 '님'의 상징성이 그러하듯, 마음의 길과 세속의 길이 다르지 않다는 깨달음을 선적인 열림의 언어로 구체화한 도정으로 요약된다. 그러나 그의 초기시편이 보여준 시적 완성도가 연작 「절간이야기」에 와서 지나치게 해체되는 경향을 보이는 것은 문제점이 아닐 수 없다. 비록 경계에 얽매이지 않는 자유로운 글쓰기를 추구한다고 하더라도 시란 시적인 것을 담아내는 미학적 장치라는 사실 자체는 포기될 수 없기 때문이다. 시인이 지속적이고 깊이 있는 탐색을 보이고 있는 이 절간 이야기가 보다 정제된 형식을 통해 생명력 있는 열림의 언어로 채워지길 소망해 본다.

고향을 기억하는 세 가지 방식
— 마종기, 이동순, 오탁번의 근작 시편

1. 고향이 의미하는 것

인간의 존재론적 근원을 생각하는 자에게 '고향'은 본원적 충만에 대한 메타포이자 상실에 대한 메타포이다. 그러기에 고향은 내밀한 귀향의식을 충동하면서 동시에 탈향의식을 부추긴다. 하이데거는 횔더린의 시 「歸鄕」을 분석하는 자리에서 '귀향이란 根源 가까이로 돌아감이다'라고 전제하며 귀향할 수 있는 자는 방랑의 봇짐을 어깨에 메고 오래 떠돈 자로서 자기가 찾아야 할 것이 무엇인가를 경험하기 위하여 根源으로 돌아오는 자라고 말했다. 결국 우리에게 고향은 오랜 방랑 끝에 발견하는 본질적 국면이며, 근원이 환기하는 상상력의 원질료에 해당한다고 하겠다.

최근 발간된 세분의 중견시인의 시집은 민족과 국가의 경계가 점점 지워져가는 초민족 시대를 살아가는 우리에게 고향의식이란 무엇인가라는 질문을 던지며 존재론적 본향에의 그리움(nostalgia)을 시적으로 주조해내고 있어 새삼 관심을 환기한다. 이들 시편들은 서로 다른 시적 풍경에도 불구하고 고향의식을 통해 현재의 자신과 삶의 의미를 성찰한다는 내밀한 공통점을 갖는다. 즉, 이들이 고향을 기억하는 서로 다른 방식은 고향상실의 시대를 살아가는 우리가 회복해야 할 것이 무엇인가에 대한 진지한 질문과 모색에 닿아있다.

2. '귀향'과 '탈향' 사이: 마종기, 『새들의 꿈에서는 나무 냄새가 난다』

고향과의 시공간적 거리가 멀수록 시인이 가지게 되는 고향에 대한 인식은 일층 내면화 될 것이다. 마종기 시인의 이번 시집은 오랜 외국생활에서 육화된 나그네 의식과 이 의식 속에 깊이 감추어진 귀향의지가 변주되면서 고향에 대한 존재론적 탐구를 보여준다. 우선 시인은 오랜 외국생활에서 느끼는 떠돌이 의식과 어디에도 뿌리내리지 못하는 깊은 상실감을 통해 고국을 떠난 자에게 덧씌워진 모호한 정체성에 시적 촉수를 드리운다.

불란서 국민이 된 체코 사람이 불어로 쓴 소설을 영어로 번역한 책으로 읽으며, 1777년, 이름도 확실치 않은 한 남자와 한 여자가 하루 사이에 벌인 정사의 장면에서, 옷을 빨리 벗기가 힘들었다는 그 시대의 사랑 만들기를 읽다가 ― 5월 하순의 보스턴, 매사추세츠의 야외 카페에는 봄 햇살이 많이 섞여 있는 코렐리의 음악이, 커피와 과자를 점심 삼아 먹고 있는 내 게으름을 쓰다듬어 주었다.//요즈음에는 그대 눈동자가 보이지 않는다./가까이 다가가도 보이지 않는다./어두운 곳에서는 커지고/밝은 데서는 작아지는/둘러싼 미소도 보이지 않는다./장미의 뼈가 고개를 숙인 채/차가운 변장의 가시를 키우고/옛날 사람같이 무거운 이론으로/이방의 날들은 시작된다./체코 사람이건 한국 사람이건/사람들은 자라면 고향을 떠난다./생음악같이 한 소절씩 흩어지면서/폭설보다 더 춥고 먼 길을 떠난다.

— 「나그네」 전문

이 시의 시적 화자는 '이방의 날들'에 대한 경험으로 인해 '폭설보다 더 춥고 먼' 내면을 가지고 있다. 시의 도입부에 제시되고 있는 '불란서 국민이 된 체코 사람의 소설'은 화자가 지닌 내면의 일단이 국적불명의 현실과 연관되어 있음을 암시한다. 화자가 읽고 있는 소설의 저자가 모국어를 버리고 불어로 소설을 썼다는 사실과 이 소설의 영어판을 읽고 있는 화자가 처해있는 현실, 그리고 이러한 정황을 우리말로 쓰고 있는 시인의 현실이 서로 겹치면서 이들 사이에서 발생하는 비애의 거리감은 증폭된다. 이 간극은 자기정체성의 모호한 분열을 유발하면서 상처의 근원에 드리워진 귀향과 탈향의 존재론적 본질을 동시에 환기시킨다. 그것은 국경을 넘는 의식의 자유로움이면서 조국을 떠난 자의 고통스러운 삶이며 버릴 수 없는 향수에의 처절한 고백이기도 하다. 그러므로 '사람은 자라면 고형을 떠난다'는 인간 존재의 본질적인 탈향의식과 이러한 의식이 수반하는 '폭설보다 더 춥고 먼 길'의 고통스런 내면은 진술의 무의식에 자리한 귀향의지를 끝없이 호명해 낸다. 특히 마종기 시인은 이번 시집에서 이러한 고향의식을 고도의 은유와 상징을 통해 견고한 미학으로 주조해내고 있다. 이번 시집의 표제가 들어있는 시 「내 집」이 그 대표적인 예라 할 수 있다.

　물고기의 집은 물,/새들의 집은 하늘,/내 집은 땅, 혹은 빈 배.//물고기는 강물 소리에 잠들고/새들은 달무리에서 잠들고/나는 땅이 식는 몸서리에 잠든다.//평생 눈 감지 못하는 물고기는/꿈속에서 두 눈 감고 깊이 잠들고/잠자는 새들의 꿈은 나무에 떨어져/달 없는 한밤에 잠든 나무를 깨운다./새들의 꿈에서는 나무 냄새가 난다.///내 집은 땅의 귀,/모든 소리가 모여서 노는/내 집은 땅의 땀,/물속에 녹아 있는/소금과 번민과 기쁨과 열 받기./행복한 상징의 속살을 지나고/긴 산책에서 돌아오는//내 집은 땅, 지상의 배,/저항하는 지상의 파도에 흔들리는/내 집은 위험한 고기잡이배.

—「내 집」전문

시인에게 고향은 돌아가고 싶은 영원한 귀항지면서 떠남을 필연적으로 운명화한 영원한 출항지이다. 이러한 이중적 인식은 인용한 시에서는 '물고기의 집은 물', '새들의 집은 하늘'임에 반해 '내 집은 땅'이면서 동시에 '빈 배'로 암시된다. 물고기와 새들로 상징되는 자연이 내포하는 합일된 고향의식은 정주와 떠남으로 상징되는 나의 분리된 고향의식과는 상반된다. 그러나 3연에서 이러한 인식은 극복된다. '평생 눈감지 못하는 물고기'와 '달 없는 한밤에 잠든 나무를 깨우'는 새들에게서 감지되는 고향에의 그리움은 새들의 꿈에서 나는 나무냄새를 통해 근원적 고향에의 향수를 불러일으킨다. 시인은 본질을 기억한다는 점에서 대지적 母神으로서의 고향을 기억하지만 실존은 여기로부터 떨어져 나와 한없는 유랑의 삶을 살아야 한다는 점에서 '지상의 배'며 그것도 '위험한 배'이다. 이 본질과 실존의 미적 길항을 통해 시인은 고향에 대한 그리움의 정서를 충동하고 떠도는 삶의 비애를 들려준다. 그러나 비애가 강할수록 새들의 꿈에서 나는 '나무 냄새'의 기억은 존재의 허기를 풍성하게 채워준다는 사실은 마종기 시인의 이번 시집이 갖는 소중한 의미가 아닐 수 없다. 그의 시집은 인간의 존재론적 이중성인 귀향의식과 탈향의식의 경계를 넘나들며 한없는 자유에의 의지와 무한한 귀속에의 의지를 보여준다.

3. 생의 본원적 고향의식: 이동순, 『아름다운 순간』

이동순의 시집 『아름다운 순간』에는 광활한 우주 속에서 生滅의
과정을 거치는 존재의 운명성과 그 속에서 살아가는 생명의 체온들
이 따스하게 그려지고 있다. 사물과 세계를 바라보는 순정하고 애정
어린 시선이 묻어나는 이번 시집에는 영원한 그리움의 대상이자 존
재의 본원적 운명성을 상징하는 고향의식이 곳곳에 스며있다. 특히
이번 시집에서 시인이 주목하는 바는, 고향에 대한 그리움이라는 근
원적 운명성에 대한 관심과 고향이 지닌 자연의 생기어린 생명성에
대한 관심이다. 먼저 시인은 이국체험에서 대면한 문화적 혼종성에
대한 관심과 함께 그 속에 내밀히 흐르고 있는 존재론적 연대의식으
로서의 고향의식을 포착하고 있다.

쓰던 물건을 싸게 판다는 빨래방의 광고를 보고 찾아갔더니 젊은 일본
인 미야모토 부부가 사는 집이다 머리가 텁수룩하고 까무잡잡한 미야모
토는 아내가 임신을 해서 예정보다 일찍 돌아가게 되었다고 한다 미야모
토는 아내가 고독병을 심하게 앓아서 정신병원까지 다녀왔다고 심각한
얼굴로 말한다 이 말을 들으며 미야모토의 아내는 소파에 비스듬히 기댄
채 핼쑥한 얼굴로 허공을 보며 앉아 있다 그 뒤의 바람벽으로는 미야모토
가 붙여놓은 아메리카 지도가 펼쳐져 있다 미야모토는 자신의 할아버지
가 한국인이었다고 머뭇거리며 말한다 나는 그의 집에서 스프링필드 언
덕의 가난한 유학생 거주 지역을 물끄러미 내다본다 일몰이 온다 이윽고
해가 지고 나는 그들 부부가 쓰던 선풍기를 어깨에 메고 계단을 내려온다

바람에 선풍기 날개가 저절로 돌아간다 나는 집에 돌아와 캄캄한 방안에 전등을 켜고 한쪽 구석에다 미야모토를 내려놓는다 머리가 텁수룩하고 까무잡잡한 미야모토가 방구석에 혼자 쓸쓸히 서 있다

—「미야모토」 전문

이 시는 한국인의 피가 흐르고 있는 가난한 일본인 유학생 미야모토와의 만남에서 인간적 연민의 정을 느끼는 과정을 그리고 있다. 시적 화자가 미야모토에게 가지는 연민의 정은 그의 아내가 앓고 있는 '고독병'으로 암시되는 고향에 대한 그리움에서 촉발된다. 그러므로 이 시는 여전히 상존해 있는 한일간의 불편한 역사적 관계나 '아메리카 지도'로 상징되는 아메리카 드림의 허구성 등의 역사적이고도 현실적인 관심에서 비켜서 있다. 오히려 이 시는 '방구석에 혼자 쓸쓸히' 남아 있는 시적 화자와 미야모토의 동일시를 통해 이국에서 외롭게 살아가는 이들의 무의식적 공분모인 고향의식을 통해 인간 존재의 근원적 등질성을 포착한다. 이 시집의 많은 시편에서 발견되는 고향으로부터 멀리 떠나온 삶에 대한 연민은 흑인, 제 3세계의 가난한 유학생, 이민 동포를 묘사하는 가운데 슬픈 운명성의 발견으로 이어지곤 한다. 이러한 고향에 대한 향수는 그의 많은 시편에서 변주되고 있는데, 이는 '마치 기도하듯/고향 음악 듣는 사람들'(「'시모봅다'네 집」)이라는 진술을 통해서도 알 수 있듯이, 인간에게 고향의식은 일종의 간절한 구원의식임을 암시한다. 흔히들 현대 미국문화의 특징을 문화적 혼종성과 잡종성에서 찾곤 한다. 그러나 이러한 이질성의 혼재 속에서도 끈질기게 남아있는 존재론적 원형인 고향의식은 인간 존재의 본질에 대한 은유이며 환유라 할 수 있을 것이다.

바람 속에 태어난/저 어린 별은/제 어미가 누구인지도 모르고/오늘도

칵칵한 우주 벌판에서 외롭게 반짝인다/어린 별이 땅 위의/가난한 나라 아이들과 밤새도록/서로 눈 맞추고 용기와 희망에 대해 이야기할 때/자신의 한 생을 살아온/늙은 별은/흐뭇한 얼굴로 그 광경 지켜보다/우주의 한쪽 구석에서/혼자 조용한 임종 맞이한다/자욱한 눈보라 속으로 터벅터벅 걸어가서/영영 되돌아오지 않는/저 북극 에스키모 노인처럼

— 「별의 생애」 전문

이 시에서 시인은 '별'을 통해 주어진 운명 속에서 생성하고 소멸하는 존재의 본질을 겸허하게 받아들이는 순명의식을 노래한다. 탄생과 소멸에 감추어진 우주적 운명성의 감지는 '제 어미가 누구인지도 모르'는 근원적 결핍을 극복하고 흐뭇한 삶의 대긍정으로 변모된다. 이러한 변모의 기저에는 고향을 떠나온 존재자의 깊은 상실감과 이 상실의 동질감을 통해 확보되는 운명적 연대의식이 자리하고 있다. 이것은 탈민족 시대에 고향의식이 가져다 주는 또다른 축복이며 은총이라 할 것이다.

또한, 이러한 근원적 고향의식에 근거한 운명적 동질성은 비단 인간에 국한되는 것은 아니다. 현대시에서 고향의식은 문명의식과의 대결양상을 보이며 문명의 난폭성에 의해 파괴되어 가는 자연을 회복하려는 경향을 보여왔다. 이동순의 이번 시집에서도 이러한 면은 부각되고 있다. 자연에 대한 시인의 애정은 인간과 자연, 자연과 자연의 화해로운 공존을 통해 생명의 아름다운 화음을 들려준다.

내가 창가에 다가서면/나무는 초록의 무성한 팔을 들어/짙은 그늘 드리워준다//내가 우거진 그늘 답답해하면/나무는 가지 틈새 열어/찬란한 금빛 햇살 눈이 부시도록 보여준다//나무는 잠시도 가만있질 않고/바람과 일렁일렁 무슨 말 주고받는데 이럴 때/잎들은 자기도 좀 보아달라고/아기

처럼 보채며 손짓하고/다람쥐는 가지 사이 통통 뛰고//방금 식사 마친 깃
털이 붉은 새들은/나무 등걸에 부리 정하게 닦고/세상에서 처음 듣는/어
여쁜 소리를 내고 있다

— 「아름다운 순간」 전문

이처럼 시인이 주목하고 있는 생명의 아름다운 조응(correspondence)
은 자연파괴가 인간상실로 이어지는 현실에 대한 저항이라 할 수 있
다. 문명의 횡포에 대한 반성과 결부되면서 생명의 조화와 화해로운
공존을 모색하는 생명시학이 고향에 대한 시적 탐문을 지속하는 것
은 바로 고향이 지닌 이러한 자연 때문일 것이다. 문제는 이러한 자
연 생태계의 아름다움이 영혼 생태계와 어떻게 만나는가를 고양의식
과 연맥지어 보다 깊이 탐구되지 못한 아쉬움은 남는다. 그렇다 하더
라도 미국이라는 초문명의 현장에서 남루한 삶의 면면을 발견하며
이들이 지닌 고향에의 향수를 통해 인간존재의 본질적인 운명성을
포착하는 시인의 눈에는 인간에 대한 깊은 사랑의 온기가 배어있다
고 하겠다.

4. 고향의 시적 복원:오탁번, 『벙어리장갑』

오탁번의 시집 『벙어리장갑』은 유년 추억을 통해 그 속에 녹아있
는 따뜻한 가족애와 농촌 공동체의 풍속을 재현함으로써 도시화로
인해 잃어버린 고향의 정서를 복원해 내고 있다. 또한 이 시집에서
시인은 삶의 원형적 힘인 충만한 에로스적 사랑에 주목하면서 삶의
본원적 생기회복을 꾀하고 있다. 이 시집에서 고향은 '제천군 백운
면 평동리'라는 물리적 실재이면서 동시에 정서적 모태이자 상상력

의 궁극적 질료에 해당한다. 특히 시인에게 고향의 복원은 삶의 순정
한 시선의 회복이며 천진한 동심의 회복과 동의어라 할 수 있다.

나의 시는/된장 항아리 속/꼬물거리는 쉬/쉰 보리밥 쉬파리/고추명석
위에 쏟아지는/가을 뙤약볕/초등학교 습자시간/족제비털 붓끝에/서투른
궁서체로 피어나던/어머니 어머니

— 「시」 전문

이 시는 오탁번 시인에게 시란 무엇인가를 짐작하게 하는 단초를
제공하고 있다. 시인에게 시란 표면적으로는 된장 항아리와 쉬, 보리
밥과 쉬파리, 고추명석과 가을 햇살, 습자시간과 족제비털 붓, 궁서
체로 씌어진 어머니라는 물리적인 실재이다. 그러나 이러한 물리적
실재는 이들이 서로 어우러지면서 자아내는 시적 아우라를 통해 자
연과 인간과 삶이 공존하는 따스한 삶의 원상이 된다. 결국 시인에게
시란 고향을 매개로 탐구하는 따뜻한 모성적 품이며 행복한 유토피
아적 추억에 다름 아니다. 이러한 면들은 이번 시집의 많은 시편들에
서 빈번히 나타난다. 특히, 유년추억의 시편들에서 사용되는 의성어
와 의태어는 시에 활기를 불어넣으며 시적 상상에 탄력을 부여한다.
가령, '할머니가 따온/ 솔잎은/소쿠리에서 솔솔자고'(「송편」)나, '건
너 마을 다듬이 소리가/눈발 사이로 다듬다듬 들려오면'(「눈 내리는
마을」) 등에서 발견되는 재치있는 말의 전용은 시인이야말로 언어의
고향을 지키는 지킴이라는 점을 새삼 떠올리게 한다.

한편 시인이 고향을 통해 회복하려는 것은 생명의 본능적 분출인
성적 에네르기이다. 성애에 대한 시인의 관심은 그의 순진무구의 시
학이 포착해낸 삶의 원상이며 순수자연인으로의 귀환에 해당한다.
따라서 이러한 시편들은 읽는 이로 하여금 천진함 속에 감추어진 은

근한 해학성으로 인해 미소를 자아내게 한다. 그러면서도 이러한 성
적 욕망의 자연스러운 표출이 언제나 고향이 지닌 원초적 생명감의
복원과 결부된다는 점에서 그의 고향의식의 일간을 살피게 한다.

자가운전하는 예쁜 여자가/내가 달리는 차선으로/얌체같이 끼여들기하
고는/차창 밖으로 흔드는 하얀 손을 보면/무 베어먹듯 그냥 한 입 물고 싶
다/눈 마주치면 눈흘레나 하고 싶다/뒤에서 들이받을 생각 아예 말고/살
가운 접촉사고나 내고 싶다/— 지금쯤 고향의 억새밭 물녘에서는/무지개
도 뛰어넘을 만한 힘센 황소가/녈비에 황금빛 털이 간지럽겠다

—「연애」부분

이 시에서 시인은 '자가운전 하는 예쁜 여자'에 대해 '물고 싶'고
'눈흘레나 하고 싶'고 '살가운 접촉사고나 내고 싶'은 충동을 느낀
다. 시인의 이러한 성애적 욕구충동의 숨김없는 표출은 현실적 억압
기제에 대한 비판이면서 억압당하는 인간 본성에의 환기라 할 것이
다. 시인에게 있어서 문명사적 원죄의식이나 윤리의식은 견디기 힘
든 억압에 지나지 않는다. 그러므로 시인은 '황금빛 털'이 찬란한 고
향을 통해 인류의 에덴동산을 복원하고자 한다. 시인의 몸은 도시에
서 살고 있지만 그의 정신은 '고향의 억새밭'에 살고 있다. 도시가 성
애의 자연스런 에네르기를 억압하는데 반해 시인은 '무지개도 뛰어
넘을 만한 힘센 황소'를 기억함으로써 삶의 활기를 되찾는다. 이처럼
시인에게 에로스적 충동은 원초적 고향의식을 통해 회복되는 건강한
삶의 의지인 것이다.

5. 영원한 귀향의 노래들

　기억은 기억 자체의 가변적이고 유동적인 속성으로 인해 그 생명
성을 유지해 나간다. 인간이 기억을 통해 과거의 지나간 시간을 추억
으로 변모시켜 나가는 것은 기억이 과거로부터 들려오는 그 무엇이
아나라 미래로부터 다가오는 어떤 것임을 암시한다고 하겠다. 고향
또한 그러하다. 고향은 이미 상실되고 황폐화된 무엇이지만 그것은
복원하고 싶고 가닿고 싶은 미래에의 현현이다. 따라서 세분의 시인
이 들려주는 귀향의 노래는 잃어버린 과거 속에 도래해야 할 미래를
투사시키고 있다고 하겠다. 이들에게 고향은 그 안에 존재론적 본질
과 낙원의식, 자연의 생명성과 생의 에로스적 충동이라는 다양한 의
미를 함유하고 있다. 고향의 이러한 상징적 의미는 영원한 과거이자
동시에 영원한 미래라는 점에서 너무 친숙하거나 너무 낯설다. 그러
나 친숙한 곳과의 결별을 통해 낯선 곳을 유랑하는 자로서의 인간 운
명이 계속되는 한, 그리고 시인이 근원을 기억하는 자인 한, 이들 영
원한 귀향의 노래는 끝없는 변주를 계속할 것이다.

■ 제4부 ■ 문화적인 것과 시적인 것

'시적인 것'의 발견 혹은 병합의 미학

1. '시적인 것'의 운명

이 세계가 보이는 것과 보이지 않는 것들의 복잡한 체계(Complex system)로 이루어졌다는 생각이 과학 혹은 이성의 '너머'를 향해 어렴풋이 존재를 열어두고 있다. 영화 〈매트릭스〉의 주제의식도 이러한 인식론적 경향에 기댄다. 영화 속 인물들은 카오스(복잡)와 코스모스(체계)를 오가며 시스템 혹은 프로그램화된 것으로서의 운명성과 여기에 맞서려는 인간의지의 대결의식을 보여준다. 물론 운명과 개인의지의 갈등은 문학의 고전적인 주제였다. 그러나 이러한 주제가 어느 쪽에 무게중심을 두느냐는 각기 시대다다 분명 달랐다. 우리의 삶을 고전주의와 낭만주의의 각축전으로 볼 때, 고전주의는 이 운명성의 승인을 궁극적인 것으로 삼아 세계의 이상적인 질서를 존중해 왔다. 어떤 형태로든 운명은 고전주의적 존재의 율법이다. 이에 반해 낭만주의는 인간의 자유의지를 극대화하며 운명의 창조주로서 개인의 탄생을 감행했다. 의지는 낭만주의의 나침반이며 지도였다. 분명한 것은 이 두 경향에 있어서 우위를 점하는 인식론은 다른 하나를 의도적으로 무시했다는 점이다. 그렇다고 하더라도 결코 나머지 하나가 상실되거나 망각된 것은 물론 아니다. 그러나 어느 하나를 의도적으로 무시한 채 스스로를 본질화 하려는 담론의 장은 두텁고 견고하다. 두터운 담론의 지층을 뚫고 올라오는 혼란의 기미들은 그러므로 인간의 잃어버린 그 무엇을 향한 노스탤지어라 할 것이다. 영화 〈매트릭스〉의 인물들이 두 세계를 오가며 자신의 정체성을 찾아나가듯이 '시적인 것'은 가시적인 삶과 비가시적인 삶 사이를 오가며 삶의 근원을 탐사한다. 이것은 때로 동일성의 회복, 주관성 혹은 내면성의 포착이라는 이름으로 운명과 의지 사이를 오가며, 그 아슬아슬한 틈새로 언뜻언뜻 비치는 존재의 본질을 이미지로 기억해 낸다. 마치 플라톤의 동굴우화에서처럼 본질로서의 이데아(idea)를 기억해내는 것은 본질의 이미지인 그림자였듯이.

'시적인 것'은 이 이미지를 통해 근원을 기억해 낸다. 그렇다면 왜 이미지여야 하는가? 근대적 삶의 원동력은 이성과 이성이 확립해 온 과학에 있음은 이견이 없어 보인다. 이러한 이성과 과학은 기술의 발전을 통해 삶의 질을 높이고 매체를 통해 민주적인 소통의 장을 열어 나갔다. 오늘날 이미지는 기술과 매체의 결합을 통해 그의 시대를 만들어 나가고 있다. 문제는 바로 여기에서 발생한다. 합리적 이성과 과학은 삶을 송두리째 가시화하며 합리라는 이름으로 삶을 시스템화 해 왔다. 근대적 규율권력이 학교, 병원, 직장 등의 공간을 통해 근대적 내면을 장악해나간 시스템의 위력은 가공할 만한 것이라 할 수 있을 것이다. 근대적 운명성은 타고난 계급적 자기한계를 인식하는 내에서 인과법칙 혹은 현실법칙의 승인이라는 형식으로 인식되었다. 이런 면에서 근대적 운명성은 외면화된 실체이거나 형식화된 규율이다. 이러한 외면화를 이미지가 실현하고 있다는 점은 운명과 이미지 사이에 모종의 공모사실을 짐작하게 한다. 이미지와 운명은 모든 삶의 내용들을 가시화 할 수 있다고 믿는다는 점에서 체계와 질서처럼 우리를 억압하고 있다. 이 억압에 맞서 근대문학이 모더니즘이라는 이름으로 예술의 자율성을 극대화한 것은 개인의지를 통해 이를 넘어서려 한 노력의 분출이라 할 수 있겠다. 그러나 근대적 개인의지는 엄청난 운명의 위력에 압착된 주관의 함몰로 인해 유령화된 개인의 분열을 보여주었다. 운명의 주인이 되어 운명을 개척해 나가고자 하였지만 그것은 실존의 우위가 본질을 포기하는 결과를 낳고 말았다. 본질을 망각해 버린 그림자(image), 그것은 유령(imago)을 닮아있다. 그러므로 이미지가 욕망의 기표로 전락한 것은 너무나 근대적인 결과로 보여진다.

그렇다면 탈근대의 경계면에 선 우리를 돌아보자. 엄격한 이성의 법칙을 벗어나려 한다는 점에서 자유로우면서도 네트워크화 된 삶의 현실은 체계적이라는 점에서 억압되어 있는, 여기 우리의 삶은 고전적이면서도 낭만적인 것의 접면에서 내용화되고 있다. 이는 곧 지난 십여년간 지겹도록 들어온 포스터모던 현상이면서 동시에 포스트모던을 넘어서려는 안간힘이다. 이는 복잡하게 뒤엉킨 체계와 자유가 공존하는 디지털적 존재방식을 띠고 있다. 아날로그적인 존재와는 달리 다감각적이고 장르 혼합적인 이 존재방식은 그러므로 세계화, 초국적화와도 내밀한 연관성을 가진다.

이러한 시대에 '시적인 것'은 어떻게 존재하는가? 그것은 합리주의의 도구화로 인한 외면화된 삶에 저항하며 초월적 삶을 향해 손을 내밀면서, 동시에 분열이 아닌 내면화된 존재의 충일성을 향해 팔을 뻗는다. 한없이 자기를 넓히면서 한없이 자기를 좁히는 형국, '시적인 것'의 운명은 이렇게 존재한다. 여기에 우리시대 시적인 존재방식이 관련되어 있으리라.

2. 시와 상징의 깊이

　최근의 출판 현황을 살펴보면 문학장르 간의 결합이 자유롭게 이루어지는 현상을 볼 수 있다. 이러한 경향은 포스트모던 시대의 해체적 경향에 힘입은 바 크겠지만, 새로운 모색을 통해 시적 정서를 담아내려 한다는 점에서 눈여겨볼 만하다. 시의 가능성을 열어놓으려는 노력은 이전에도 있어왔지만(영상시대에 있어서 시의 존재방식을 고민하며 원구식 시인은 1995년『현대시』3월호에 시와 소설, 그림이 혼합된 '詩說'을 발표하기도 했음) 이러한 경향이 폭발적으로 확산일로를 걷는 데에는 저간의 사정이 없지 않을 것이다.

　이러한 현상은 크게 시와 소설의 만남 및 시적인 글들과 시각적인 이미지의 만남으로 대별된다. 물론 이 이외에도 다양한 매체간 또는 장르간의 혼종화 현상이 나타나고 있다. 가령 성석제의 단편소설「욕탕의 여인들」처럼 소설에서 회화적 이미지를 적극적으로 활용하는 경우나 박청호의 소설「라푼젤의 두번째 물고기」처럼 영화배우 유지태를 내세워 본격적인 이미지 언어를 도입하는 경우, 이들은 소설적인 것과 이미지와의 결합으로 새로운 의미발생을 지향한다. 그러나 이러한 시도도 결국은 사진과 그림을 통해 작품의 울림의 파장을 넓히려는 의도로 볼 수 있으며, 비록 병합의 내용은 달라도 시적인 정서에 호소하려 한다는 점에서 동일한 맥락에서 이해 가능하다.

　먼저 시와 소설의 결합을 살펴보자. 시적인 것과 소설적인 것의 선명한 경계짓기는 삶과 존재의 불명료성으로 인해 언제나 불가능해왔다. 이 불가능성은 역사적으로 많은 경계에 선 장르를 가능하게 했다. 서정소설, 시적소설, 반소설, 감성소설 등등 시적인 것과 소설적인 것과의 장르 혼합은 의미의 열림을 향해 지속되어 왔다.

詩史內的으로 볼 때, 시와 산문의 결합은 황지우와 박남철 등의 해체시를 통해 자유로운 결합의 전형을 경험한 바 있다. 이들 시편을 통해 시는 고정불변의 실체가 아니라 시적인 상황을 향한 열림의 언어라는 것을 확인했다. 그러나 엄밀히 말하면 해체시는 관습적이고 제도화된 억압에 대한 저항의 형식으로서 세계와의 갈등과 불화를 담는 소설적인 것의 추구라 할 수 있을 것이다. 시가 개인적이고 주관적인 자기함몰에서 벗어나 세계에 대한 대결을 논리적으로 담아내려 할 때, 어떤 '소설적인 것'이 필요로 했던 것으로 볼 수 있다. 이에 비해 오늘날 활발하게 창작되고 있는 어른을 위한 동화나 시적 이야기는 소설의 형식 속에서 '시적인 것'을 담아내려 한다는 점이 두드러진다. 이러한 작품에는 인물과 구조, 표현기법 등이 세계의 자아화를 지향하는 내면의 언어를 향해 기능하며 '시적인 것'의 발견을 추구하고 있다.

그렇다면 실제로 '시적인 것'은 어떻게 가능한가? 시나 소설 모두는 문학언어라는 공통점에서 볼 때, 상징을 통해 존재의 의미를 획득한다. 비록 현실의 재현에 입각한 리얼리즘 계열의 소설이라 하더라도 이 소설이 그려나가는 세계는 삶의 어떤 상징임에 틀림없다. 그러나 시의 언어와 소설의 언어가 동일한 것은 아니다. 이는 시적인 언어가 고차원적이고 강렬한 상징의 언어를 지향한다면 소설적인 언어는 이에 비해 상징의 강도가 약하고 느슨하다고 할 수 있다. 시적인 언어가 이러한 상징을 통해 세계를 자아화 한다는 점, 그리하여 객관적으로 보이지 않는 존재의 의미를 포착한다는 점에서 그것은 초월, 내면, 주관, 무의식을 향해 열려있다. 이러한 상징의 강렬함은 기억의 강도를 높임으로써 강렬한 인상과 이에 따른 여운을 남긴다. 즉

'시적인 것'의 발견은 명시적으로 드러나는 현실, 삶의 총체성 확보에 대한 반작용으로 보이지 않는 세계를 향해 열려있다. 이를 우리 소설사에서 시적 소설의 한 전범으로 언급되는 이효석의 「메밀꽃 필 무렵」을 통해 구체적으로 살펴보자.

　　길은 지금 긴 산허리에 걸려 있다. 밤중을 지난 무렵인지 죽은 듯이 고요한 속에서 짐승 같은 달의 숨소리가 손에 잡힐 듯이 들리며 콩 포기와 옥수수 잎새가 한층 달에 푸르게 젖었다. 산허리는 온통 메밀밭이어서 피기 시작한 꽃이 소금을 뿌린 듯이 흐뭇한 달빛에 숨이 막힐 지경이다. 붉은 대궁이 향기같이 애잔하고 나귀들의 걸음도 시원하다.

　　이 강렬한 묘사가 왜 시적으로 읽혀지는가? 우선 여기에서 소설의 공간적 배경인 산길은 '걸려 있다'로 시각화된다. 이는 서사의 흐름을 지연시킴으로써 순간성 내지는 즉시성을 부각시킨다. 이때 서사적 흐름은 감추어지고 순간성이 우위에 놓임으로써 강렬한 인상을 남기게 된다. 여기에 '달의 숨소리', '소금을 뿌린 듯이 흐뭇한 달빛' 등의 신선한 감각성은 다양한 수사를 통해 서정의 탄력성을 높여 나간다. 특히 이러한 부분이 운명적 사랑이라는 소설의 주제와 결부됨으로써 강한 상징성을 지니며 소설 전체의 구조적 긴밀성과 통일성을 강화시킨다. 이처럼 시적인 소설은 세부묘사나 정황제시로 서사를 감추고 여기에 순간성과 감각성을 통해 서정성을 드러낸다. 즉 상징과 여운의 기법을 통해 서사를 감춤으로써 풍부한 의미성을 확보하며 작품 전체의 통일성을 획득한다. 그렇다면 오늘날 시적인 소설들은 왜 서사를 감추고 상징을 강화하려는 것인가? 그 이유는 바로 소설이 지닌 허구적 세계 구축이 진실성을 포착하는데 한계를 지닌다는 점, 또한 소설이 이야기성이라는 면에서 영상물에 경쟁력을 잃고 있다는 매체경쟁력에 그 원인이 찾아질 수 있을 것이다. 돌이켜 보면 소설은 사실주의와 자연주의를 통해 가장 왕성한 자신의 시대를 열어나갔다. 소설의 시대가 가능했던 것은 묘사의 핍진성이나 서사의 인과적 구조에서 소설이 압도적인 위력을 발휘할 수 있었기 때문이다. 그러나 이러한 소설의 힘은 우리의 삶이 가시권 내에서 파악된다는 믿음에서 멀어지는 순간 힘을 잃는다. 포스트모던한 상황과 가공할만한 이미지의 홍수는 소설의 위력을 약화시키고 있다. 이는 거시적인 맥락에서 보면 문자언어가 영상언어로 대체되는 현실과 긴밀히 연관되어 있다고 하겠다. 이제 '시적인 것'을 수용하려는 노력은 '시적인 것'을 불가능하게 하는 무의미한 정보의 홍수, 외면적 합리성과의 대결에서 그 의미를 찾을 수 있을 것이다. 분명한 것은 '시적인 것'을 통해 영혼의 충만을 갈구하는 예술의 절박성이 장르간의 인접성을 강화시키고 있다는 점이다. 따라서 시적인 것과 소설적인 것의 만남이야말로 〈내적인 것〉과 〈외적인 것〉을 서로 화해시키며 그것들을 예술의 절박성(the exigencies of art)과 화해시키려는 도전이라는 랠리 프리드먼(Ralph Freedman)의 견해는 정당하다. 이러한 양상이 프랑스에서는 자연주의와 사실주의에 대한 반동으로서 서정과 서사를 결합시키며 〈시적인 이야기〉(récit poétique)라는 장르로 자리잡기도 했다. 이런 맥락에서 볼 때, 시적인 것과 소설적인 것의 만남은 지속적인 역사를 보이며 시대와의 함수관계 속에서 상보와 상충의 과정을 거쳐왔다고 하겠다. 문제는 오늘날 이러한 장르 혼합이 '시적인 것'의 발견에 모아지고 있다는 점이다. 영혼이 고양된 상징의 깊이를 획득하지 못하는 시대는 언제나 인간이 그 자체로 너무 초라하고 가난한 시대였음을 부기해 두자.

3. 시적인 것과 이미지의 만남

최근에 출판되는 책에서 또 하나 눈여겨볼 점은 영상세대의 감각
에 걸맞게 시각적 이미지를 적극적으로 활용한다는 점이다. 이제 시
와 그림, 소설과 그림, 시와 사진 등이 상호 병합되는 양상은 보편화
되고 있다. 이러한 퓨전화는 단순히 예술의 경계를 넘으려는 실험정
신의 소산이기보다는 활자 중심의 시대에서 영상 중심의 시대로 변
해 가는 시대적 변화와 깊이 연관되어 있다고 하겠다. 활자시대의 종
언은 아니지만 적어도 영상으로의 전회는 사유방식의 변화를 이끌고
있다. 그것이 이성 중심에서 감성 중심으로의 혹은 몸 중심으로의 변
화를 의미하는가에 대한 엄밀한 검토가 있어야 하겠지만 적어도 드
러나는 현상으로 볼 때, 영상언어는 문자언어보다는 빠른 이미지의
전환과 강렬한 감각성을 수반하고 있다. 이러한 가속도와 강렬함은
매혹적인 현란함을 제공하는 반면 사유의 비판적이고 성찰적인 기능
을 마비시킨다는 우려 또한 만만치 않다. 이러한 우려는 결국 이미지
가 자본주의적 욕망의 언어로 탈바꿈하면서 '시적인 것'으로부터 멀
어져 버렸다는 탄식이라 할 수 있다. 바로 이 이탈의 국면에서 '시적
인 것'의 발견은 출발한다. 시적인 에스프리를 담아내고 있는 이러한
책들은 시각적 이미지를 텍스트에 적극적으로 수용함으로써 가독성
을 높이고 동적 이미지 속에서 포착하기 어려운 정적 이미지의 극대
화를 통해 순정한 내면의 성채를 만들고자 한다.

물론 텍스트에 이미지를 행복하게 결합시킨 예는 오래 전부터 있어
왔다. 일찍이 고전의 반열에 오른 생텍쥐페리의 「어린왕자」에서 그
성공적인 예를 찾아 볼 수 있다. 기발하면서도 서정적인 그림들을 빼
놓고 이 소설을 생각하기란 불가능하다. 이 소설에서 그림은 단순한
삽화로서 기능하는 것이 아니라 무한한 상상력과 동화적인 정서를

내포한 시적인 영상언어로 기능한다. 커다란 브아뱀이 코끼리를 삼키는 모습을 그린 두 장의 그림은 동화적 상상과 현실 사이의 괴리를 보여주며 가시적인 것 이면에 감추어진 삶의 진실에 대한 관심이 어떻게 시적인 것과 만나는가를 생각하게 하는 좋은 예라 할 수 있다.

그림이 단순히 글의 보충적인 이미지를 제공하는 것이 아니라 대등한 의미로 자리매김되면서 이들은 시적인 것을 발견하는 시적 언어로 병존한다. 오늘날 활발히 출간되고 있는 포토 포엠 혹은 포토 에세이는 이처럼 시적인 것을 찾으려는 적극적인 노력이라 할 것이다. 그림에 화제시(畵題詩)를 덧붙였던 문인화의 전통을 생각해 보면 이는 새로운 형식이라기보다는 '시적인 것'을 향한 전통적인 기법의 현대적 계승으로 볼 수도 있다.

시는 본질적으로 마음 속의 관념을 감각적으로 드러냄으로써 구체적 형상화를 가능하게 한다. 이때 이미지는 시적 관념을 드러내는 매개요 수단이지만 단지 이와 같은 기능적인 면만이 아니라 그 자체로 존재의 의미를 발견하고 실현하는 사유 자체가 된다. 영미시에서 이미지즘 운동은 이러한 면을 되새기게 한다. 이미지즘을 주도적으로 이끈 흄(T.E. Hulme)은 근대철학이 세계를 연속의 원리로 파악하는 가운데 인간중심적인 사고를 유포했다고 불만을 토로하며 종교성의 회복을 주장하며 직관의 언어인 이미지를 강조한다. 물론 이러한 이미지즘이 결과적으로는 내용의 빈곤이라는 한계를 가졌지만, 그 문제제기에 있어서 이미지에 주목한 것은 근대성의 반성과 관련되어 있다. 순간적 회화성 속에 삶의 의미를 간취하려는 전략으로서의 이미지즘은, 세계를 보편적 원리 속에 체계화하려는 근대적 인식에 대한 저항이라 할 것이다. 이처럼 지적이면서 동시에 정서적 복합체로서의 이미지는 체계에 저항하는 방식으로 기능했다.

이에 반해 오늘날 이미지는 시인 보들레르가 '무시무시한 새로움!

모두가 눈요기!'(「파리의 꿈」)라고 절규했듯이, 존재의 근원을 떠나 하나의 눈요기로 전락했다. 이미지의 자기분열의 시대라 할 수 있을 것이다. 오늘날 '시적인 것'이 이미지와 만나는 지점이 바로 여기이다. 태어나면서부터 텔레비전을 통해 쏟아지는 현란한 이미지에 잠식당하는 영상세대에게 '시적인 것'이란 쉴새없이 쏟아지는 이미지의 환유를 은유로 걸러내는 일에 해당한다. 이를 위해 '시적인 것'은 정적인 이미지의 순간적인 극대화를 통해 강렬한 상징을 구축한다. 이러한 상징이야말로 존재의 근원에 대한 기억을 회복할 수 있기 때문이다. 이는 시와 그림, 혹은 시와 사진 어느 편에서나 가능한 울림이며, 이 울림의 폭과 깊이는 병합의 미학을 발생시킨다. 이러한 예로 크린트 부흐홀츠(Quint Buchholz)의 『책그림책』은 하나의 예시가 될 것이다. 이 책은 영상언어와 활자언어가 서로 다른 이질적이면서 유사한 이미지의 포착을 통해 어떤 '시적인 것'을 불러낸다. 시적인 것들이 이미지와 만나는 방식은 바로 이러한 이유로 인해 보다 적극적으로 그 존재이유를 부여받는다. 마치 합리적인 이성의 환한 빛 아래서야 비로소 인간의 보이지 않는 무언가를 향한 서정적인 문학예술에 관한 논의가 출발했듯이 말이다.

4. 탈욕망의 이미지를 찾아서

지금 우리의 삶은 온전한 이성과 과학의 승리도 아니며 그렇다고 그것의 완전한 패배도 아닌 혼란과 질서의 접점에 놓여있는 듯하다. 영화 〈매트릭스·2〉에서처럼 우리의 삶은 알 수 없는 혼돈의 상태이면서 동시에 촘촘히 조직화된 체계로 감지된다. 이러한 상황에서 인간의 근원적 내면을 기억하려는 '시적인 것'은 혼란스러운 장르간

혹은 매체간의 결합을 보이면서도 동시에 혼란한 분열을 극복하고자
한다. 마치 풍경이 현실의 재현이라는 맥락에 놓여있다 하더라도 이
것이 의미를 발생시키려면 삶의 또 다른 어떤 이미지와 만나지 않고
는 불가능하듯이, 시와 사진, 시와 그림, 시와 소설은 의미의 겹침을
통해 감동의 공유지를 마련한다. 여기에서 이미지의 옮겨가기는 탈
자본적이며 탈외면적이어야 할 것이다. 자본과 내면을 상실한 합리
야말로 우리들의 운명이며 의지이기 때문이다. 따라서 이들은 외면
화된 운명과 유령화된 초상에 저항해야 할 것이다. '시적인 것'이 영
혼을 가진 인간의 고양된 정신활동을 가능하게 하는 매트릭스(자궁)
인 까닭이 바로 이점에 있지 않을까 싶다.

시인이란 본질적으로 이미지를 만드는 요술사들이다. 삶의 파편적
인 계기들을 시간의 실타래에 감아 서서히 풀어내는 힘은 망각되는
기억을 이미지로 현현해 내는 시인의 몫이다. 그러나 이러한 이미지
도 단편적으로 고립되어서는 의미유발이 불가능하다. 이미지가 망각
된 기억들을 환기해내면서 이미지와 이미지 사이의 부드러운 전이를
통해 만들어 나가는 상징의 성(城)은 존재의 어떤 근원을 엿보게 한
다. 현란한 영상언어에 휩쓸려 망각되어버린 그 근원을 시인은 시적
이미지를 통해 고요히 불러들인다. 그러나 이것이 강렬한 상징성을
띠며 보이지 않는 근원에서 들려오는 삶의 기미를 포착하려면 탈욕
망의 순정한 영혼의 발견을 향해 역동적인 자기승화를 거듭해나가야
할 것이다. 시인은 여기 어딘가에서 살아가며 때로 운명적이고 때로
의지적으로 자기초월의 가능성을 꿈꾼다. 어쩌면 그 가능성은 새로
운 생성을 향해 열린 혼종성을 띨 수밖에 없을 듯하다.

문화연구의 향방
— 생활세계의 성화(聖化)를 위하여

1. 문화의 탄생

문화(culture)는 인간이나 이성과 함께 비교적 최근에 와서야 자립적이고 대상화된 의미영역을 구축하기 시작한 말이다. 문화의 어원이라 할 수 있는 경작이나 재배[1]가 갖는 사회적 함의는 자연에 가하는 인간의 인위적 행위가 아니라 자연적인 삶 속에 동화된 채 대상화되지 않은 자연스런 행위를 지칭한 것으로 볼 수 있다. 이는 문화의 또 다른 어원인 cult에서도 알 수 있듯이, 신에 대한 경건하고 신성한 외경심을 갖고 살아가는 삶과 깊이 연관되어 있다.[2] 자연의 겸손한 일원으로 살아가던 인간에게 경작과 재배란 자연에 대한 인위적 훼손이 아니라 세계와 삶에 대한 무한한 경외감을 동반한 행위로 받

---

1) 문화의 이러한 어원적 의미는 농업(agriculture)이나 원예(horticulture) 등에 그대로 남아 있다.
2) 문화는 제식이나 예배형식 혹은 숭배를 의미하는 cult에서도 그 어원을 찾을 수 있다.

아들여졌을 것이다. 이처럼 인간이 자연과 신에 대하여 대상화된 의식을 가지기 전에는 인간의 삶 속에 문화는 돌출되거나 혹은 자각적 인식을 수반하는 영역이 아닌 채로 존재하였다. 적어도 이성의 빛이 자연과 신으로부터 인간을 분리시켜내기 전까지 문화는 자연 및 초월적 세계와 더불어 존재하는 일상의 한 형식이라 할 것이다. 인류의 역사가 행위를 자각하고 분석하는 이성의 바벨탑을 쌓아올린 역사였다면 그 이성이 모든 경쟁자들 즉 신, 초월, 감성까지도 따돌리고 그것들을 의심의 대상으로 바라보기 전까지 근대적 의미의 문화는 탄생하지 못하였다고 볼 수 있다. 적어도 내용으로서의 〈삶〉[3]과 그것의 외적 표출인 행위로서의 〈살다〉[4]가 분열되기 전까지는 말이다. 명사 〈삶〉과 동사 〈살다〉의 행복한 일치가 가능한 시대에 문화란 어쩌면 불필요한 무엇에 지나지 않았을 것이다. 그러므로 오늘날 우리가 주목하고 있는 문화의 심연에는 그 광도를 측정하기조차 어려운 이성의 빛이 자리하고 있음을 기억할 필요가 있겠다. 오늘날 우리시대의 중심 화두가 되고 있는 문화의 함의가 이성에 의해 극히 근대적인 방식으로 탄생되었다는 사실이 전제되지 않고서는 지금여기에서 향유하고 있는 문화의 의미를 제대로 포착하기는 어렵다.

　엄밀히 말하면 근대적 의미의 문화가 탄생하는 데에는 르네상스(Renaissance) 이후 강화일로로 치닫게 된 창조적 이성에 대한 믿음이 산파노릇을 했다고 볼 수 있다. 무엇보다 근대적 이성은 자연을 대상화시키면서 인간주체를 탄생시킨다. 자연의 대상화는 인간과 자연이라는 이항 대립적 사유의 전형화를 통해 낙/여, 서구/비서구, 문명/야만, 주체/타자, 지배/종속, 억압/저항, 의식/무의식 등등의 대

---

3) 〈삶〉의 사전적 이미는 다음과 같다. ① 사는 일 그 자체 ② 살아있는 현상(現象) ③ 죽음과 반대되는 의미로서의 목숨 또는 생명을 뜻한다.
4) 〈살다〉의 사전적 의미는 다음과 같다. ① 목숨을 지니고 존자하다 ② 생활을 영위하다 ③ 현실적인 생동감이 있다 ④ 어느 곳에 거주하거나 거처하다를 듯한다.

립적 세계인식을 구축해 냈다. 이때 인간과 자연의 대립은 인간주체를 탄생시키며 모든 이원적 인식의 근간이 된다는 점에서 근대를 표상하는 상징으로 자리잡게 된다. 이렇게 됨에 따라 근대적 주체로서의 인간은 자연과 사회를 변화시키며 자연과 사회는 합법칙적으로 해석되고 합목적적으로 조작되는 대상으로 바뀌어 버린다.[5] 따라서 문화의 부상 이면에 인간의 주체화가 자리하고 있으며 이러한 인간의 주체화는 자연에 대한 대상화에 기인하고 있음을 되새길 필요가 있겠다.

인간이 자연을 대상화하면서 경험하게 되는 중대한 변화는 창조적인 자기실현으로서의 일과는 다른 노동을 통해 삶을 유지하게 된다는 점과 이렇게 되면서 놀이는 노동과 분리되어 나간다는 점이다. 근대에 이르러 〈삶〉이 〈살다〉로의 자발적 실현으로 인식되지 못하고 사역화 혹은 수동화 되는 과정을 생각해 보자. 일과 노동의 분리뿐만 아니라 노동과 놀이의 분리는 노동과 놀이에 있어서 경험하게 되는 중첩된 소외의식을 확산시켜 나갔다.[6] 이처럼 〈삶〉이 〈살다〉로의 자발적인 참여가능성을 상실할 때, 문화는 이러한 사회역사적 조건 위에서 〈삶〉과 〈살다〉를 매개하는 새로운 존재방식으로 부상하였다. 문화의 탄생신화에는 이러한 배제와 소외를 이끈 이성의 환한 빛이 자리한다는 점을 기억하자. 거슬러 올라가자면 플라톤(Plato)의 동굴우화에서 시작된 바 있는 눈이 멀 정도의 환한 그 빛의 출현 말이다.

---

5) 홍성태, 주체의 변화: 사회, 기술 그리고 자연의 변화와 인간, 『문화과학』, 25호, 2002. p.152.
6) 오늘날 놀이에 해당하는 recreation이나 leisure는 일이 더 이상 창조적이고 생산적인 것이 되지 못한다는 소외의식을 역설적으로 보여준다. 창조력을 재충전한다는 의미의 re-creation이나 한가한 유한계급을 의미하는 the leisur class에서 알 수 있듯이, 이미 일은 고통스러운 노동으로 전락하고 말았다. 그러나 노동과 분리된 놀이 또한 노동으로부터의 해방이라는 의미와는 달리 철저히 계급화 혹은 자본화됨에 따라 참다운 자기실현과는 거리가 멀다고 할 수 있다.

2. 문화의 근대적 의미

그렇다면 근대사회에서 문화가 의미하는 것이 정확하게 무엇이며 그 존재방식은 어떠한가. 오늘날 우리가 사용하는 문화의 의미는 근대적 삶의 복합적인 양태를 반영하듯 복잡하고 다층적인 의미층을 형성하고 있다. 한국문화, 대중문화, 노동자문화, 군대문화, 도시문화, 청소년문화, 음식문화 등의 말을 통해 알 수 있듯이, 문화는 시간과 공간의 차이뿐만 아니라 계층, 계급, 세대, 성, 국가, 민족, 인종 등의 차이를 인식하는 하나의 잣대로 기능하고 있다. 이성의 존재방식이 차이와 분석의 형식을 선호하듯이, 이성에 의해 규율화된 근대사회에서 문화는 차이에 대한 인식들을 구획혀 나가는 중요한 좌표가 된다. 그렇다면 왜 문화는 이와 같이 다름을 지칭하는 준거로 자리매김 되었을까. 그 이유를 면밀히 살피기 위해서는 우선 문화에 대한 근대적 함의가 본격적으로 부상하고 그 의기를 구축해가는 과정에 대한 역사적 성찰이 필요할 것이다.

문화의 근대적 의미형성에 있어서 중요한 견인차 역할을 한 사건은 인류학과 대중의 출현이라고 할 수 있다. 범박하게 요약하자면 근대적 의미의 문화형성은 인류학의 성과에 의해 촉발되었으며 대중의 출현에 의해 구체화되었다고 볼 수 있다. 먼저 인류학의 성립과 문화의 관계부터 살펴보자. 16세기부터 활발해진 서구의 해외진출은 세계 각지에서 발견한 상이한 문화에 대한 흥미와 관심을 촉발하게 되었다. 이질적인 문화의 발견과 함께 서로 다른 인종을 분류하고 그 특성과 차이를 과학적으로 체계화하려는 노력은 점차 학문의 한 분과로 인식되면서 인류학의 학문적 독립을 성취하게 된다. 초창기의 인류학은 인류의 기원과 발생에 대한 관심을 생물학적 연구방식을 통해 밝히고자 하는 자연과학적 성격을 강하게 드러냈다. 그러나 점점 열강의 식민지 팽창정책이 가속화되면서 인류학은 효과적인 식민지 지배를 위한 일종의 지침서로서 식민지의 역사와 제도, 풍속과 종교 등을 조사하는 민속지학(民俗誌學)으로 변해갔다. 특히 이들은 당시의 지배적인 사상인 진화론 사상에 입각하여 미개 혹은 야만과 문명이라는 이분법적 인식을 통해 비서구권의 문화를 열등하고 미숙한 것으로 규정함으로써 식민지팽창 정책의 정당성을 확보하는 근거로 이용되었음은 널리 알려진 사실이다. 옥스퍼드 대학의 초대 인류학과 교수였던 타일러(Tylor)[7]가 문화를 점진적 발전의 개념으로 보고 원시문화와 현대문화를 진화적이고 점진적인 발전과정으로 설명한 것은 이러한 인식의 대표적인 예가 될 것이다.

그러나 상이한 문화적 차이들을 경험하게 되면서 인류학자들은 점점 개별 문화의 상이성에도 불구하고 그 이면에는 한 사회를 유지하고 보존하는 규칙성을 가진 상징구조나 의미체계가 존재한다는 사실에 주목하게 된다. 이러한 변화는 인류학의 주요 연구 대상이었던 체질인류학이나 생물학적 인류학으로부터 문화인류학이 부상하게 되는 계기가 된다. 전자가 자연인류학을 의미한다면 후자는 문화인류학으로 분류되는 바, 이러한 분류방식 자체는 문화란 이미 자연과는 별개의 것이라는 인식에 근거하고 있다고 하겠다. 이제 인류학자들은 생물학적 종의 하나인 인간이라는 관점에서가 아니라 사회적 존재로서의 인간이라는 관점에서 문화를 이해하기 시작한다. 즉 미개하고 열등한 집단에도 그 이면에는 보편적인 상징체계로서의 문화가 존재한다는 사실에 주목함으로써 점점 문화는 인간이 가진 가장 인

---

7) Edward Burnett Tylor(1832~1917)는 문화인류학의 창시자로 여겨짐. 다윈의 생물학적 진화론에 영향을 받아 저술한 「원시문화」(Primitive Culture)에서 문화를 인간이 사회구성원으로서 획득한 능력 또는 습관의 총체라고 봄으로써 향후 문화연구에 큰 영향을 끼쳤다. 그의 마지막 저서인 「인류학, 인류 및 문명에 대한 입문서」(Anthropology, an introduction to the Study of Man and Civilization)는 19세기 말 인류학의 성과와 과제를 훌륭히 요약하고 있다는 평을 받았다.

간적인 것이라는 맥락에서 그 의미를 형성해 나가게 된다. 이러한 인식과 함께 문화는 진화론적 세계관과 접목되면서 문명과의 돈독한 의미공유를 확립해 나간다.

물론 르네상스 이후 점증하는 문명에 대한 관심은 문명을 가장 근대적인 가치로서 재규정해 내는 데 성공하고 있었다. 18세기에 몽테스키외나 디드로 등의 백과전서파가 계몽의 기치 아래 시도했던 근대적 지식의 체계화에서도 이러한 사정은 선명하게 드러난다. 백과전서파는 문명에 야만(barbarism)의 상대어라는 의미 이외에도 봉건제 및 군주제와 대치시켜 시민사회와 진보라는 의미를 추가함으로써 계몽의 근대적 기획을 가장 잘 표현한 용어로 문명을 부각시킨다. 물론 문명은 그 어원인 라틴어 키비스(civis, 시민)나 키빌리타스(civilitas, 도시)에서도 알 수 있듯이, 시민사회 혹은 도시적 삶과 깊이 연관되어 있었다. 그러나 이러한 문명이 근대에 와서 시민사회와 진보라는 이름으로 재조명되는 것은 결국 문명이 가장 근대적인 가치를 담아내고 있음을 의미하는 것으로 볼 수 있다. 이러한 변화는 가장 인간적인 것의 상징인 문화, 그리고 인간의 가장 가치 있는 것으로서의 문명이라는 인식을 통해 문화와 문명을 근대적 삶의 양대 기둥으로 자리잡게 한다. 이때부터 문화와 문명은 상호 의미공유를 활발히 해나가며 자연과 미개에 대해 개발과 진보를 강요하는 도구적 이성으로 기능하게 된다.[8] 문명과 더불어 문화에 있어서 중요한 의미를 차지하며 기술의 문제가 부각되는 지점도 여기이다. 대상화된 자연에 대한 인간 노동의 매개인 기술은 이제 문화의 중요한 내용으로 자리하게 된다. 근대적인 문화의 의미가 형성되는 과정에는 이처럼 문화 인류학의 성립이 자리하고 있으며 진화론에 입각한 문명

---

8) 식민주의가 내세운 논리에는 하나같이 문명의 전달자라는 수식이 자리하고 있음을 상기해 보라.

예찬의 시선이 깊이 개입해 있다고 하겠다.

한편 근대에 접어들어 문화는 도시의 형성과 함께 출현한 대중의 삶과 밀접한 연관성을 갖는다. 근대사회가 도시라는 공간과 산업노동자로서의 라이프스타일에 의한 대중적인 삶의 면모를 선호하게 되면서 문화는 이러한 삶을 내용화하는 새로운 의미로 거듭나게 된다. 르네상스 이후 문화란 인간의 창조력에 대한 강한 신뢰를 바탕으로 하는 인간의 교양(敎養)을 의미하는 바, 이것은 하나의 문화적 이상에 맞추어 인간을 교육해나가는 과정을 가리켰다. 여기에서 문화란 당연히 귀족의 이상을 실현하는 교양교육을 의미한다고 할 수 있다. 문화가 곧 고급문화와 동의어로 받아들여진 것은 이러한 교양으로서의 문화라는 인식이 오래 동안 지배해 왔기 때문이다. 그러나 대중이 사회적 다수이자 자각한 개인으로 역사의 문면에 부상하면서 문화는 더 이상 교양을 추구하는 소수 귀족층 혹은 엘리트층의 이상실현을 위해서만 존재할 수 없게 된다.

이러한 인식이 확산되자 기존의 고급문화를 생산하고 향유해 오던 문화 담당층은 변화하는 현실에 강하게 반발하고 나섰다. 이 갈등은 민주주의와 자본주의에 의해 건설된 근대라는 신천지에 출현한 대중문화를 저급하며 극복해야할 무엇으로 인식했던 리비스주의자[9]들에게서 가장 첨예하게 드러난다. 리비스주의자들은 산업혁명 이후 문화는 소수의 고급문화와 다수의 저급한 대량문명으로 구분된다고 보고, 새롭게 부상하는 대중문화를 문화적 이상과는 거리가 먼 저급한

---

9) 리비스주의란 영국 문학비평의 지적인 전통을 대표하는 F. R. Leavis의 문화이론을 말한다. 그는 1930년대에 대중문화의 부상을 목도하며 대중문화의 평준화와 하향화를 문화의 쇠퇴로 보고 이에 대한 비판으로 소수의 문화적 위상을 열렬히 옹호하였다. 이와 함께 Q. D. Leavis는 대중소설과 허리우드 영화, 대중용 신문 및 라디오를 비판하며 문화를 교양 있는 소수의 것으로 보고 대중문화를 혼란스러운 위협으로 취급하면서 이에 저항해야 한다는 주장을 펼친다. 이들은 문화를 인간 사고의 정수라고 본 M. Arnold의 입장을 계승하며 문화를 지키는 파수병으로서의 교육받은 대중을 키우려는 노력과 문학을 통한 문화적 통합의 열망을 보여준 것으로 평가할 수 있다.

대량문명이라고 비판한다. 그러나 이러한 반발에도 불구하고 점증하는 대중의 이해와 요구는 문화의 의미영역을 서서히 탈환하며 도시적 삶과 노동하는 삶의 문제를 투영하고 그 속에 저항적인 의지를 담아내는 기제로서 대중문화의 근대적 의미를 획득해 나간다. 문화가 사회와 밀접한 관련성을 갖게 된 것은 이러한 과정을 통해서 점점 강화되어 나갔다고 할 수 있다. 기어츠[10]가 개인과 문화의 관계를 설명하면서 든 거미와 거미집의 비유는 개인과 사회의 관계양상이면서 곧 문화가 사회라는 구조와 개인이 갖는 관계 양상을 그 주된 의미영역으로 구축함을 보여주는 예라 할 수 있다. 그에 따르면 개인은 거미에 해당하고 거미집은 문화에 비유된다. 자신의 몸에서 뽑아낸 실로 거미는 집을 만들듯이 개인은 문화를 창출하는 창조자인 동시에 문화가 실현되는 장소이다.[11]

문제는 이러한 문화에 대한 함의가 확립될수록 문화가 의미하는 것은 인간과 사회에 국한된 것이며 자연으로서의 인간과 초월을 향해 열린 삶은 문화에서 배제된다는 점이다. 즉 자연의 대상화는 인간의 대상화로 이는 다시 삶의 대상화로 이어지며 삶의 실현 장소로서의 세계는 창조적 자기실현을 가능하게 하는 일과는 상반되는 고통스러운 노동과 소외가 본질화되는 공간이 되고 만다. 이처럼 문화의

---

10) Geertz는 상징적 인류학과 해석적 인류학의 대표적인 이론가이다. 그에 따르면 문화란 인간이 삶에 대한 지식과 태도를 상호교환하고 영속화시키며 촬전시키는 수단의 상징적 형태이며 세대를 통해 전해진 개념들의 체계이다. 이렇게 보면 문화란 한 사회내의 의미질서로서 이러한 상징을 주고받는 것이 곧 문화라 할 수 있다. 문화를 이처럼 삶의 상징적 질서로 볼 때, 그것은 정신적인 면뿐만 아니라 관습, 규범, 제도 등의 총체적인 생활양식이 된다. 따라서 문화적 차이란 이러한 상징적 질서의 차이에 의해 발생하는 것이므로 여기에서 발전과 미개 등의 문화적 위계화는 무의미해진다. 그러므로 그는 문화란 언제나 세계에 의미를 부여하고 세계를 이해하도록 하며, 문화연구란 각 문화의 상징들을 해석하는 일이라고 봄으로써 문화다원주의를 가능하게 하였다. 주요 저서로는 『문화의 해석 The interpretation of Cultures』, 『지역적인 지식—해석적 인류학에 대한 고찰 Local Knowledge: Further Essays in Interpretive Anthropology』, 『생애의 업적-저술가로서의 인류학자 Works and Lives: The Anthropologist as Author』 등이 있다.
11) Clifford Geertz, 『The Interpretation of Culture』, New York:Basic Books.

근대적 의미에는 자연과 신과의 분리, 인간주체의 탄생이 전제되어 있으며 진화론적 세계관의 수용을 통한 발전과 진보에의 열망이 투사되어 있다고 하겠다.

3. 문화를 바라보는 두 가지 방식: 이데올로기 비판과 욕망 분석

인간이 자신의 〈삶〉을 창조적 노동을 통해 〈살다〉로 실현하고자 할 때, 과연 삶의 사회적 성화[12]는 가능한 것일까. 오늘날 현대 문화연구의 양상을 살피는 일은 이 물음으로부터 출발한다고 할 수 있다. 특히 근대에 이르러 이 물음은 분업화와 소외화로 인해 발생하는 인위적인 〈삶〉의 찢김에 주목하면서 인간 존재의 근원에 대한 성찰로 이어진다. 인간은 현실적인 삶의 고통이 가중될수록 존재론적 본질인 죽음을 망각하게 되고, 자연과 더불어 죽음마저 망각하게 됨으로써 삶을 정화할 수 있는 자연기제를 잃어버리고 말았다. 죽음이라는 실존의 한쪽 날개를 잃어버린 인간은 현실 속에서 직면하는 죽임의 문화를 비판하고 이러한 비판을 통해 우리가 향유하고 있는 삶의 내용과 형식에 대한 본질적인 문제를 제기하기에 이른다. 따라서 현대 사회에서 문화연구는 죽임의 문화에 대한 비판과 이를 통해 인간의 삶을 살림의 문화로 전환시키려는 실천의 장이 되고 있다. 이데올로기 비판과 욕망 분석은 이러한 문화적 실천을 위한 두개의 중요한 열쇠말(keyword)에 해당한다.

먼저, 문화연구의 핵심적인 연구방법인 이데올로기 비판을 살펴보자. 오늘날 일상적인 생활공간에서 다양하게 존재하고 있는 대중문

---

12) 김지하, 『남녘땅 뱃노래』, 두레, 1985, pp.107~150.

화는 생산과정과 소비과정 자체의 극단적인 인위성과 함께 생산과
소비의 헤게모니를 쥔 권력과 자본의 이데올로기[13]가 전략적으로 개
입된다는 점에서 대단히 문제적이다. 비록 오늘날 대중문화에서 대
중의 창조적이고 능동적인 힘이 일방적인 이데올로기의 실행을 거부
한다 하더라도 상당히 많은 부분에서 생산과 소비의 주체로 대중이
자율성을 확보하고 있다고는 생각하기 어려운 상황이다. 이러한 면
에서 문화연구는 삶의 창조적 실현이라는 관점에서 비판의 수위를
높이고 삶을 구성하는 사회구조적인 모순에 대해 예민한 분석의 잣
대를 갖다댄다. 이처럼 현대사회에서 문화연구가 권력과 자본의 이
데올로기를 분석하고 문화의 의미생산과정에 작용하는 불순한 시선
을 걸러내려는 비판적인 자세로 표출되는 것은 이들 권력과 자본의
이데올로기가 삶의 구체적인 양태들을 자신들에게 유리한 방식으로
구축하기 때문이다. 문화는 생산과 소비과정에서 자본과 권력에 의
해 인위적으로 조작되고 왜곡된다는 점에서 대중은 의식적 혹은 무

---

13) ideology란 일반적으로 인간이나 집단이 가지는 신념의 체계를 말한다. 이 말은 프랑스 혁
  명기에 트라시(Antoine Destutt de Tracy)가 제시한 개념으로 관념화된 과학을 약칭한다.
  이데올로기는 인간정신에서 편견을 몰아내고 이성을 복권함으로써 인간에 봉사하고 구원
  하는 것을 목표로 삼았다. 이 말이 오늘날 문화이론에서 중요한 개념으로 자리잡게 된 것은
  헤겔과 마르크스 이론에 의해서이다. 헤겔에게 있어서 이데올로기란 개인이 역사의 도구로
  서 자신도 알지 못하는 외적인 힘에 의해 영향을 받는 것을 지칭하는 것으로, 이때 개인은
  항상 이데올로기에 의해 자신에게 부여한 역할을 수행하지만 그 의도는 개인의 배후에 숨
  어있다고 보았다. 따라서 헤겔적 개인은 항상 이데올로기에 의해 조정되는 무기력하고 도
  구화될 수밖에 없는 존재라 할 수 있다. 이와는 달리 마르크스는 헤겔의 이러한 견해를 비
  판하며 개인이 주어진 상황에 의해 허위의식을 가질 수도 있지만 이와는 반대로 허위의식
  을 비판하며 참된 계급의식을 가질 수도 있음에 주목하였다. 마르크스는 신념이야말로 경
  제구조의 산물임을 강조하였으며, 만하임은 이를 발전시켜 이데올로기가 사회구조의 산물
  이라 주장하였다. 오늘날 문화연구에서 이데올로기 분석은 문화에 잠재해있는 다양한 지배
  적인 신념체계를 분석하여 권력과 경제가 어떻게 사회적 우계를 정당화시키는가를 밝히는
  중요한 접근방식이 되고 있다. 주로 반공이데올로기, 개발이데올로기, 보수이데올로기, 자
  본주의이데올로기, 가족주의이데올로기 등이 여기에 해당한다. 그러나 어느 사회에나 지배
  적인 신념체계와 여기에 저항하려는 신념들이 있을 수 있다는 점에서 이데올로기의 실상파
  악과 이것이 기능하는 방식에 주목하려는 깨어있는 의식이 중요하다고 하겠다. 특히 현대
  사회에 접어들어 자본주의이데올로기는 매스미디어를 통해 무의식까지 파고든다는 점에서
  이데올로기에 대한 비판력을 키울 필요가 더욱 절실해졌다.

의식적으로 강요된 〈삶〉을 살고 있다. 이러한 맥락에서 볼 때, 문화는 이미 이를 생산하는 사회구조에 의해 지배되고 조정된다는 전제가 성립된다. 문화연구는 이러한 문제를 비판하기 위해 문화생산과 소비에 기능하는 지배이데올로기를 분석하고 이에 대한 저항과 전복의 길을 모색한다. 즉 이데올로기 비판은 삶의 능동성을 부정하는 죽임의 문화를 비판하며, 이러한 비판과정을 통해 인간의 창조적이고 자발적인 존재가능성을 회복하고자 하는 데 그 의도가 있다.

이데올로기 분석은 주로 마르크시즘과 이를 비판적으로 계승하며 현대사회를 분석한 프랑크푸르트학파[14]에 의해 주도된 바 있다. 이들의 이데올로기 분석은 문화의 드러난 현상 이면에 감추어진 불순한 의도를 밝혀냄으로써 현대적인 〈삶〉을 조건짓는 힘들과 그 힘이 소통되는 방식을 문제 삼는다. 이제 문화는 지배적인 관념들에 저항하는 무의식적 투쟁의 장이라는 점, 바꾸어 말하면 문화는 인간에게 강요된 억압을 문제적으로 인식하는 의식화된 공간으로 인식된다. 그러나 이러한 이데올로기 비판은 비판 자체의 정당성에도 불구하고 지나치게 인간의 자율성을 사회적 구조 안에서 결정짓는 한계를 보이기도 한다. 인간의 〈삶〉의 내용도 그러하지만 〈살다〉의 구체적인 실현은 언제나 고정불변의 것이 아니라 다양한 변화가능성을 내포한

---

14) 프랑크푸르트학파(Frankfurter schule)란 1930년대 이후에 독일의 프랑크푸르트의 사회연구소에서 활약한 호르크하이머, 아도르노, 마르쿠제, 벤야민, 프롬 등과 제2차 세계대전 이후에 참가한 하버마스, 슈미트 등의 현대사회와 현대문화연구자를 지칭하는 말이다. 이 학파는 마르크스 이론에 프로이드의 정신분석학을 접목시켜 현대 산업사회에 대한 비판이론을 전개했으며, 독일 파시즘의 출현을 경험한 후 계몽의 기획이 가져온 이러한 결과에 대해 심각하게 회의하며 도구적 합리성의 문제를 집중 부각시켜 나간다. 이 과정에서 이성이 과학적이고 기술적인 사고방식이라는 인식에 반대하였으며 파시즘을 피하여 미국으로 망명한 후, 이들은 당시에 미국의 대중문화가 산업화되는 현장을 목격하며 문화산업이 어떻게 인간을 상품화하고 억압하는가를 비판적 관점에서 통찰해 나간다. 이 과정을 통해 문화연구에서 비판적 문화이론의 흐름을 형성했다. 이들은 주로 전체주의와 자본주의에 대한 비판을 정신분석학적 관점과 연결시켜 파시즘과 물신숭배에 대한 비판을 날카롭게 전개함으로써 현대 대중문화 속에 깃든 이러한 면모를 분석하는 중요한 관점을 제공하였다.

역동성을 지닌다는 점에서 문화에 대한 이데올로기적 관여가 절대적
일 수만은 없다. 이 지점이 바로 죽임의 현실에 살림의 문화가 싹 틀
수 있는 가능성이 동시에 개입하는 틈새이다. 그것은 어쩌면 물질 자
체가 정신과 분리된 죽어있는 상태가 아니라 정신과 물질은 내부의
보이지 않는 질서, 활동하는[15), 문화의 잃어버린 그 어원적 기원인
자연과 경외심을 기억하려는 노력과도 맞닿아 있다고 할 것이다. 역
사적으로 볼 때, 문화 자체의 대상화는 곧 정신의 사물화와 다르지
않았기 때문이다. 그러므로 이들 이데올로기 비판은 지배이데올로기
의 일방적인 작동 방식에 저항하고 여기에 대항하려는 다양한 하위
문화들의 실천적 노력에 주목하는 깨어있는 정신을 요구한다.

  한편, 죽임의 문화로 인한 질식이 강해질수록 문화연구는 이성과 과
학이 간과해 온 또 다른 세계로의 탐색을 통해 소생의 가능성을 찾아
나선다. 코페르니쿠스의 지동설, 다윈의 진화설과 함께 인간의 인식론
적 변화를 이끈 중요한 또 하나의 발견이라 할 수 있는 프로이드[16)의

---

15) 무(無)라는 생성의 지점을 공유한다는 인식과도 내통하는 것으로서 김지하, 『생명과 자치』,
   솔, 1996, p.52.
16) Sigmund Freud(1856~1939)는 꿈의 분석을 통해 인간의 욕망이 억압되어 무의식을 형성
   한다고 본 정신분석학의 창시자다. 그의 정신분석이론은 인류학 및 사회심리학으로 이어지
   면서 문화에 관한 연구의 길을 열어젖혔다. 그에 따르면 토템 동물에 대한 두려움과 복수심
   이 혼합된 감정은 어린 아이의 同性에 대한 태도라고 보고, 그 이유를 살부충동으로 설명한
   다. 어머니에 대한 아버지의 지배에 반항하여 아들은 아버지를 죽이고 이러한 사실은 자책
   감을 불러일으켜 근친상간을 금기하고 아버지의 대체물인 토템 동물을 해치는 것을 금지시
   킨다고 보았다. 토템사상을 설명하며 그는 인류의 종교와 문명이 인간의 본능을 어떻게 억
   압해 나갔는가를 분석했다. 이러한 그의 주장은 신앙이야말로 인간이 보편적으로 가지고 있
   는 유아적인 무력함을 신화한 것이라고 비판하고 위대한 예술품에는 원시적인 성적 충동이
   깃들어 있다고 주장한다. 또한 위대한 예술작품에는 사회적 억압을 신경증적으로 억압하는
   하는 것이 아니라 갈등 없이 해소하는 승화가 나타난다고 주장하며 충동이 아름다움의 원천
   이 될 수 있음을 보여주기도 한다. 그는 인간의 공격성이 경제적, 정치적 불평등에 기인한 것
   이 아니라 인간의 죽음에 대한 본능 때문이라고 봄으로써 문명의 외관에 감추어진 불합리성
   을 통찰하였다. 그가 정신분석을 통해 인류의 전사에 깃들어 있는 억압의 형태를 포착하고
   이를 통한 문명의 성립에 주목한 점은 문화연구에서 다양한 억압상과 그 왜곡의 방식을 드
   러내는데 유효한 관점을 제공해 준다. 특히 무의식적 억압이 어떻게 고착과 전이를 통해 한
   개인의 의식을 왜곡시키는가하는 점은 많은 시사점을 제시해 주고 있다.

무의식의 발견은 문화연구의 핵심적인 방법인 욕망 분석의 길을 제공해 주었다. 분석의 대상인 인간의 정신을 기계적으로 파악한다는 비판에도 불구하고 이러한 욕망 분석은 인간의 가시적인 의식계 이면에 감추어진 무의식의 존재를 인정하고 이를 통해 인간에 대한 다양한 해석의 가능성을 열어놓았다는 점에서 인정할 만하다. 특히 이러한 정신분석학에서의 욕망이론은 문화연구에 접목되면서 인간의 〈삶〉의 내용이 어떻게 구성되며 이러한 내용이 〈살다〉라는 창조적 실현과정 상에서 장애가 되는 억압기제를 밝히는 데에는 탁월한 강점을 보여준다.

정신분석학에서 말하는 욕망하는 존재로서의 인간이 문화연구에 접목되면서 문화연구는 두 가지 경향을 띠게 된다. 먼저 인간을 욕망하는 존재로 볼 때, 욕망은 항상 완전한 충족가능성을 배제하고 있기 때문에 인간존재의 근원적 결핍을 본질화한다. 따라서 욕망하는 인간은 늘 새로운 가능성을 향해 존재를 열어 둠으로써 다양한 탈주와 변형을 통해 새로운 문화를 발견하고 창조하는 힘을 지닌 존재가 된다. 오늘날 문화주체로 다중(多衆)이 인식되는 것은 인간이 욕망하는 존재라는 이러한 욕망 분석에 근거하고 있다. 이와는 상반된 관점으로 욕망이론을 인간 가능성의 실현이 아니라 반윤리성을 정당화시키는 도구로 보는 비판이 있을 수 있다. 인간 욕망이 지니는 근원적 결핍을 인정하고 무한한 욕망추구를 본질화 하면 당연히 자본의 무한한 자기증식도 본능으로 승인하게 된다는 비판이 가능하다. 욕망이론은 자본의 욕망이 윤리기제를 포기하는 순간에도 이를 저지할 아무런 대책을 강구하지 못한다는 비판으로부터 자유로울 수가 없다. 즉 인간을 욕망하는 존재로 보는 욕망이론은 문화연구에서 한 개인의 의식 속에 작동하는 문화의 소비 메커니즘을 설명하는 데에는 유효하지만 이 메커니즘은 더 큰 욕망을 구성하는 이데올로기의 관여에 의해 결정된다는 점에서 사회구조의 단순한 반영이상으로 나아가지 못하는 한계를 보인다. 이로 말미암아 욕망이론은 무의식을 인간해석의 가능성으로 보는 듯하지만 종내에는 가장 과학적이고 이성적인 방식으로 무의식을 규정하는 한계를 노정하고 있다. 따라서 이러한 문화연구 방법은 욕망에 작동하는 이데올로기를 통해 문화적 생산주체와 소비주체의 차이, 소비주체에 남겨진 허위의식 등을 분석하는 데에는 유효하지만 결국 인간의 가치나 신념 자체가 이데올로기처럼 고정화되고 결정화되어 버린다는 점에서 다양한 해석의 가능성을 결여하고 있다고 하겠다.

물론 이러한 욕망분석을 통해 문화의 의미생산과정과 의미소비과정에서 가능한 상상적인 동화와 여기에 저항하려는 욕망의 무의식적 저항에 주목하려는 경향도 없지는 않다. 이러한 분석은 다양한 문화의 가능성들을 열어 보임으로써 하위문화 혹은 소수문화로의 저항과 실천을 보여준다. 이러한 노력은 강요된 대중문화의 일방적인 소비가 아니라 문화의 생산자이면서 소비자인 인간의 실천가능성을 열어두었다는 점에서 시사하는 바가 크다고 하겠다. 대중이야말로 근대사회가 한 무리 속에 인간을 몰아넣으며 그 속에 인간이 가진 다양성을 무시하고 제도화된 규율권력을 통해 하나의 보편성으로 획일화하려는 의도를 명명한 것으로 볼 수 있기 때문이다. 따라서 여전히 획일화된 대중문화의 홍수 속에서 살아야 하는 우리에게 강요가 아닌 자발적 생산과 소비에 기초한 살림의 문화란, 너무나 본질적이어서 망각해 버린 죽음처럼 존재하지만, 동시에 그렇기 때문에 여전히 회복해야 할 가능성으로 다가온다. 욕망분석은 이런 맥락에서 다양한 일탈과 탈주의 형식에 주목하며 현대문화의 최전선을 보여주고 있다.

4. 대중(大衆)에서 다중(多衆)으로 혹은 일상의 문화화(文化化)

오늘날 문화연구에 있어서 문화주체를 누구로 볼 것이며 이들을 어떻게 인식할 것인가라는 점은 중요한 문제의 하나이다. 일반적으로 현대문화와 대중문화를 동일시하는 상황에서 문화주체의 문제는 곧 대중을 어떻게 볼 것인가로 문제로 자연스럽게 이어진다. 산업혁명과 함께 출현한 대중은 산업화와 도시화로 인해 삶의 새로운 양식들을 창출하며 다수가 민주적으로 소비할 수 있는 문화를 만들어 왔다. 영화, 스포츠, 대중매체 등의 대중문화가 여기에 해당한다. 따라서 이들 대중문화에는 신화가 사라져버리고 파편화된 삶을 강요당하는 세계에서 신화와 스펙타클을 소비하는 근대적 삶의 은폐된 욕망의 서사가 개입되어 있음은 당연하다. 이러한 은폐된 욕망은 대중의 출현과정에서 기존의 고급문화가 옹호해왔던 문자 중심의 문학이 대중화, 세속화되는 방식에서도 발견된다. 문학의 대중화는 그러므로 대중의 출현과 내밀한 연관성을 갖는다. 18세기에 본격화되기 시작한 문학의 대중화와 이를 계기로 일어난 문화에 관한 수많은 담론은 대중적인 저널들, 대중용 신문이나 잡지의 탄생과 공모관계에 놓여 있다. 대중문학, 대중문화, 저널리즘은 모두 대중의 출현으로 등장했으며 대중의 출현을 유도한 새로운 문화형태라 할 수 있다. 그러나 대중문화의 형성과정에서 대중은 엘리트주의적 담론의 저항에 직면했고 고급문화를 대표하는 리비스주의자나 매슈 아놀드(M. Arnold) 식의 문학주의자들에 의해 저급하고 천박한 대중이라는 비난을 감내해야 했다. 이들은 대중문화는 대중이 자발적이고 능동적으로 참여할 수 없는 매스미디어와 이를 조정하고 통제하는 권력과 자본이 일방적으로 생산해낸 문화라고 강력히 비난한다. 그 후 이들의 비난은 수동적이며 무비판적인 대중의 이미지를 형성하는데 결정적인 역할을 하게 된다. 이 시기 인간이 경험하게 되는 노동현실과 노동자로서의 일상적 삶은 대량생산과 대량소비라는 방식으로 획일화 혹은 평준화 되어 갔다. 이 변화는 인간을 점점 분업화의 기능적인 도구로 만들었으며 인간은 경험할 수 있는 삶의 내용이 극히 제한된 채 살아가야 하는 피동적인 것으로 인식되기에 이른다. 대중문화에 대한 강조는 결국 인간의 정체성을 부여하는 중요한 계기를 이들 대중문화들이 차지하면서부터 부상하게 된 것으로 볼 수 있다. 대중매체가 대중의 삶을 결정짓는 절대적인 잣대로 기능하면서 대중은 문화를 일방적으로 소비하는 우중(愚衆)으로 인식된다. 이때부터 대중이라는 말에는 매스미디어라는 새로운 매체문화의 출현과 함께 수동적이고 무비판적인 다수라는 의미가 새겨지기 시작한다.[17]

그러나 삶의 획일화와 보편화는 언제나 수동적인 인간과 삶을 의미하는 것만은 아니다. 이러한 대중적인 삶은 획일화된 문화의 향유와 함께 고독한 개인 속으로의 침잠을 통해 또 다른 인간의 가능성을 탐색하는 다양한 존재론적 유희를 가능하게 한다. 그것은 가령, 어느 날 갑자기 한 마리 벌레로 변해버린 카프카의 소설 「변신」의 주인공 잠자처럼 인간 속에 잠재해 있는 분열증적 자기실현을 통해 또 다른 개인의 탄생으로 현실을 전복시켜 낸다. 모든 것이 관리되는 세계에서 인간의 존재에 대한 암담한 현실을 상징하그 있는 카프카의 소설은 그러므로 파편화된 개인을 통해 기계화되는 도구적 합리주의를 비판하고 여기에서 이탈을 시도한다. 물론 이러한 현상이 곧바로 대중의 것으로 환원되거나 활성화되지는 못하였다. 그러나 근대에 형성된 대중의 의미는 불특정 다수라는 수동적이고 무비판적인 현실에

---

17) 대중문화는 불특정 다수로서의 추상화된 집단의 문화라는 점에서 mass culture로 보는 견해와 생산과 소비과정에서 대중의 능동적이고 비판적인 개입 여지를 인정하는 popular culture로 보는 견해로 나누어지고 있다.

고착되는 순간 곧바로 이러한 고착을 강요하는 물적 토대들에 저항하며 〈삶〉의 재활성화를 대중 속에서 실현해 나간다. 다중(多衆)의 출현[18]은 이러한 과정을 반영하고 있다.

다중의 출현은 문화자체에 대한 내용과 더불어 문화를 실천하는 방식에 대한 모색이라는 점에서 삶과 살다의 회통을 겨냥한다. 들뢰즈(G. Deleuze)[19]가 욕망의 자유로운 흐름을 통해 현실을 도외시하는 신경증이 아니라 현실을 발견하고 이를 전복시키려는 정신분열의 가능성을 보는 것도 다중을 통해서다. 따라서 다중이야말로 만들어진 신화에 의해 길들여지는 것이 아니라 주어진 신화를 새롭게 생산하고 재구축해 내는 힘을 가진 실체라 할 수 있다. 결국 대중의 실체나 대중문화의 주체를 어떻게 볼 것인가 하는 문제는 인간을 어떻게 볼 것인가라는 문제와 결부된다고 하겠다. 이는 구조주의자들의 주장처럼 인간은 사회적으로 구성되는 존재인가 아니면 탈구조주의자들의 주장처럼 인간은 변화와 생성을 통해 역동적으로 존재를 실현해 나가는 존재인가라는 문제로 귀결된다.

오늘날 대중에서 다중으로의 인식론적 변화는 인간에 대한 역학적(易學的)[20] 관심의 고조로 해석할 수 있을 것이다. 즉 인간이 어떻게 상생(相生)과 상극(相剋)의 논리를 통해 스스로 창조적인 삶을 살아

---

18) 다중(multitudes)은 오늘날 물질적인 노동과 지적이고 정서적인 노동력이 다양한 흐름으로 함께 엮어짐에 따라 산업사회에서의 대중노동자(mass worker)가 아닌 사회적 노동자(social worker)로서의 새로운 프롤레타리아트를 말한다.(안토니오 네그리·마이클 하트, 윤수종 역, 『제국』, 이학사, 2001, p.520.)

19) Gilles Deleuze(1925~1995)는 프랑스의 대표적인 철학자로서 근대이성을 재검토하며 탈근대이론을 주도하였다. 그는 니체적인 부정과 비판의식에서 기존의 고정관념들을 깨고자 노력했는데, 그가 주로 문제삼은 것은 욕망과 이미지 등의 모호한 주제들이어서 현대의 스콜라 철학자라고도 불린다. 저서로는 『차이와 반복』, 『니체와 철학』 및 정신분석학의 동료 카타리와 펴낸 『앙티 오이디푸스』, 『천개의 고원』 등이 있다.

20) 역학에서 역(易)은 쉼없는 변화를 통해 창조적 기운을 소생시키나가는 일종의 운동개념인데 들뢰즈 철학에서 중요한 용어의 하나인 리좀(rhizom)은 바로 이러한 역(易)과 다르지 않다. 이는 혼돈이론이나 복잡성과학이론과도 유사한데, 이들은 〈삶〉과 〈살다〉 사이에 존재하는 무한한 생성을 향한 인식론적 열림을 보여준다고 할 수 있다.

가느냐 하는 문제야 말로 문화주체의 저항과 전복의 힘을 포착하는 지름길이기 때문이다. 실제로 다중에 대한 관심은 자본주의 문화양상 속에서 그 차이와 다름을 인식하고 이러한 인식의 장을 면밀히 살피면서 다양한 절합(節合, articulation)의 지점들을 확보하고 의미화하려는 노력으로 표출된다. 이런 연구에 물꼬를 튼 것은 영국 버밍엄대학에 설립된 현대문화연구소에서 보여준 일련의 성과이다.[21] 이 연구소에서 이루어진 문화연구는 도시노동자의 생활문화연구에 집중되었고 이러한 연구를 통해 도시노동자의 의식변화를 사회구조와의 관련성 속에서 밝히고자 하였다. 다양한 하위문화에 대한 점증하는 관심은 대중을 더 이상 수동적인 존재로 파악할 것이 아니라 능동적인 문화생산과 문화소비의 주체로 인식하게 되는 역사적 경험을 제공했다. 대중에서 다중으로의 전환은 이처럼 일상적 삶을 문화적으로 살피는 가운데 자연스럽게 성립가능했다.

한편, 문화를 능동적으로 수용하는 다중에 대한 관심은 거대담론의 와해라는 역사적 상황과 함께 부상한 일상문화에 대한 관심과 그 맥을 같이 한다. 일상사는 거시적인 역사연구에서 논외로 삼았던 생활세계 자체를 문제 삼는다. 생활세계에 대한 관심의 고조는 삶을 관념이 아니라 구체로 보려는 인식론적 전환을 의미한다. 결국 대중에서 다중으로의 인식전환은 인간이 생활세계에서 얼마나 창조적 실천을 통해 삶의 사회적 성화(聖化)를 실현해 나갈 수 있는가라는 문제와 결부된다고 하겠다. 이 같은 일상의 문화화는 인간이 생활세계에

---

21) 버밍엄 현대문화연구소(Centre for Contemporary Cultural Studies)는 1964년 문화비평가 리처드 호가트(Richard Hoggart)가 설립한 문화연구소로서 여기서는 역사철학적이고 사회학적이며 문학비평적인 방법으로 문화연구를 수행해 나갔다. 고급문화와 저급문화의 경계를 거부한 이 연구소의 분위기는 학제적인 연구를 통해 현대적 경험을 분석하고 문화 생산 및 분배와 수용의 전과정을 연구의 대상으로 삼음으로써 현대문화연구의 새로운 장의 열었다는 평을 받는다.

서 경험하는 의식주 문화에서부터 사회적 삶의 거의 모든 것을 문화적으로 인식함을 의미하는 것이다. 여기에서 문화적으로 인식한다는 뜻은 개별적인 삶의 세목들에 대한 성찰적 자세를 의미하기도 하지만 다른 한편으로는 이러한 행위들을 심미적으로 인식하는 일상생활의 심미화를 의미하기도 한다.[22] 일상의 심미화는 역사적으로 볼 때 소비사회에서 생겨난 현상으로서 소비를 부추기는 다양한 신화들을 낭만적으로 인식한다는 문제점을 지니고 있다. 이러한 비판에도 불구하고 일상의 문화화는 삶에 새겨져 있는 의미들을 풍부하게 음미하고 이를 통해 우리가 살아가는 삶의 조건들에 비판적 성찰의 기회를 가진다는 점에서 긍정적인 면을 갖고 있다. 오늘날 문화연구가 현실을 진단하는 사회과학 보다 더욱 사회과학적인 성격을 띠는 것도 이러한 면에 힘입은 바 크다.

오늘날 우리가 인식하는 문화연구란 정신적인 관념의 산물이거나 상징적인 의미생산에 관여하는 것만을 의미하는 것은 아니다. 이제 문화연구란 다양한 일상적 삶의 의미들을 포착하고 이를 '살다'를 통해 실현할 수 있는 역동적인 소통의 방식을 모색하는 사회학적 가능성의 탐색이라 할 수 있다. 이러한 점은 문화를 살아있는 유기체로 인식하는 생물학적 생명인식을 문화연구에 그대로 적용하는 것과는 다르다. 문화란 유기체라는 완결된 존재방식이 아니라 유기적으로 이어진 부분과 전체의 연결망이면서도 동시에 끝없는 개방을 통해 열린 혼돈이자 질서로(chaosmos) 존재한다고 볼 수 있다. 일상에 대한 연구는 역사의 생산주체를 권력 담당층에 두는 것이 아니라 그 시대의 구체적인 삶을 추동했던 창조하는 삶의 면면에 부여함으로써 삶의 파동을 감지하려는 것으로의 관점전환이라 할 수 있다. 일상사

---

22) M. Featherstone은 소비문화와 포스트모더니즘의 연관성을 논의하면서 일상생활의 심미화(aestheticization of everyday life)를 소비사회의 변화양상으로 보았다.

에 대한 관심이 문화연구에 적용되면서 이러한 일상이 가능한 조건들에 대한 탐색과 함께 사회구조적 불합리와 이로 인한 왜곡된 욕망의 실상을 추적하는 방향은 더욱 힘을 얻고 있다. 또한 이러한 일상분석은 이데올로기나 욕망분석이 간과해왔던 특정 공간, 사건 또는 상황 등에 주목함으로써 생활세계 전반을 분석의 대상으로 삼는 성과를 보이고 있다.

그러나 다른 한편으로는 이러한 일상문화에 대한 관심은 적지 않은 문제점을 보여주고 있다. 일상문화 분석은 여전히 우리의 일상이 사회구조에 의해 결정된다는 단순한 구조결정른이나 구성주의적 관점이라는 비판으로부터 자유롭지 못한 것도 사실이다. 따라서 일상의 문화적 인식은 일상과 함께 공존하는 비일상과 탈일상의 가능성을 면밀히 살피는 가운데 이러한 면이 일상에 가하는 전복적인 힘들의 발견으로 나아가야 할 것이다. 예를 들어 현대사회에 있어서 노동은 생계유지를 위해 고통스럽지만 지속해야하는 일종의 육체적 정신적 매매행위로 볼 수 있다. 그렇다면 인간은 이러한 매매에 대해 굴종적인 자세로 살아갈 수밖에 없는가? 즉 인간은 노동을 함으로써 창조적 자아실현에 도달하지 못하는 소외를 격으며 동시에 노동을 통한 생산물로부터도 소외됨으로써 일관되게 소외의 진원지로서 존재할 뿐인가? 인간에게 노동은 자유로운 선택을 통해 자기실현을 적극적으로 모색하는 일과 대립적으로 존재할 수밖에 없다는 절망적인 인식은 곧바로 여가나 휴식 혹은 놀이가 이러한 노동의 소외를 극복하고 치유할 수 있는 대안이라는 의식을 확산시킨다. 그러나 오늘날 여가마저 자본주의적 방식으로 산업화된다는 비판에 직면하고 보면 사회와 인간에 대한 이들 인식이 소외를 본질화하는 것은 아닌가하는 의구심을 갖게 한다. 따라서 일상에 대한 관심은 보다 근원적인 문제에 대한 성찰로 이어질 때만이 새로운 문화적 대안의 발견으로 나아갈 수 있다. 가령 노동과 놀이의 분리가 죽음과 삶의 분리를 통해 삶의 일상적 시간의식을 직선적, 선조적 시간으로 기능하게 했다면 죽음의 회복은 순환적이고 초월적인 시간의 계기를 삶 속에 마련하는 장치로 기능할 수 있다. 돌이켜보면 죽음의 제거는 곧 일상이 엄청난 무게로 다가오는 결정적인 원인이라 할 수 있다. 또한 이러한 일상의 중압감은 삶 속에서 진정한 축제를 불가능하게 하는 계기가 된다. 축제의 상실과 죽음의 상실은 이런 맥락에서 내연관계에 놓인다고 할 수 있다. 그러므로 일상문화 연구는 근대적 일상을 가능하게 한 조건들을 통찰하고 여기에서 다른 삶의 가능성을 찾아나가는 탈영토의 모색으로 이어져야 할 것이다. 대중에서 다중으로의 선회는 다양한 개인과 집단이 가진 문화적 복합성과 중층성을 인정하는 열린 가능성이기도 하지만 다른 한편으로는 소비 주체의 기호의 다양화를 통해 소비를 부추기는 재영역화의 여지 또한 적지 않다는 사실을 망각해서는 안 될 것이다.

5. 생활세계의 성화(聖化)를 위하여

문화의 운명이 자연에서 분리되며 삶의 대상화에 기여한 과정은 역사철학적 맥락에서 면밀한 재검토가 필요할 것이다. 그러나 분명한 것은 문화는 근대적 삶이 자연을 타자화하며 주체로서의 인간을 탄생시켜나가는 것과 맥을 같이한다는 점이다. 그러므로 오늘날 우리가 인식하고 있는 문화가 극히 근대적 사유방식의 결과물이며 지나치게 인간과 사회의 관계에 집중되고 있음을 직시할 필요가 있다. 왜냐하면 근대적인 인간과 사회에 대한 문제의식이 전제되지 못한다면 문화연구에 있어서 문제를 극복할 수 있는 근대의 바깥을 사유할 수 없기 때문이다. 이런 맥락에서 근대적 인간의 삶이 내용화 되는 과정에서 대상화해온 자연과의 관련성을 회복하려는 문화생태학적 관심은 중요한 의미를 갖는다. 인위(人爲)로서의 문화와 무위(無爲)로서의 자연이라는 단순한 이분법적 인식으로는 현대문화가 직면한 다기한 문제를 해결하기가 쉽지 않기 때문이다. 이러한 이분법에 입각하여 인위로서의 문화와 그 절망에 따른 무위로의 회귀라는 환원론 또한 인간과 자연을 포함한 〈삶〉을 창조적으로 〈살다〉로서 실현하려는 문화연구의 본질을 비켜가는 일이 될 것이다. 문화란 인위와 무위를 포괄하면서 동시에 이를 자동사로 가능하게 하는 실천이기 때문이다. 그러므로 삶의 내용에 대한 성찰과 함께 〈삶〉을 〈살다〉로 실행하는데 가해지는 억압적 조건들과 싸우는 다양한 실천을 통해 문화는 새로운 내용과 형식을 실현해 나가야 할 것이다.

문화에 대한 이러한 견해는 동양의 고전적인 사유방식의 차이에서도 분명하게 드러난다. 유가와 도가가 문화를 바라보는 관점에는 일정한 거리가 있었다. 도가에서는 자연에 반하는 일체의 인위적인 행위야말로 도(道)에 어긋나는 일이라고 봄으로써 자연과 인간행위를 대립적인 것으로 인식함으로써 인간실천의 가능성을 최소화하거나 인정하지 않는다. 이처럼 도가는 자연을 강조하고 일체를 자연에 맡길 것을 주장한 반면에 유가에서는 인위적인 문화가 하늘(天)에 근거함을 강조한다. 〈주역〉에 따르면 문화란 변통(變通)과 시중(時中)을 통한 천지화육에의 동참이라 할 수 있다. 따라서 유가에서는 이러한 문화건설에 인간의 적극적인 참여를 권장한다. 자연의 질서가 사계절의 변화에 따른 순환의 원리에 입각하고 있다면 인간의 질서는 이러한 자연 질서에 어긋나지 않으면서 변화를 가하여 끝없이 소통하게 한다. 이러한 〈주역〉적인 관점은 〈삶〉의 내용과 실천이 자연, 인간, 사회에서 각기 다른 변화를 지속하면서도[23] 그 변화(욕망의 다

양성)에서 반드시 때(물적 토대)를 고려함과 동시에 이는 천지화육의
질서와 화합한다는 점에서 눈여겨 볼 수 있다.[24] 즉 인간의 〈삶〉은 자
연 안에서 사계절의 변화와 화합해야 한다는 주장은[25] 통변의 쉼없
는 과정으로서의 문화와 생명을 창달하려는 큰 덕의 실현과정을 통
한 인간, 자연, 문화의 상호회통을 새삼 모색하는 중요한 일깨움이라
할 수 있다. 진보와 개발이라는 역사의 발전주의적 상상력과 조화와
반복이라는 자연의 순환주의적 상상력은 인간 삶을 조건짓는 중요한
두 조건이었다. 그러나 이 가운데 어느 하나만을 지나치게 강조할 때
인간의 〈삶〉은 〈살다〉로의 실현과정에서 엄청난 왜곡과 파괴를 경험
하게 된다. 〈주역〉의 관점은 바로 이러한 대립이 어떻게 조화를 이룰
수 있느냐는 문제를 우리 앞에 던지고 있다. 문화연구는 이제 여기에
서 새로운 모색의 방향을 설정해야 할 것이다.

  일찍이 이들 두 상상력의 모범적인 합치를 우리는 구한말이라는
역사적 격동기에 경험한 바 있다. 외세로부터 급박하게 다가오는 위
기상황과 부패와 무능으로 치닫는 내부적 모순을 혁명적으로 변화시
켜나가고자 한 우리의 동학사상이 바로 그것이다. 동학사상은 무엇
보다 인간을 강조하고 지금여기에서의 삶을 강조하지만 그것은 인간
중심주의나 현실중심주의와는 다르다. 여기에서 인간은 천지와 하나
된 인간이며 현실은 누대에 거친 시간의 집적이며 수많은 시간이 함
께 공존하는, 발전하고 순환하는 역설적인 시간으로서의 지금여기이
다. 이렇게 세계를 인식하는 것은 동학의 기본논리인 불연기연(不然
其然)적 사유방식에 근거하고 있다. 외면적 관찰로서 만물의 외적
상관성을 규명해나가면서 동시에 내면적 연관 속에서 만물의 공공적

---

23) 通變之謂事,「繫辭傳」上, 6장.
24) 變通者趣時也,「繫辭傳」下, 1장.
25) 變通配四時,「繫辭傳」上, 6장.

통일성을 인식해 나가는 동학사상의 논리는 오늘날 문화에 관한 인식을 조정하는데 좋은 실마리를 제공하고 있다.[26] 이를 위해 동학에서는 삶의 내용과 그 실천적 변화를 몸과 마음 및 인간의 활동 전체를 포괄한 생활세계의 성화라는 관점에서 이해한다.[27] 여기에서 생활세계는 인간, 사회, 자연을 총합한 것으로 이러한 생활세계를 소외와 배제가 아닌 조화와 합일로서 성화시켜 나가는 것은 우리가 꿈꿀 수 있는 문화의 아름다운 이상이 될 것이다. 변화와 적응(변통) 그리고 이것의 역사성(시중)을 인정하면서 〈삶〉이 〈살다〉로 창조적 실현을 성취하는 생활세계의 성화는 아름다운 문화의 이상으로서, 이미 백 년 전의 역사, 그 근대라는 이름이 우리들 삶을 규정하려는 순간부터 우리 앞에 주어져 있었다. 그러나 그 역사적 실현은 근대적 의미의 문화로는 점점 더 먼 이상으로 자리할 뿐이다. 이러한 사실은 오늘날 문화연구가 현실에 함몰되지 않는 하나의 비전으로 자리함을 웅변하는 것이기도 하지만, 동시에 무엇보다도 근대적 삶에 대한 성찰성을 확보하는 가운데 근대를 넘어서려는 주도적인 이론으로 문화연구가 부상하는 까닭을 생각하게 하는 대목이기도 하다.

<hr>

26) 오문환, 『사람이 하늘이다』, 솔, 1996, p.33.
27) 해월 최시형은 동학의 기본사상인 시천주(侍天主)를 내면적인 신령함을 잊지 않고 공공영역의 사회적 유대를 유지하며 이를 실천하려는 의지로 설명한다(內有神靈 外有氣化 一世之人 各知不移).

님과 얼, 그 매운 정신의 만남

— 만해와 위당

1. 민족의 매운 기운

역사에 있어서 문제적 개인은 언제나 당대적 삶의 조건과 치열하게 대결하며 존재와 이를 둘러싼 세계 자체의 의미지평을 넓혀나간다. 그것은 때로 현실적 조건들에 대한 실천적인 내파의 방식이기도 하거니와 때로는 역사적이며 초월적 전망을 획득하려는 정신적인 고투로 발현되기도 한다. 우리에게 일제강점기는 치열하게 싸워야할 대상이 어느 때보다 견고하게 주어진 시대였다. 이 어둠의 시대를 문제적인 개인으로 살아간 인물로서 우리는 만해 한용운과 위당 정인보를 기억하고 있다. 일제강점이라는 엄혹한 시대에 민족정신이 말살되는 위기에서 민족의 주체성을 회생해내기 위해 둘은 때로는 실천적인 내파의 방식으로 때로는 정신적인 고투로 고사 직전의 우리 민족의 매운 기운을 뿜어낸 인물이었다.

위당이 민족사관에 입각하여 '얼'의 소생을 통해 한민족의 정신성을 되살리고자 했다면 만해는 '님'의 회복을 통해 생명의 원형을 복원하고자 하였다는 점에서 둘은 사상적인 대위를 이룬다고 할 수 있다. 그러나 '얼'과 '님'은 본질적으로 동일한 의미를 함유하는 이음동의어로서 '얼'은 곧 '님'이며 '님'은 곧 '얼'이다. 이런 맥락에서 일제강점기 우리 정신사에 있어서 위당과 만해는 정신적인 친족성을 강하게 보여주는 인물이라 볼 수 있다. 해방을 맞이하여 위당은 그에게 매운 민족의 기운을 보여주었던 만해를 향한 애절한 시조 한 수를 남기고 있다.

> 풍란화 매운향내 당신에야 견줄손가
> 이날에 님계시면 별도아니 더빛날까
> 불토가 이외없으니 혼아돌아 오소서
>
> —「故 龍雲堂大師를 생각하고」[1]

　위당에게 이어서 만해는 많은 민족의 지도자들이 정신적인 훼절을 보이며 친일의 길을 걸을 때에 마지막까지 민족의 매운 기운을 보여준 만족정신의 한 궁극이었다. 이러한 만해를 향한 흠모의 정은 민족의 독립을 위해 헌신적 삶을 살다간 열 두 분의 혼을 애절하게 노래하고 있는 시조「十二哀」에 잘 드러난다. 떠나간 용운당의 혼을 부르며 '돌아오소서'라고 절규하는 위당의 마음에는 일제의 온갖 회유정책에도 의연히 대처해 나가며 심우장의 차가운 냉돌 위에서 죽음으로 정신을 지켜나간 만해의 오연한 정신성이 형형하게 새겨져 있었을 것이다.
　그렇다면 만해와 위당은 당대에 어떻게 만나고 있었을까? 만해는

---

1) 정인보, 「十二哀」, 『담원시조』, p.214.

불교계를 대표하는 인물이자 당대의 논객이요 민족의 대표라는 사실을 염두에 두고 보면 사학자이자 문화사가요 문사로서 이름을 떨쳤던 위당과는 어떤 형식으로든지 교류가 없지는 않았을 것이다. 그러나 실제로 만해와 위당이 직접적으로 교류한 자료는 발견되지 않고 있다. 다만 위당이 남긴 시조집인 『담원시조』에 실린 인용한 시조와 이 시조가 다시 1948년 8월 『불교』지에 「挽萬海禪師」라는 제목으로 발표한 적이 있다는 사실이 이들의 정신적인 유대 내지는 일치성을 증명할 뿐이다[2]. 그러나 두 사람의 주위에 있었던 인물 간의 교류를 조금만 들여다 보면 금새 두 사람의 교류 가능성을 미루어 짐작할 수 있다. 위당은 육당 최남선, 벽초 홍명희 등과 활발하게 교류하고 있었고, 육당과 벽초는 만해와도 남다른 인연 내지는 돈독함을 지녔던 인사들이었다는 점에서 둘의 교류는 확실시 된다고 할 수 있다. 그러나 이것은 어디까지나 물증이 아닌 심증이라는 점에서 만해와 위당의 사상과 작품에 대한 심화된 논구가 요청된다. 우리에게 남겨진 것은 만해와 위당이 남긴 저술과 작품이다. 글은 가장 진실된 사유의 반영이라는 점에서 실제로 두 사람의 정신적 만남을 읽어내는 첩경이기도 할 것이다.

2. 위당의 '얼'과 만해의 '유심'

정인보는 1893년 서울의 명문가에서 태어났으며 일찍이 그 명민함을 두루 인정받고 한학에 몰두하였다. 독립운동을 위해 몇 차례 중국을 드나들던 일이 있었으나 위당의 진면목은 동양사를 전공하고

---

2) 『불교』 발표 당시에는 '불토'가 아니라 '정토'로 되어 있다. 새롭게 개작된 것으로 보인다.

우리 문화와 역사를 바탕으로 한국학의 기틀을 마련한 학자라는 사실에서 집중발휘되었다. 위당은 6·25 동란 당시 납북되어 생을 마감하기까지 오직 민족의 고유한 정신을 계승하고 회복하는 일에 평생을 바쳤다. 그의 호의 하나인 담원(薝園)에는 일제 치하의 삶을 와신상담(臥薪嘗膽)하는 마음으로 살아내겠다는 의지가 담겨져 있었다 한다[3]. 전통적인 유학을 공부하던 위당은 열여덟이 되던 해 강화학파의 맥을 잇는 난곡(蘭谷) 이건방(李建芳)의 제자가 되어 양명학을 수학하였다. 양명학은 조선시대에 이단으로 치부되던 학문으로 하곡 정제두가 강화에 은거하면서 학맥을 이루어나간 학파이다.

강화학파의 이론적 요체는 심(心)으로 심이 곧 천리(天理)로서 본래마음을 간직하고 발현하는 것을 최고의 이상으로 삼았다. 이는 일종의 정신주의나 유심론과 유사한 것으로 민족의 정신성을 강조한 위당사상의 출발은 여기에 놓인다. 그의 양명학적 학풍은 이후 민족의 '얼'에 대한 지향과 애정으로 분출되었다고 볼 수 있다.

그렇다면 위당에게 '얼'이란 구체적으로 어떤 의미를 갖는 것일까? 위당은 그의 『조선사연구』[4]에서 '얼'을 다음과 같이 정의하고 있다.

① 누구나 어릿어릿하는 사람을 보면 '얼'빠졌다고 하고, '멍'하니 앉은 사람을 보면 '얼'이 하나도 없다고 한다. 사람의 고도리는 '얼'이다. '얼'이 빠져 버렸을진대 그 사람은 꺼풀사람이다.

② 제가 남이 아닌 것과 남이 제가 아닌 것을 어떻게 아는가? 이것이 곧

---

3) 정양원, 「그리운 아버지에 대한 片貌와 담원문집에 나타난 몇몇 畵題에 대하여」, 『위당 정인보의 국학정신』, 한국어문교육연구회, 2000, p. 7.
4) 정인보, 『정인보전집·4』, 연세대출판부, 1983.

'얼'이다. 무엇을 한다 하면 저로서 하고 무엇을 아니한다 하면 저로서 아
니하고 무엇을 향하고 나간다 하면 저로서 나가고 무엇을 버린다 하면 저
로서 버려야 저를 가지고 사는 것이 아닌가? '저는 저로써'가 이른바 '얼'
이니 여기 무슨 심오함이 있으며 무슨 미묘함이 있으랴?

위당은 '얼'이란 우리 민족의 고유성과 주체성을 확보하는 기본자
질을 의미함과 동시에 개인의 존재성을 증명하는 궁극적인 본질로
파악하고 있다. 타자와 주체가 변별력을 갖는 것도 결국은 '얼'에 기
인하는 것이다. 이것은 곧 민족의 고유성과 결부된다. 하나의 민족이
스스로의 민족적 자질을 확보하는 원형질에 해당하는 것이 '얼'이라
할 수 있다. 이는 모든 가치판단의 근거이자 윤리와 도덕의 잣대라
할 수 있다. 위당은 '얼'을 사회와 민족, 그리고 인류와 천지만물에게
까지 확장하여 적용함으로써 인간 본성에서 존재의 보편적 속성에
이르기까지 일관되게 적용하는 본성으로 이를 규정하고 있다. 이처
럼 무한한 확장성을 가지는 개념으로서의 '얼'은 만유의 동질성을
수렴하고 확산하는 코아(core)에 해당한다. 그는 없는 듯 하다 없어
지지 아니한 그것이 '얼'이라 여기며 일제치하에 우리 민족의 정신
성을 지켜나가기 위해 「오천년간 조선의 얼」을 동아일보(1935. 1.
1~1936. 8. 28)에 연재한다.

위당의 얼사관은 단재 신채호로 대표되는 민족주의 사학의 한 전
형으로서 일제의 식민사관을 거부하고 이를 비판하기 위한 실제적인
작업으로 평가할 수 있다. 그렇다면 위당은 왜 양명학적인 심사상을
역사적인 얼사관으로 전환해 나갔을까? 그 직접적인 이유는 일제의
일제의 식민사관이 우리 역사와 민족성을 왜곡해 나가자 이에 대한
저항과 분노에서 비롯되었다고 이해된다. 일제는 식민통치를 수월하
게 하기 위해 우리역사를 왜곡하며 역사적, 민족적 열등성과 문화적

인 수동성을 강조하였다. 그들은 우리의 역사는 외세의 침략과 당쟁이라는 내분으로 점철된 역사라고 규정하며 이러한 점으로 인하여 조선의 미학은 자연스럽게 한(恨)을 본질화 하게 되었다고 식민사관을 유포하였다. 위당의 얼사관은 이러한 식민사관에 대한 실증적인 반박에 해당한다. 위당은 우리의 민족정신을 널리 떨쳤던 광개토대왕, 충무공 이순신, 다산 정약용, 단재 신채호 연구를 통해 우리민족의 '얼'의 실체가 무엇인가를 규명해 나갔다. 위당은 이들 '얼'의 실체를 규명해 나가는 작업을 통해 역사적 존재르서의 나와 우리를 확신하게 하고 무한한 시공간적 존재들이 상호 '감통(感通)' 하는 역사적 정체성을 밝혀 나갔다.

실제로 위당의 '얼'사관은 전통사상의 현재적 계승이라는 의미로 해석될 수 있다. 위당의 '얼'은 『孟子』盡心章句에 나오는 '良知'와 의미를 공유한다. 위당은 그의 『양명학연론』[5]에서 양지를 天生으로 가진 알음이라는 뜻으로 해석하고 있다. 즉 그의 얼사상과 얼사관이 전통유학의 창조적이고도 현대적인 계승임을 알 수 있는 대목이다. 또한 양지는 그에게서 감통으로 해석되는 용어로 존재와 존재 사이에 깊이 관류하는 기운으로서 나의 고통이 곧 너의 고통이 된다고 보았다. 이 점은 불교의 자타불이(自他不二)의 세계관과 일치하는 대목이기도 하다. 실상 일제강점기에 민족의 이름으로 뜻을 달구었던 이들에게 이러한 정신은 일종의 공통분모에 해당한다고 할 수 있다. 위당은 '宇宙內事는 곧 己分內事'라는 陸象山의 말과 '大人은 天地萬物로써 一體를 삼는다'는 양명의 말을 인용하면서 천지만물이 한운명이요 한몸이라는 동체사상을 강조한다. 그러나 실제로 위당의 한국사 연구는 이러한 인류와 우주적인 범위로 확대되지는 못하였

---

5) 정인보, 『양명학연론』, 삼성문화재단, 1972, 참조.

다. 여기에서 위당은 만해와 서로 다른 길을 가게 되었다고 볼 수 있다.

위당의 사상에 있어서 '얼'에 해당하는 것을 만해사상에서 찾는다면 그것은 '유심'이 될 것이다. 만해는 마음이라는 것을 다음과 같이 정의하고 있다.

> 자아라는 것은 신체만을 가리킨 것이 아니오, 육체와 정신을 통괄 주재하는·심(心)을 가리키는 말이다. 그렇다고 육체는 자아가 아니라는 것은 아니다. 심이 자아인 이상 그 자아는 무한적으로 확대 외연(外延)할 수 있느니 …(중략)… 자아를 확대 연장하여 부모처자에 미치고, 사회 국가에 미치고, 내지 전우주를 관통하여 산하대지가 다 자아가 되고, 일체 중생이 다 자아에 속하느니 구구한 육척의 몸으로 자아를 삼는 것이 어찌 오류가 아니리오.[6]

만해가 오직 마음 이외에는 어떤 존재도 없다고 선언하며 유심을 사상의 근저에 놓고 이를 근간으로 우주적 마음으로까지 확대해 나간 점은 위당과 다르지 않다. 그러나 만해는 우주적인 동체사상에 입각하여 민족모순을 해결하고자 하였다는 점에서 위당과는 다른 사상적인 면모를 지닌다. 만해의 평화사상은 식민시대적 민족인식으로는 해결할 수 없는 탈식민적 지평을 향하고 있다는 점에서 위당을 넘어서고 있다. 물론 이 지점이 관념을 다루는 철학과 구체적인 사실을 다루는 역사의 변별점일 수 있으며, 사상과 실천을 하나로 일치하려는 위당과 만해가 사학자와 종교인으로 나누어지는 분기점이 되기도 할 것이다. 그러나 이러한 차이점에도 불구하고 두 사람은 일제강점

---

6) 한용운, 『한용운전집·2』, 신구문화사, pp.321~322.

기 우리의 정신사에 있어서 뚜렷한 이념의 정향을 세우고 이를 통해 민족적 화합과 합일을 이끌어 내고자 한 민족정신의 견인차 역할을 했다는 점에서 완전한 일치를 보인다. 만해와 위당 모두가 민족독립을 위해 헌신한 점과 친일의 길을 끝까지 거부하고 스스로를 유폐하여 어두운 시대를 견딤으로 일관했다는 사실은 이 둘의 정신적인 혈연성을 엿보게 하는 대목이 아닐 수 없다.

3. 만해와 위당의 '님'

우리 문학사에서 1920년대는 KAPF로 대표되는 계급문학과 민족문학이 좌우 대칭을 이루며 문예운동을 주도해나간 시기라 할 수 있다. 물론 이상을 비롯한 일군의 모더니스트들이 미학적인 근대화를 위해 고군분투한 바도 없지 않지만 이들이 문학의 흐름을 주도하는 동력으로 작용한 것은 1930년대에 접어들어서라고 할 수 있다. 민족문학파는 민족적 정체성을 확립하고 탐구한다는 점에 그 유파적 성격의 본질이 놓여 있다. 육당 최남선의 한국사 연구나 도산 안창호의 준비론 사상, 그리고 도산사상을 수용한 이광수의 민족개조론은 모두 국권강탈의 현실에 대응하는 하나의 논리로서 자기를 찾고 자아를 확인하는 방식이라 볼 수 있다. 앞에서도 밝혔듯이 위당 정인보의 사상은 단재 신채호의 민족사관과 깊이 연관되어 있지만 기질적으로 내향적인 위당은 정신에 있어서 '얼'을 지키고 탐구한 학자라 할 수 있다. 따라서 이러한 시인의 품성은 단재의 전투적인 투쟁문학과 달리 전통의 한 차원인 孝의 가치를 시조미학으로 담아낸다.

위당이 돌아가신 어머니에 대한 사모의 정을 절절히 녹여낸 연작시조 「慈母思」는 전통의 민족 문예양식의 현대화 혹은 창조적 계승이라는 맥락에서 중요한 의미를 갖는다. 바로 이 지점에서 만해와 위당의 문학은 서로 만난다. 송욱은 우리말을 표현수단으로 삼은 신문학이 한문과 함께 사상과도 그만 작별하고 말았으며, 우리 신문학은 사상이 없는 문학이 되고 말았다. 오직 한 가지 예외가 『님의 침묵』이다[7]라는 통찰한 바 있다. 여기에서도 알 수 있듯이, 우리 문학사는 한문체가 한글체로 전환되는 과정에서 전통사상의 상실이라는 뼈아픈 경험을 떠안게 되었다. 특히 유교의 경우 민족 전체의 도덕적, 윤리적 생활가치의 규범이 되는 잣대로서 기능하고 있음에도 불구하고 봉건가치의 극복이라는 명분 하에 멸시되고 경시되어 버린 것이 주지의 사실이다. 위당 정인보의 시조가 갖는 의미는 이러한 상실위기의 유교적 가치를 겨레말의 아름다움 속에 담아내고 있다는 점에 놓여진다.[8] 그러나 위당의 시조에서 '님'이 단지 개인적인 의미에 국한된 의미성을 갖는 것만은 아니다. 실제로 위당은 민족혼의 회복을 위해 한국사연구 및 국학에 대한 광범위한 연구를 진행하면서 이를 대중화하고 보편화하기 위해 시조창작을 병행한 것으로 볼 여지가 많다. 즉 '얼'에서 '님'으로의 전이에는 어떠한 일관된 정신의 흐름이 기능하고 있었던 것으로 보인다.

> ① 찬서리 어린 칼을 의로 죽자 내잡으면
> 분명코 우리 님이 나를 아니 붓드시리
> 가서도 계신듯하니 한걸음을 긔(欺瞞)릿가
>
> —「자모사·33」

7) 송욱,「시인 한용운의 세계」,『한용운전집·1』, 신구문화사, 1973, p.25.
8) 김윤식,「상실감으로서의 부의식」,『한국근대문학사상비판』, 일지사, 1978, pp.153~158, 참조.

② 이강이 어느강가 압록(鴨綠)이라 엿자오니

고국산천이 새로이 설워라고

치마끈 드시려하자 눈물벌서 굴러라

— 「자모사·37」[9]

위당은 연시조 「자모사」에서 그의 어머니를 '얼음보다 맑은 어른'이자 높은 절개를 지닌 분으로 그리고 있다. 위당의 어머니는 압록강을 건너면서 '나라가 이 지경이 되어 내가 이 강을 건너는구나'라며 눈물을 흘렸다 한다.[10] 이 일화를 통해 위당의 민족에 대한 남다른 관심과 애정이 어머님의 조국사랑과 강인한 정신 및 절조있는 기품에서 비롯한 것임을 엿볼 수 있다. 그러나 시조를 창작한 당시는 이미 어머님의 사후 8년의 시간이 흐른 뒤이고 보던 시조 창작의 동기가 유독 어머니에 대한 사모의 정에만 있었다고 보기에는 설득력을 얻기 어려워 보인다. 그러나 이 시간적 거리감을 감당해 줄 창작의 계기의 하나로, 그가 시조를 창작하던 1920년대 초중반에 만주로 망명을 떠났던 분들이 차례로 주검으로 고국 땅에 되돌아 온 일들을 상기할 필요가 있다는 주장[11]에 주목할 필요가 있겠다. 인용한 시조에서도 알 수 있듯이, 위당에게서 '님'은 가시적인 상실과 부재의 현실에도 불구하고 '가서도 계신듯'한 영원히 생존하는 어머니, 즉 큰어머니(Grand Mother)로서의 조국이자 민족으로 해석 가능해진다. 시적 자아의 외로움은 이러한 믿음과 확신 속에서 존재성을 획득하게 되는 것이다. 즉 위당이 시조를 통해 그리고 있는 어머니는 자애롭고 희생적이고 강인한 어머니로서 조국과 민족이라는 외연까지 함유하고 있다고 하겠다. 이러한 면은 그의 얼사상이 그러하듯 개인에서 민

---

9) 정인보, 『담원시조』, 을유문화사, 1973.
10) 정인보, 『담원시조』, 을유문화사, 1973, p. 46.
11) 민영규, 『정인보전집·1』, 연세대출판부, 1983, p. 367.

족으로 동심원을 그리며 확산되는 경우와 일치한다고 할 수 있다. 즉 위당의 시조에서 '님'은 최남선을 중심으로 활발하게 전개된 조선다 움의 회복과 깊은 연관성을 가지면서 '얼'의 미학화를 위해 전개된 일련의 행위라 할 수 있겠다.

한편 만해의 '님'은 조국이나 중생, 진리 그 자체, 혹은 연인 등의 다양한 해석방식을 통해 그 실체규명의 노력이 지속되어 왔다. 그러 나 수많은 논구에도 불구하고 '님'은 하나의 구체적 실체로 파악되 지는 않는 다의어로 남고 말았다. 그것은 본질적으로 '님'이라는 시 어가 다양한 의미와 더불어 형이상학적 아우라, 즉 다의미성과 애매 모호성과 초월지향성을 지닌 고도의 시적 상징이기 때문이다. 만해 는 시집 『님의 침묵』의 서시에 해당하는 「군말」에서 '님'을 다음과 같이 설명하고 있다.

「님」만 님이 아니라 기룬 것은 다 님이다 중생(衆生)이 석가(釋迦)의 님이라면 철학은 칸트의 님이다 장미화(薔薇花)의 님이 봄비라면 맛치니 의 님은 이태리다 님은 내가 사랑할 뿐 아니라 나를 사랑하느니라

연애가 자유라면 님도 자유일 것이다 그러나 너희는 이름 좋은 자유의 알뜰한 구속(拘束)을 받지 않느냐 너에게도 님이 있느냐 있다면 님이 아 니라 너의 그림자니라

나는 해 저문 벌판에서 돌아가는 길을 잃고 헤매는 어린 양(羊)이 기루 어서 이 시를 쓴다

—「군말」 전문

만해는 '님'을 하나의 규정된 실체로 제시하지 않는다. 그에게서 '님'은 그의 유심사상이 그러하듯 개인에서 사회와 국가 더 나아가

우주로 무한확산되는 개념이자 동시에 가장 작은 미물에게로 수렴되는 실체이다. 또한 '님'은 무한한 확산과 수렴의 과정에서 생명의 본성을 실현할 수 있도록 돕는 궁극의 존재자이다. 이 과정에서 '님'은 주체와 대상, 주체와 타자의 상호지향이라는 지향적 속성을 통해 서로의 경계를 지워나가는 과정에서 발생하는 사랑과 이해의 다른 이름이라 할 수 있다. 따라서 만해의 시세계에 있어서 '님'은 중생이자 우주요 주체이자 타자다. 여기에 비해 위당의 '님'은 생활정서를 중심축으로 하면서 사적이고 주관적인 정한이 중심에 놓인다는 점, 민족 얼의 회복이라는 주제의식을 일관되게 내보인다는 점에서 다차원적이고 심도 있는 상징성을 획득하는 데에는 이르지 못하는 한계를 보인다. 그러나 만해가 1926년 5월에 시집 『님의 침묵』을 발간했다는 사실과 위당이 같은 해 12월에 『계명(啓明)』에 「가신 어머님」이라는 창작 시조를 발표하면서 '얼'을 '님'으로 대중화하는 창작활동을 시작한 사실은 우연의 일치로만 넘길 수는 없는 듯하다. 무엇보다 위당이 광복을 맞이하여 '혼아 돌아오소서'라고 용운당을 그리며 노래한 점 또한 이러한 심증을 충분히 뒷받침하고 있다.

4. 민족의 이름으로

만해는 1944년 6월 29일 일제의 식민통치가 막바지로 치닫고 있을 무렵 광복을 일년 여 앞두고 조용히 입적하였다. 장례비조차 없었다지만 만해의 정신을 흠모하던 많은 이들의 조문행렬이 이어졌다한다. 그 속에는 위당 정인보도 빠지지 않았다.[12] 만해를 조문한 위

---

12) 김광식, 『첫키스로 만해를 만난다』, 장승, 2004, p. 257. 참조.

당은 일제의 마수를 피해 전북 익산으로 내려가 은거생활을 시작하였다. 오직 철저한 자기 유폐만이 적극적인 저항의 방식일 수 있었던 시대였다. 광복이 되자 위당은 민족과 역사의 이름으로 민족의 '얼'을 회복하기 위해 현실로 나아간다. 초대 정부의 감사원장직이 그것이요, 시조 창작을 통해 연마한 재능을 「개천절 노래」, 「삼일절 노래」, 「광복절 노래」 등에 쏟아 부으며 '얼'의 대중화를 위해 고군분투한 점 또한 빼 놓을 수 없다. '우리가 물이라면 새암이 있고/우리가 나무라면 뿌리가 있다'(「개천절 노래」)나 '흙 다시 만져보자/바닷물도 춤을 춘다/기어이 보시려던/어른님 벗님 어찌하리'(「광복절 노래」)라는 위당의 노랫말에는 한민족의 정체성을 확립하고 조국광복을 위해 헌신한 애국지사들의 얼을 잊지 않으려는 민족적 염원이 그대로 녹아있다. 위당의 이러한 정신의 살아있음에는 만해가 그 불씨를 지피고 피우는 밑거름이 되었다고 하겠다. 두 사람은 불교와 유학, 종교인과 학자, 자유시와 정형시라는 서로 다른 영역에 뜻을 두고 있었음에도 불구하고 민족의 이름으로 하나였으며 기꺼이 하나이기를 소망했다고 하겠다.

■ 제5부 ■ 동시대 북한 서정시의 이해

자연의 발견과 서정의 재인식
— 최근 북한시의 자연풍경 묘사에 대하여

1

　북한시에서 자연은 주로 수령예찬과 애국애족의 성취를 충동하는 시적 소재나 배경으로 인식되어 왔다. 특히 항일혁명문학 전통의 수립 후 자연은 곧 수령이자 혁명의 혁혁한 역사를 환기하는 객관적 상관물이라 하겠다. 따라서 북한시에서 빈번하게 예찬의 대상이 되는 백두산, 묘향산, 칠보산 등은 감정을 의탁하는 순수한 대상이라기보다는 항일혁명의 유적지라는 역사적 상징공간으로 전형화되어 왔다. 이러한 사실은 김일성 가족의 신성화 작업이 활발하게 이루어지면서 이들과 연관된 곳이 북한문학에서 자연예찬의 대상이 되었다는 사실과 깊은 연관성을 갖는다. 이처럼 오랫동안 북한시에서 자연은 그 자체로 인간의 정서를 자유롭게 촉발하는 대상이 되지 못하고 혁명성 고취를 위한 공간적 배경 이상의 의미를 띠지는 못하였다. 자연이 혁명성 고취를 위한 전형적 상징이 된 또다른 이유는, 북한시의 주된 흐름이 서정시적 전통에 놓인다기보다는 사실주의적 서사시의 전통에 놓인다는 점에서 찾을 수 있다. 북한문학의 미학적 전통이 그러하듯이, 북한시는 1947년 고상한 사실주의로 출발할 당시에서부터 강한 서사성을 띠면서 도구적 문학이 보여주는 지배적인 이념성을 형상화하는데 주력해 왔다.[1] 그렇다면 이러한 역사적 전개과정 속에서 시정신의 요체라 할 수 있는 서정성은 어떻게 규정되어 왔을까?

① 서정이란 주어진 대상에서 환기된 느낌과 생각, 회포 등 주관에서 생기는 감정심리적 반응에 대한 일반적 총칭이다. 정서란 기쁨과 슬픔, 즐거움과 괴로움, 사랑과 증오, 희망과 실망, 안정과 불안, 원한과 투지 등 주어진 대상에서 환기된 서정의 구체적 표현이다.[2]

② 시에서의 정서는 그 자체에 목적이 있는 것이 아니다. 그것이 사상을 내포한 사상의 표현으로서의 정서일 때만이 가치를 가지는 것이다. 이성에 의하여 지도되지 않는 정서, 시인의 열정과 사상적 반응의 표현으로 되지 않는 정서는 진정한 의미에서 시적 정서가 아니다.[3]

인용한 글은 서정에 대한 북한시의 인식을 살필 수 있는 좋은 예가 된다. ①에서 알 수 있듯이, 시문학에서 주관적 정서란 대상에서 환기되는 감정의 개인적 표현이라는 점에서는 남한과 인식차를 보이지 않는다. 그러나 이러한 정서란 ②에서 주장하듯이, 반드시 사상을

---

1) 이러한 측면은 시가의 장르구분에서도 살필 수 있다. 북한시는 송시, 정론시, 풍자시, 서사시, 서정서사시, 담시, 동요, 동시, 가사 등으로 구분된다. 여기에서 송시와 정론시는 내용과 소재에 따른 분류이며 동요와 동시는 향유대상에 따른 분류이고 가사는 음악과의 결합을 의미하지만 이들 모두는 당정책을 시에 반영하기 위해 우선 서사적인 이야기성을 지향하고 있다(김대행, 『북한의 시가문학』, 문학과비평사, 1990, 참조).
2) 조성관, 「시문학의 서정성에 대한 생각」, 『사실주의 서정시 강좌』, 이웃, 1992, p.263.
3) 조성관, 「시문학의 서정성에 대한 생각」, 『사실주의 서정시 강좌』, 이웃, 1992, p.273.

내포해야 한다는 점에서 사상예술성의 고양이라는 목적에 부합해야 하는 차이점을 보인다. 정서에 대한 이러한 인식은 서정성에 대한 남북의 인식에도 적지 않은 차이를 보이는 결과를 낳는다. 북한시에서 서정성은 일반적으로 우리가 인식하고 있는 정서적인 감흥이나, 내면성 혹은 낭만성을 의미한다기보다는 공산주의 혁명에 이바지하는 '당성, 투쟁성, 격렬성'을 의미한다.[4] 따라서 최근 북한시의 주제가 되고 있는 자연풍경 묘사에서도 이는 불변의 전제로 자리하고 있다. 북한시에서 자연이 갖는 전형화된 의미는 현재까지도 지속되고 있음에도 불구하고, 『주체문학론』 이후 북한시에서 활발하게 창작되고 있는 풍경시나 산수시를 살펴보면 당의 공식적인 목소리가 아닌 개인적인 정서의 표출이 점점 강화되고 있음을 확인할 수 있다. 이들 시편에는 무엇보다 이전의 북한시에 비해 자연풍경 묘사에서 순수한 주관적 정서의 드러냄이 두드러진다. 물론 이러한 변화는 구십년대 이후 문학에 대한 공식적인 당의 입장을 요약적으로 천명한 『주체문학론』에서 이미 예고된 바 있다.

> 정론성이 강한 정치적 성격을 띠는 시와 교훈적인 의의를 가지는 시도 내놓아야 하며 조국의 아름다운 자연을 노래하는 풍경시도 내놓아야 한다. 시에서 인간생활을 떠나 순수자연을 찬미하는 것은 백해무익하지만 아름다운 자연을 통하여 거기에 비낀 인간세계를 깊이 있게 드러내는 것은 좋은 것이다. 그림에 풍경화가 있듯이 시에서도 풍경시가 있어야 한다.[5]

구십년대 이후 북한문학의 향방을 제시하고 있는 『주체문학론』은

---

4) 성기조,『주체사상을 위한 혁명적 무기의 역할』, 신원문화사, 1989, p.19.
5) 김정일,『주체문학론』, 조선노동당출판사, 1992, pp.232~233.

인용문에서처럼 인간세계를 깊이 있게 드러내는 풍경시의 창작을 적극적으로 권장하고 있다. 풍경시에 대한 천착은 현실사회주의 몰락으로 인해 위기의식이 고조된 북한사회에서 국토애를 통해 자주시대를 확립하려는 의식고취를 위한 것으로 볼 수 있다. '우리식 사회주의'라는 기치 아래 강조되고 있는 자주성 고취는 조국애의 고취로 이어지면서 조국의 아름다운 자연을 예찬하는 풍경시와 산수시의 창작을 고무해 왔다. 그러나 이들 풍경시와 산수시에는 순수자연에 대한 찬미와 동경 및 여기에서 촉발되는 흥취가 살아 숨쉬고 있어 자연＝조국이나 자연＝수령의 등식을 벗어나고 있다. 즉 살아있는 자연을 발견함으로써 북한시는 서정성에 대한 새로운 인식을 보여주고 있다고 하겠다. 그렇다면 이러한 자연풍경을 묘사하는 시들의 특징과 그 경향을 구체적인 작품분석을 통해 살펴보자.

2

구십년대 후반에 접어들면서 북한시에는 풍경시, 풍경시초, 산수시, 산수련시 등으로 명명되는 자연풍경을 묘사하는 시편의 창작이 눈에 띄게 많아졌다. 대부분의 이들 시편이 순수한 자연인식을 드러내기 보다는 당이 요구하는 당성, 노동계급성, 인민성의 고취로 귀결되는 교조적인 내용을 담고 있지만, 그러나 시의 많은 부분이 자연의 기운생동하는 면모를 개인적인 정서로 표출하고 있어 북한 시문학의 전체적인 맥락에서는 낯설고 이질적인 느낌을 지울 수가 없다. 특히 자연이 불러일으키는 정서적 감흥을 시적인 언어미학으로 담아내려는 노력이 돋보이고 있어 북한시의 새로운 면모를 엿볼 수 있다고 하겠다.

① 바위우에 층층 꽃은 웃고

꽃속에 겹겹이 바위돌 솟았으니

꽃과 바위 천층이요

꽃과 바위 만겹이라오

오르는 길우에도 울긋불긋

금잔디 그우에도 울긋불긋

봄바람에 나붓기는 저 꽃수건도

울긋불긋 연분홍 진달래일세

— 김정철, 「약산의 진달래」(『조선문학』, 1994.1) 부분

② 오를적엔 조약대

천길로 아슬하더니

올라서니 또 천길

만물상 봉이봉이

하늘끝에 닿았구나

구름타고 올라볼가

바람타고 날아볼가

외칠보 황홀경에 취해

아 터지는 탄성에

내 가슴 열리네

— 정동찬, 「조약대 정각에 올라」,(『조선문학』, 1999.6) 부분

①은 소월의 시 「진달래꽃」으로 유명한 약산의 자연풍경을 기행시로 표현하고 있다. 풍경시로 분류되어 있는 이 시는 아름다운 경치에

대한 예찬이 국토에 대한 사랑으로 귀결되면서 뜨거운 조국애를 담아내고 있다. 이 시는 기본적으로 전통시가가 보여준 바 있는 3·4조의 민요적인 운율을 계승하고 있어 시(詩)와 노래(歌)를 분리해서 인식하지 않는 북한시의 전통에 충실하다. '바위'와 '꽃', '오르는길 위'와 '금잔디 위' 등의 병치는 대구를 이루며 역동적이고 율동감 있는 서정성을 주조해 낸다. 이러한 특징은 ②의 경우에도 그대로 드러난다. 대구법과 영탄적 어조가 시적 운율을 보여주는 이 시는, 산수련시로 분류되며 여러 시인들이 공동창작한 연작시 「내 나라의 명산—칠보산」 11편에 수록된 작품 중 한 편이다. 김일성 항일혁명 유적지가 있어 주목받는 칠보산의 빼어난 절경을 노래한 이 시는, 자연풍경에 대한 감탄을 탄력있는 문체에 담아내고 있다. '올라서니', '올라볼가', '날아볼가' 등의 상승 이미지를 보이는 용언이 중심을 이루며 칠보산의 아름다운 경치를 마치 선경(仙境)인양 그리고 있다. 이처럼 ①과 ②는 호방한 기상이 흐르는 가운데 북한의 풍경과 산수에서 느껴지는 자연미의 일단을 표현해 내고 있다.

우선 이들 시편을 통해 알 수 있는 점은 자연풍경의 묘사에 있어서 남한시와 북한시가 갖는 인식의 차이이다. 남한의 시에서 자연은 완전함, 변함 없음, 의연함 등을 상징하며 인간의 변화성, 불완전성, 의식의 나약성 등을 반성하는 내면적 거울로서 인식되어 왔다. 남한시에는 단순히 자연의 생명력을 예찬하는 경우에도 그 인식의 근저에는 초월적, 신비적인 세계에 대한 경외감이 자리하고 있다. 이와 견주어 볼 때, 북한시에서 자연풍경 묘사는 기운생동하는 생명력을 예찬하더라도 그 자체가 인간적인 존재의식과의 내적 상관성을 갖지는 못한다. 이러한 특징은 최근 북한시에서 드러나는 자연풍경 묘사가 국토예찬을 통해 애국심과 민족적 자부심을 고취함으로써 구십년대 이후 강조하고 있는 자주국가 건설에 부합하려는 당의 공식적인 목소리로 귀결된다는 사실과 무관하지 않은 것으로 판단된다. 이러한 맥락은 북한시에서 자연풍경 묘사가 대부분 산을 소재로 한다는 점과도 내밀한 연관성을 갖는다. 이들 시편에는 백두산, 묘향산, 칠보산 등이 주된 소재가 되고 있는데 이들은 모두 민족의 성산이자 항일유적지로 알려진 곳이다. 이들 산을 예찬하면서 북한시는 당의 위대성을 찬양하고 뜨거운 국토애와 의연한 자주성을 보여주려는 창작의 의도를 드러낸다. 그러므로 이들 시편들은 천편일률적으로 국토의 아름다운 절경이 곧 인민의 위대함이자 조국의 위대함이라는 도식으로 귀결되는 경향을 보인다.

그러나 이러한 당의 공식적인 목소리를 배제하고 이들 시를 읽어보면, 여기에는 자연미에 대한 주관적인 감상과 자연과의 혼연일체감이 자리하고 있다고 하겠다. 따라서 이들 시편에서 자연은 서정적 주체의 순수한 정서적 일체감을 촉발하는 시적 매개라 할 수 있다. 여기에서 주목할 수 있는 점은 자연에 대한 순수한 인식이 곧 상투화되지 않는 자연의 발견으로 이어지면서 인간정서에 대한 다양하고도 심도 있는 이해를 가능하게 한다는 점이다. 무엇보다 북한시가 혁명의 도구라는 기존의 인식에서 벗어나고 있음을 최근의 경향은 뚜렷이 보여주고 있다고 하겠다. 이러한 경향이 엿보이는 예로, 묘향산을 노래한 김형준의 「명산의 근본」연작 6편(『조선문학』, 1998. 8), 김은숙의 「모란봉 꽃시초」외 7편(『조선문학』, 2000. 8), 칠보산기행시편인 주광남의 「명장과 명산」연작 6편(『조선문학』, 2000. 9), 최영화의 「칠보산 산수시초」연작 5편(『조선문학』, 2001. 2), 김형준의 「금강산시초」연작 8편(『조선문학』, 2001. 9), 칠보산기행시편인 리일섭의 「제일강산아」연작 3편(『조선문학』, 2001. 9), 김정철의 「아름다운 신천리」연작 5편(『조선문학』, 2002. 3), 묘향산풍경을 단시로 표현한 권령선의「묘향산단시묶음」 3편(『조선문학』, 2002. 7), 백두산을 노래한 윤경

남의 「류다른 바람소리」외 2편(『조선문학』, 2003. 2) 등을 꼽을 수 있다. 이러한 경향은 근자에 이르러 더욱 활발한 창작열을 보인다는 점에서 북한시의 변화를 주도하는 중요한 흐름으로 볼 수 있을 것이다.

한편, 풍경시나 산수시를 표방하지 않는 경우에도 최근 북한시에는 자연에 의해 촉발된 주관적인 정서를 표현하는 경향이 두드러지고 있어 주목을 요한다. 이들 시편은 시의 서정적 진실이라는 측면에서 볼 때, 장대한 자연광경을 묘사하는 시보다 훨씬 강한 울림을 주는 것이 사실이다. 특히 자연풍경 묘사가 꽃 한송이, 나무 한그루의 자연물로 응축되거나 고향에 대한 사랑으로 이어질 때, 시의 진정성은 배가된다.

① 파란 잔디우에 노란 민들레꽃/저도 몰래 마음 이끌려/가던 걸음 멈추고 마주 앉았네/꽃도 아이적에 보던 그 모습/나도 아이적에 보던 그 마음//꽃줄기 조심히 꺾어 들고/솜털열매 가볍게 붙어 보는 것은/상기 못 버린 아이적마음/고향의 언덕에서 동무들과 함께/그날에 날린 그 꽃씨앗 어디쯤 날아 갔나……//하얀 솜털 우산 쓰고 동—동—/언덕 넘어 개울 넘어 멀리 앞산기슭까지/아무리 멀리 멀리 날아 갔어도/고향땅 그 어디에 내려 앉았지/못 떠나 뿌리 내린 고향민들레

— 김석주, 「민들레(1)」(『조선문학』, 2002. 7) 부분—

② 방목지에 찾아 온 염소떼의 울음소리에/나뭇잎에 맺힌 이슬들이/늦잠 자는 젖빛안개의 잔등을/툭—툭…… 두드립니다//젖빛안개는 기지개를 켜며/빙그륵—돌아 눕습니다/그 어리광을 살살 달래여 주던 해님이/어린애마냥 안개를 듬뿍 안아 받쳐 줍니다//어머니이깔들은 팔을 펴빛안개를 깨워 보내며/우리에게 넓은 가슴 열어 줍니다/통통 살이 오른 싱싱한 초원은/아낌없이 쑤—욱 자리를 내여 줍니다//말없이 맞아 준 고요한 산천

에/흰 구름 같은 염소떼가 흐릅니다/마을에서 몰아 온 기쁨과 웃음이/다
박다박 흰꽃처럼 피여 납니다

— 강옥녀, 「꽃구름 피는 산천」(『조선문학』, 2002. 8) 부분

③ 봄은/얼음 풀린 강물우에 내리는/착한 물오리입니까/보습날에 뒤번
져 진/떡가루같이 손맛 좋은 흙입니다//봄은/ 앞내가 뾰족지붕아래서/소
리치는 발전기동음입니까/물의 덕이 온 마을에 골고루 나눠지는/불빛 밝
은 집집의 창문입니다

— 박상민, 「첫봄」(『조선문학』, 2001.7) 부분

①은 잔디 위에 핀 민들레꽃을 통해 유년의 기억을 회감하는 서정
적 주체가 고향에 대한 그리움을 살뜰히 그려내고 있다. 이 시에는
당의 공식적인 입장이 전혀 드러나지 않는다. 민들레로 인해 촉발된
서정적 주체의 고향에 대한 그리움의 정서만이 극히 개인적 정서로
표출되고 있을 뿐이다. 이러한 예는 주관적 정서의 자유로운 표출을
배제해온 북한 시문학의 기본적인 인식변화를 보여준다. 이러한 인
식의 변화는 비록 당의 공식적인 목소리가 드러나는 경우에도 그 질
과 양적인 면에서 점증하고 있는 추세이다. ②의 예는 국토에 대한
예찬이 주관적인 정서를 통해 높은 정서적 미감을 획득하고 있는 경
우라 할 수 있다. 아름다운 산천을 늦잠, 기지개, 어리광, 젖빛안개
등의 모성적인 시어 속에서 한없는 정감과 따사로움으로 표현하고
있는 이 시는, 최근 북한시가 서정성의 강화일로에 있음을 잘 보여주
고 있다. 물론 여기에서도 당의 공식적인 목소리가 가미되지만 내면
화된 정서의 유기적인 조응으로 시의 전반적인 정서는 서정적 촉기
를 함유하며 높은 형상성을 보여주고 있다. 이러한 변화는 순수한 자
연풍경에 대한 관심의 고조가 종내는 인간 정서의 순수한 발현으로

자연의 발견과 서정의 재인식: 최근 북한시의 자연풍경 묘사에 대하여   **253**

이어질 수 있음을 보여주는 예라 할 수 있다. 이와 같은 맥락에서 ③
은 생동하는 봄의 정취를 물오리, 흙, 발전기동음, 창문 등으로 변주
하며 풍경 속에서 자연의 생기를 포착해 낸다. 이는 비유의 참신함이
돋보이는 시로서 최근 북한시가 당의 공식적인 목소리를 담아내면서
도 시의 미학적인 성취에 상당한 공을 들이고 있음을 예증하고 있다.
이들 시편들은 모두 자연＝고향＝조국으로 이어지는 공식에서 크게
벗어나지는 않지만 그럼에도 불구하고 인간의 진솔한 정서를 자연풍
경 묘사를 통해 순정하게 표출하고 있는 예라 할 것이다. 이러한 순
수한 자연의 발견은 시의 미학적인 조형성과 결부되면서 서정의 재
인식으로 이어지고 있다. 이러한 예로는 김창규의 「모판의 파란 잎
새」(『조선문학』, 1995. 3), 리동후의 「여울아 내 사랑아」(『조선문학』,
2002. 5), 계영남의 「내 고향의 새들아」(『청년문학』, 2002. 12), 최충웅
의 「버들개지야 너 좀 보렴」(『청년문학』, 2003. 3), 최순남의 「봄의 물
방울」(『조선문학』, 2002. 3) 등을 꼽을 수 있다. 이들 시편은 자연풍경
을 묘사하더라도 꽃 한송이, 나무 한그루, 여울 하나, 한 마리 새라는
응축된 시선을 통해 내면화된 자연미를 추구한다는 점이 특징적이라
할 것이다. 이들 서정시편들은 비록 풍경시나 산수시라고 명명하고
있지는 않지만 최근 북한시에서 자연에 대한 미적 인식의 변화를 잘
보여준다고 하겠다.

3

　구십년대 이후 급격한 변화를 보인 현실사회주의의 몰락과 이들
국가의 개방화 정책은 폐쇄적인 북한사회에도 일정한 변화를 가져오
리라는 남한 내의 기대는 사뭇 큰 것이었다. 그러나 북한은 북한체제

의 입법자요 국가로까지 인식되어 온 김일성 사후에도 남한의 기대
와는 달리 민족자주성을 강조하며 자주시대라는 기치 아래 내적 통
합을 공고히 하여 왔다. 오늘의 북한시 또한 자주시대의 도구적 기능
을 적극적으로 내용화하며 여전히 당의 공식적긴 입장을 형상화하는
데 주력하고 있다. 이러한 현실은 사실주의 미학에 입각한 북한시가
강한 서사성과 사상성을 기반으로 하고 있으며, 정서의 내밀한 드러
냄인 서정에 대한 인식이 여전히 답보상태에 머무르고 있음을 의미
하는 대목이기도 하다.

그러나 최근 북한시에서 높은 창작열을 보이고 있는 산수시나 풍
경시에는 순수한 자연예찬, 주관적인 정서의 표출이 눈에 띄게 많아
지고 있다. 이는 교조적인 북한시의 전통에서 볼 때 눈여겨 볼만한
변화임에 틀림없다. 특히 이러한 자연풍경에 대한 관심은 풍경시나
산수시로 분류되지 않는 일반적인 서정시에서도 점점 강화되고 있
다. 최근 북한시가 도구적 기능을 벗어나 개인적 정서를 자연풍경에
대한 묘사를 통해 수용하고 있음은 분명해 보인다. 이들 시편은 사회
는 있지만 개인은 없는 북한사회가 자연을 매개로 개인을 발견하는
지점으로 나가게 될 가능성을 보여준다는 점에 그 의미를 찾을 수 있
다. 순수한 자연의 발견과 서정의 재인식은 남북한의 동질성을 확보
하는 정서적 주춧돌이 된다는 점에서 자연친화적 정서의 공유라는
남북한 시사(詩史)의 한 만남을 예감하게 한다.

북한문학의 문체에 대하여

1. 북한문학에 있어서 문체

문체(Style)란 일반적으로 필자의 개성이나 사상이 글로 표출되는 특징적인 면모나 그 체계를 말한다. 특히 문학작품의 경우 문체는 작가의 개성을 적절하게 표현하는 미학적 수단으로서 창작적 개성과 밀접히 관련된다. 북한의 경우, 문체에 대한 인식은 주체사실주의창작기법이 확립되면서 이 맥락에서 함께 논의발전되어 왔다. 특히 북한은 1966년 문화어[1]를 공식화함으로써 여기에 입각한 '문화어문체론'을 확립해 나간다. 이는 사회주의적 내용에 민족적 형식을 강조하는 방식으로 문체론이 발전되어나가야 한다는 점에 주안점을 두는 것으로, 김일성의 '주체의 언어이론'에 입각한 창작방법론의 확립과 그 맥을 같이 한다. 남한이 언어문제를 정부차원에서 관리 또는 계몽하지 않는 것과 비교해 보면 북한의 언어정책은 사회주의 건설의 중요한 도구로서 언어가 가지는 교육적 기능에 일층 기대고 있다고 하

겠다. 이러한 언어정책에 기반한 북한의 문예창작은 문화건설의 혁
명적 도구로서 그 역할과 소임의 완수를 태내에 지니고 있다고 할 것
이다.

　　사람들을 힘있는 사회적 존재로 키우고 민족을 문명화하여 인민대중의
문화적수요를 충족시키는것은 주체의 문화건설리론이 밝힌 문화건설의
본질이다.[2]

이처럼 사회적 존재로서의 자각과 함께 문명화를 통해 문화적 충
족을 목표로 하는 문화건설이론은 결국 계몽주의적 범주 속에서 창
작활동이 실현될 수 있음을 강조한다고 할 것이다. 여기에 덧붙여 민
족어 건설의 목표를 함께 설정함으로써 북한의 언어정책에 기초적인
밑그림을 완성하고 있다. 민족어란 문화의 민족적 형식을 특징짓는
징표라는 점에서 주체사상의 확립과 결부되며 북한의 문체론에서 일
관되게 강조되는 덕목의 하나이다.

---

1) 북한에서는 1966년 『조선말규범집』을 간행하여 '평양말을 중심으로 하여 노동자 계층에서
쓰는 말'을 '문화어'라 하여 새로운 표준말로 사용하게 하였다. 1968년부터는 국어 학습지인
문화어 학습이 창간되어 문화어 운동이 대중 속으로 뿌리를 내리기 시작하였고, 현재는 1988
년에 개정된 『조선말규범집』에 따르고 있다. 우리의 표준어와 북한의 문화어는 여러 부분에
서 차이가 있다. 그 중에서 두드러진 것을 들면, 첫째 어휘면에서 문화어는 고유어에도 차이
가 있지만 러시아말, 중국말의 영향을 받아 달라지게 되었다. 깨끗하다-끌끌하다, 씩씩하다-
우람차다, 채소-남새, 대중가요-군중가요, 산책길-유보도, 샤워실-물맞이칸, 커튼-창문보, 공
동집단-꼼무니, 그룹-그루빠, 트랙터-뜨락또르 등이 그 예이다. 둘째 한자어 표기에서 우리
는 두음법칙을 지켜 한자어의 소리를 자리에 따라 다르게 적는데, 북한에서는 항상 한 가지
로 적는다. 예를 들면, 우리는 '노인(老人), 양심(良心), 여자(女子), 규율(規律), 선열(先
烈)' 등으로 적는 것을 북한에서는 '로인, 량심, 녀자, 규률, 선렬'로 적는다. 셋째 띄어쓰기
에 있어서 북한의 규범에서는 붙여쓰기를 남한보다 많이 인정한다. 하나의 개념을 가지고 하
나의 대상으로 묶어지는 덩이는 모두 붙여 쓰며, 의존명사, 보조용언 등도 대개 붙여 쓰는 것
으로 규정하고 있다. 무엇때문에, 대문밖에, 학교앞에, 우리들 전체, 울듯말듯하다…, 이 밖
에 단어의 뜻풀이에서도 차이가 있다. '부자'라는 말은 남한에서는 '살림이 넉넉한 사람'을
뜻하지만 북한에서는 '재산을 많이 가지고 호화롭게 진탕치며 살아가는 자'를 뜻한다. 또 문
장의 억양이라든지, 단어에 된소리(경음)가 많은 것 등을 들 수 있다. 그러나 아직까지는 공
통점이 많아서 서로 의사 소통에는 큰 지장이 없다(http://kr.encycl.yahoo.com).
2) 『주체사상의 철학적 원리』, 위대한 주체사상총서, 평양, 사회과학출판사, 1985.

　　민족어에 대한 자부심은 민족적 특성의 강조로 이어지며 세부적으로는 고유한 우리말 쓰기의 강조와 한자어나 외래어를 우리말로 다듬는 작업, 생동감있는 생활어의 활용 등으로 구체화된다. 이러한 언어정책에 입각한 문화어문체는 '항일 혁명 투쟁시기로부터 시작하여 인민들 속에서 쓰인 쉬운 말에 기초하여 인민들의 구미와 생활 감정에 맞게 만든 문체'[3]로 정립되어 나간다.

　　문화어문체의 경우 기본적인 분류는 그 쓰임새에 따라 사회정치적 문체, 공식사무 문체, 과학기술 문체, 신문보도 문체, 문학예술 문체, 생활 문체 등으로 나뉜다.[4] 또한 문화어문체의 구성요소는 인민성, 논리성, 형상성에 놓여있다. 우선 인민성은 사회주의적 노동계급의 생활 감정에 맞는 언어를 의미하는 것으로 쉬운 언어사용이나 생활언어 즉 입말사용을 적극 권장한다. 또한 논리성은 의미의 정확한 전달을 위해 모호한 표현을 지양하는 것을 말한다. 이를 위해서는 정확한 어휘선택과 함께 현실의 요구 및 시대의 요구가 반영되는 것이 바람직하다고 본다. 마지막으로 문체의 형상성은 표현하려는 사상 내용을 생동감 있고 정서적 으로 표현하는 것을 말한다. 생동하는 표상을 드러내는 문체로서 정서적 색채나 상징적 어휘 등의 적절한 사용을 권장하고 있다. 결국 이들 문화어문체의 구성요소는 그 표현방식에 있어 주체사상에 입각한 노동계급적 요구에 적극적이어야 한다는 북한문학의 일반적 경향과 같은 맥락에서 이해할 수 있다.

　　문체와 문체론적수법사용에서는 주체사상의 요구에 맞게 로동계급의 사상관점과 립장에 철저히 서야 하며 자그마한 낡은 요소도 절대로 허용하지 말아야 한다. 문체와 문체론적수법사용에서 나타나는 낡은 요소는

---

3) 김영자, 「북한의 문체」, 『남북한 언어연구』, 박이정, 1998, p.117.
4) 박용순, 『조선어문체론』, 김일성종합대학출판사, 1974, p.22.

크건작건 기술실무적인 문제로 처리할것이 아니라 사상관점상의 문제로 심각히 분석비판되여야 한다. 그래야만 우리의 문화어문체를 건전하게, 주체시대 문체답게 발전시켜나갈수 있다.[5]

인용에서 알 수 있듯이, 문화어문체는 글의 다양한 특성으로서의 의미보다는 정치적 수단으로서 효용성을 강조하는 방향으로 발전되어 나갔기 때문에 다양성을 확보하지 못하고 있는 실정이다. 그렇다면 이러한 문화어 문체론의 특징은 북한문학의 실재에서 어떻게 반영될까? 실제로 문학작품은 창작적 개성과 깊이 연관됨으로 인해 다양한 스펙트럼을 지닐 수 있지만 북한문학의 경우, 주체문학에 입각한 문예창작이라는 분명한 의도성과 문화어 문체론의 추구라는 교시적 한계로 인해 유사성과 도식성의 범주를 벗어나지 못하고 있다. 특히 문학작품을 그 자체로는 의미있는 미적 산물로 보지 않기 때문에 정서적 호소력이나 환기력에 주목한 문체의 기여도를 중시하기보다는 주체사상의 효과적 전달수단으로서 그 의미와 기능을 문제삼는다. 이러한 북한문학의 문체가 필연적으로 수반할 수밖에 없는 한계를 염두에 두고 구체적인 북한문학 작품 속에서 문체적 특성이 어떻게 드러나는가를 살펴보고자 한다.

2. 북한문학의 문체적 특성

북한문학은 남한문학의 잣대로 바라볼 때, 우선적으로 그 주제나 창작기법에 있어서 아직 다양성을 확보하지 못하고 있는 실정이다.

---

5) 박용순, 위의 책, p.171.

이는 그 동안 당문학으로 일관되게 유지되어온 문예정책이 가져온 필연적 결과라 하겠다. 같은 이유로 인해서 문체론적인 면에 있어서도 남한문학에 비해 현저한 언어운용의 경직성 혹은 제한성이 존재하고 있다. 문학언어가 철저한 통제와 감시 아래 놓여있으며 정치적 수단으로부터 자유로워지지 못한 상태에서 언어미학의 자유로움을 기대하기는 어렵다 할 것이다.

따라서 북한문학은 작품의 주제나 소재의 일정한 차이에도 불구하고 그 언어미학적 특징은 상당한 유사성을 지니고 있다. 이는 문학작품 속에 김일성·김정일 부자의 교시를 적극 활용함으로써 직설적이고 교화위주의 정치문체가 빈번히 활용되는 데에서도 이유를 찾을 수 있지만, "예술에서 기교도 중요하지만 그보다 더 중요한것은 진실성입니다"[6] 라는 선언에서 알 수 있듯이, 기교보다는 당문학으로서의 도구적 성격을 강조하기 때문에 선전·선동을 위한 언어사용이 우선시 되는 점에서 빚어지는 현상이라고 하겠다. 그러나 이러한 교시성 및 선전선동성을 무시하고 북한문학을 문체적인 면에서 살피면, 남한문학과 비교할 때 특징적인 면 또한 적지 않다. 따라서 이 글에서는 북한문학의 문체가 남한문학과 다른 점을 살피는 가운데 이러한 문체가 가능한 근거를 살피고자 한다. 여기에서는 북한문학의 문체적 특성을 잘 보여주는 예로서 북한문학사에서 굳건한 작가적 위상을 차지하고 있으며 작품의 형상미학에서도 높은 수준을 자랑하는 천세봉[7]의 장편 『석개울의 새봄』[8]을 중심으로 논의해보고자 한

---

6) 김일성저작집, 15권, p.50.
7) 작가 천세봉(1915~1986)은 단편소설 「령로(嶺路)」를 발표하면서 작가활동을 시작했다. 초기 단편들은 토지분배 이후의 농촌사회의 변화상을 그리고 있으며 1962년 이후 조선작가 동맹 중앙위원회 위원으로 활동하면서 이후 계속 북한 문단의 핵심으로 활동한다. 그의 대표작으로는 「석개울의 새봄」, 「대하는 흐른다」 등을 꼽을 수 있다.
8) 여기에서는 『석개울의 새봄 · 1부』(문학예술종합출판사, 1994)와 『석개울의 새봄 · 2부』(문학예술종합출판사, 1995)를 대상으로 한다.

다. 천세봉의 언어감각은 이미 북한문학의 한 전범이 되는 것으로 평가되고 있으며 그 문체적 미덕으로 다음과 같은 점이 부각되고 있다.

> 형태가 없는 대상에 행동이나 성질, 모양을 주는 단어로 맞물리는 솜씨, 본딴말을 흔하게, 능숙하게 쓰는 솜씨, 뜻같은 말에서 가장 정확하고 섬세하고 예리한 말을 골라내는 솜씨, 합친말을 만들어쓰는 솜씨 등[9]

언어구사능력의 능수능란함을 세목화해 놓은 이러한 평가는 천세봉의 언어감각이 북한소설에 있어서 하나의 표준으로 제시된다는 점에서 북한소설이 지향하는 문체적 특성을 살필 수 있는 좋은 본보기가 될 수 있음을 시사한다고 하겠다. 그의 작품을 통해서 북한문학의 문체적 특징을 살피면 다음과 같은 특징적인 면을 주목하게 된다.

우선 북한문학은 남한문학에 비해 역동적이그 생동감 넘치는 기운 생동하는 필치를 보여준다. 마치 거침없이 활달한 운필을 보는 듯한 자연묘사의 역동성은 남한문학이 보여주는 단아하며 정적인 자연묘사와는 사뭇 다른 인상을 자아낸다고 할 것이다.

> ① 어디에서나 안개가 흐른다. 그것은 마치 신선하고 향기롭고 가리운 입김처럼 대지에 낮게 내리어 언덕들과 논두렁들과 그리고 나무줄기와 풀잎들을 간지럽게 핥으면서 하염없이 늘어지기도 하고 밀려오기도 한다.
>
> 휘휘 손으로 휘저어보면 아무것도 없는 안개…… 꿈같은 안개가 대지의 품에서 소곤소곤 이야기를 늘이면서 꿈자리를 편다. 먼데 골자기에도 안개가 잔잔히 잠기여있다. 산들은 한결 둔중하고 부드러운 곡선으로 달

---

9) 오영환, 『작가의 문체』, 문예출판사, 1992, p.151.

빛을 향해 머리를 들었고 언덕우에 선 나무들도 꿈에 취한듯 가까스.로
서있다.

　길옆으로 작은 시내물이 흘러가고 물안개가 피여오른다. 물가운데선
은대야같은 둥근 달그림자가 흔들흔들 어깨춤을 추며 사람을 따라온다.
어떤데선 살짝 수풀밑으로 숨었다간 다시금 나타난다. 모양이 기다랗게
늘어나기도 하고 번쩍번쩍 부스려져 흐르기도 한다. 그러다가도 물이 바
다같이 잔잔한곳에선 다시 둥그러져 벙실 웃는다. 신선하고 비릿한 물비
린내가 코에 스며온다(1부 4쪽).

　② 네동네중에서 석개울이 달래강을 끼고있고 그중 제일 동네가 아담
했다. 동네서쪽으로는 훨씬 멀리 월파산이라고 부르는 산줄기가 보인다.
산줄기의 봉우리들은 몹시 날카롭게 솟아있다. 거기서부터 날개처럼 퍼
진 산맥이 한줄기는 남으로 한줄기는 북으로 우줄우줄 뻗어내렸다. 석개
울근방에 와선 푹 퍼져 산세가 살진 말잔등처럼 부드러워졌다. 그것이 동
네앞을 지나면서 벌판으로 사라져버렸다. 월파산을 굽이굽이 감싸면서
달래강물이 흘렀다. 산을 따라 급하게 내려온 물도 석개울을 한마장이나
앞에 두고부터는 비단같이 곱고 잔잔해졌다. 물이 웅깊어 이곳 사람들은
쌍룡소나 가마소는 명주꾸리도 모자란다고 일러온다. 소에선 늘 시퍼런
물이 빙글빙글 소용돌이하고 여울에선 물이 구슬같은 흰 갈기를 날린다
(1부 25쪽).

①에는 안개와 시냇물과 달이 어우러진 풍경이 그려지고 있다. 자
연에 대한 세밀한 관찰을 바탕으로 서정적 정취를 불러일으키고 있
는 이 자연묘사에서 우선적으로 눈에 띄는 점은 달밤의 정취 속에 살
아 꿈틀거리는 듯한 자연의 기운이다. 여기에서 문체는 달밤의 정취
를 고즈넉하고 부드럽게 그렸다기보다는 정적인 시공간 속에서도

'산이 고개를 든다'는 표현이나 '달그림자가 흔들흔들 춤을 춘다' 등
에서 알 수 있듯이 역동적이고 기운찬 모습을 포착하고 있다. ②에서
도 달래강의 형세를 그려나가는 묘파력은 자연에 대한 세밀한 관찰
과 생동감 있는 묘사가 결부되면서 기운생동하는 자연의 위상을 느
끼게 한다. 즉 이러한 역동적인 묘사들은 리얼리즘 전통 안에 있는
북한문학이 사실적 형상력의 진작이라는 점에서 우선적으로 성취되
어야할 작가의 덕목으로 손꼽아 왔겠지만, 무엇보다 생활의 진실한
표현을 표방하면서 혁명적 정서를 고취하고 진취적인 기상을 담아내
려는 문예정책의 결과로 이해된다.

　이러한 북한문학의 역동적 기상은 문장성분 가운데 부사어의 적극
적인 활용에 의해 촉발되며 특히 의성어나 의태어의 활용이 빈번하
다는 데에서 그 연유를 찾을 수 있다.

　① 봄! 창혁이는 어쩐지 가슴을 쿵 울려놓는 그런 감정을 느끼였다. 그
는 눈을 들어 서서히 마을을 내려다보았다. 물기를 머금은듯 거뭇거뭇한
밤나무가지들 저편으로 질펀한 동네 일경이 바타보인다. 그래도 그쪽은
폭격을 안맞은 집들이 다금다금 붙어앉았고 흰 창문들이 다정스럽게 바
라보인다. 자기네 집이 있던쪽은 펑 비여보이고 큰 나무들이 몇주 우뚝우
뚝 일어서있다(1부 121쪽).

　② 그렇게 극성을 부리던 추위가 아주 물러난것 같다. 길바닥이 죽신죽
신 녹고 눈보라 쳐넣은 웅뎅이눈이 퍽 낮아졌다. 논밭들은 모두 검은 바
닥이 나고 누런 땅김이 간지럽게 피여오른다. 삼봉산도 양지쪽은 눈이 녹
고 솔이 청청하게 일어섰다(1부 120쪽).

　③ 날은 활짝 밝았다. 동쪽에선 아침노을이 불타올랐다. 하늘을 깨끗이

쓸고 동쪽으로 몰려간 구름장들의 변두리가 진홍빛으로 불탄다. 그것은
마치 이 하늘을 어둡게 덮었던 한쪼각의 음산한 구름덩어리마저 활활 불
사르는 불꽃과도 같았다(2부 313쪽).

인용에서 알 수 있듯이, 북한문학에서는 부사어의 적극적인 활용
을 통한 감각적인 형상화가 문체의 중요한 특징으로 자리잡고 있다.
이는 역동적인 기상을 들어내는데 필수적인 조건이기도 하겠거니와
문화어문체의 기본적인 요구가 노동계급성을 지니고 있어야 하기 때
문이기도 하겠다. 노동계급 혹은 근로 대중을 위한 문학이라는 기본
적인 관점은 내밀한 심리정황이나 고도의 상징성을 수반한 밀도 높
은 언어미학추구와는 다른 방식으로 그들만의 문체적인 특장을 마련
해 나간 것으로 볼 수 있겠다. 이런 맥락에서 의성어와 의태어의 활
용을 통한 감각적 표현은 ③의 경우에서처럼 인물의 역동적이고 의
지적인 기상을 표출하려는 작가의 기본적인 의도와 합치되기도 한
다. 문학사적으로 볼 때, 부사어를 통한 생동감 넘치는 소리묘사와
모양묘사는 전통적 민중문예의식의 발로로 평가되는 판소리계 소설
의 익살과 해학성에 그 맥이 닿는다고 할 수 있을 것이다. 북한문학
에서 표나게 민족적 특성을 강조한다는 점을 고려해 보면, 이러한 문
체적인 특징은 결국 민중적 정서표출이라는 판소리계 소설의 미적
특성을 계승한 것으로도 볼 수 있다. 그러나 이러한 해학적인 면모가
문예미학의 미적 범주인 인간의 본성을 간파해내는 심오한 골계미학
으로 이어지는 것은 아니다. 다만 북한문학이 남한문학에 비해 문체
적인 면에서 익살스러움과 해학을 적극적으로 부각시키려는 방향으
로 발전해 왔다고 보는 것이 타당할 것이다. 이는 다음과 같은 북한
의 대표적인 우화에도 잘 나타난다.

그런데 마침 언덕 우에 두꺼비가 나타나더니 가슴을 척 젖히고 어그적 어그적 팔자걸음으로 내려오는 것이였습니다.(그렇지, 저 두꺼비와 의논을 좀 해 봐야지) 안도의 숨을 내쉬며 바라보는데 두꺼비는 어찌나 느렁뱅이인지 여드레 팔십리 걸음으로 내려오는것이였습니다. 그만 마음이 급해난 들쥐는 콩콩 달려가 앞을 막아섰습니다.

〈여보게 두꺼비, 좀 빨리 오게나. 저기 구렝이란 놈이 도사리고 있어 큰 일났구만〉 그 말에 두꺼비는 껄껄 웃으며 〈여보게 들쥐, 덤벼치지 말게. 난 저따위놈을 무서워하지 않는단말이야. 이제 좀 보겠나.〉하더니 가슴을 척 젖히고 거들먹거리며 뚱기적뚱기적 팔자걸음으로 내려가는 것이였습니다.

눈이 올롱해서 내려다보니 아니나 다를가 구렝이란 놈이 감히 덤벼들지 못하고 슬그머니 돌아 앉는것이였습니다.

— 「들쥐의 팔자걸음」[10]

이 이야기는 주체성 없는 사람들을 들쥐에 빗대어 풍자하며 주체사상의 중요성을 강조하는 북한의 대표적인 우화이다. 여기에서 두꺼비의 '어그적어그적 팔자걸음'이나 '뚱기적뚱기적 팔자걸음' 또는 들쥐의 '콩콩 달려가'는 모습들은 그 자체로 웃음을 자아낸다. 이처럼 북한문학에서 의성어, 의태어의 적절한 구사는 중요한 문체적 특징을 이루며 역동적이고 생동감 넘치는 기운이 혁명적인 주체적 인간성의 창발이라는 관점과 밀접한 상관속을 이루며 강조되고 있다고 하겠다.

그러나 이러한 생동감 혹은 역동적 기상이 부정적으로 정서의 과격함을 반영하는 경우도 적지 않다. 다음과 같은 강렬한 접두어 사용

---

10) 문화어학습 제2호, 과학백과사전종합출판사, 1994.

이나, 거친 합성어들의 빈번한 사용, 묘사내용의 광폭함 등은 이같은 정황을 여실히 보여준다.

① 우우우 눈보라가 몰려온다. 앞이 보이지 않게 눈가루가 쳐갈긴다. 바람은 치마자락을 찢을듯이 막 잡아닥친다(1부, 102쪽).
② 이런 생각이 마령감의 량심을 쫙쫙 후려갈겼다(2부 181쪽).
③ 녀인들이 혀를 갈기며 한숨을 지었다(2부 249쪽).
④ 리당사무실로 돌아온 조경수는 자기 의자에 메때리듯 주저앉았다(2부 569쪽).

작품 내의 정황이 시련이나 갈등에 직면할 때 주로 사용되는 이러한 표현들은 남한문학에서는 찾아보기 어려운 어사들이다. '눈가루가 쳐갈긴다'나 '바람이 잡아닥친다'는 자연에 대한 거칠고 사나운 표현이나 '양심을 쫙쫙 후려갈겼다'는 과격한 표현, '갈기며', '메때리듯' 등의 난폭한 행동묘사는 북한사회가 지닌 과격성이 정서적으로 표출되는 과정에서 자연스레 난폭한 어사동원으로 이어진 것으로 보인다. 이러한 판단에는 남방정서에 비해 북방정서가 갖는 방언적 특성 혹은 생활정서에 대한 탐구가 선행되어야 하겠지만, 표준화되고 있는 북한언어에 있어서 이같은 현상은 분명 남한문학에 비해 훨씬 동적이고 자극적인 방식으로 표출되고 있음은 주목하지 않을 수 없다.

한편 북한문학에서는 구체적인 생활현실에 대한 묘사를 대단히 강조한다. 이러한 생활묘사의 강조는 우선 생동감 있는 구어투(입말)에 바탕을 두고 있으며, 폭넓은 생활용어를 활용하는 특징을 보여준다. 이러한 특징은 김일성의 다음과 같은 교시에서도 선언화되고 있다.

작가, 예술인들이 군중 속에 들어가지 않고 군중과 한덩어리가 되지 않으며 군중에게서 꾸준히 배우지 않는다면 그들은 귀족화되고 관료화되어 우리 혁명사업에 아무런 도움도 주지 못할 것입니다. 우리 작가, 예술인들은 늘 로동자, 농민과 접촉하고 로동자, 농민과 결합하며 그들 속에서 무궁무진한 창조적 지혜의 원천을 찾아낼 줄 아는 로동자, 농민에게 충실히 복무하는 혁명적 작가, 예술인으로 되어야 하겠습니다(김일성저작선집, 4권, 157페지).[11]

이같은 교시는 실제 작품 속에서 대화를 적극적인 표현기법으로 활용한다는 특징을 보이며 입말의 폭넓은 활용을 보여준다. 민족어의 원천이 입말에 있다는 확신[12]은 민족적 형식의 강조와도 합치되면서 형상화의 중요원리로 교시되고 있다. 민중의 정서가 살아숨쉬는 구어체의 활용은 작품의 전개에 있어서 대화의 중요성을 강조하는 점과 부합되어 생활정서의 리얼리티를 확보해 낸다.

① 《난 어제밤 잠 한잠 못잤수다. 그놈의 부엉이가 코잔등에 와 앉아 밤새 부엉부엉 우는 바람에 잠을 잘수가 있습데까?》
《원, 아주머니두. 부엉이가 울어서 잠을 못잤겠소? 령감곁을 떠나왔으니까 령감생각때문에 잠을 못잤겠지요.》
《어이구, 그 알량한걸 못잊어 내가 잠을 못자? 인젠 보기만 해도 진절머리가 나서 못살겠소.》(2부, 326쪽)

② 《여보 로동무, 그렇게 인심이 좋아서 소개를 잘 서면 거 나두 하나

---

11) 사회과학원 문학연구소, 『북한의 문예이론』, 인동, 1989, p.301에서 재인용.
12) 김정일, 〈언어형상에 문학의 비결이 있다〉(『주체문학론』.발취), 「문화어학습」, 1993. 2호 (3~8).

소개를 좀 해주오.》

《옳지 귀맛이 나는게로군.》

억삼이와 로일구의 승강이질에 조합원들이 모두 웃었다. 로일구는 나비수염밑에 입가장이 우선우선해서 창혁이가 구레를 굴리는 논배미로 걸어갔다.

《홀애비, 잘 있었소?》

《로령감, 오래간만입니다. 그새 무고하셨소?》

《무고하다뿐이겠소, 그러게 남좋은 일을 위해서 이렇게 정갱이에 불이 나게 다니오. 동무 편지를 보았소. 그래서 오늘은 군으로 올라가던 길에 직접 홀아비를 만나서 담판을 하자구 들렀소.》

(흥, 이건 아무 경황없다는데 못견디게 구는군. 사돈잔치에 중이 참여하는 격으로……)(2부, 417쪽~418쪽)

이러한 대화를 통한 입말의 강조는 북한소설에서 민중적 리얼리티를 확보하면서 인민대중의 정서를 진실하게 포착하려는 의도로 강조되고 있다. 문어체적 문장이 아니라 구어체를 강조함으로써 생활현실에서 직접 사용되는 살아있는 비유의 활용은 민중정서를 가감없이 드러내는데 기여한다고 하겠다. '부엉이가 코잔등에 와 앉는다'든지 '귀맛이 난다' 등의 표현은 생활 속에서 자연스레 사용되는 생활어의 반영이라 하겠다.

이와 함께 북한문학에는 생활현실에 대한 여실한 반영으로서 능숙능란한 언어부림의 솜씨를 드러내는 방법으로 성구속담의 활용이 눈에 띄게 많다.

① 빌어먹을 놈, 개구멍으로 통영갓 굴려낼놈……(1부 91쪽)

② 〈건 머 단불에 나비잡듯하우?〉(1부 87쪽)

③ 넨장 머긴 먹을알이 있는게구나! 내가 찾아갔을 땐 처남의 댁 내병 보듯하던놈이 인젠 베틀에 북 나를 듯 자꾸 찾아와?(2부 154쪽)

④ 넨장, 저다위가 사람이야? 버릇 배우라니가 과부집 문고리 빼들고 엿장사 부른다구...저 저게 사람이야?(2부 175쪽)

북한문학에는 생활 속에서 입에서 입으로 구전되는 속담이 다양하게 활용된다. 이러한 특징은 최근에 간행된 『주체문학론』에서는 인민대중의 의사와 요구에 맞는 언어를 탐구하고 살려 쓸 것, 문학 언어는 알기 쉬워야 함 등[13]으로 제시되기도 하였다. 이러한 입말의 사용이나 성구속담의 활용이 생활정서를 충실히 반영하면서 인민성을 강조하고 민중적 정서를 문학적으로 수용하는 방법으로 제시되고 있다고 하겠다.

문체론적 수법을 통하여 우리 인민의 풍부한 사상감정과 복잡하고 다양한, 그리고 섬세한 모든 감정정서를 다 잘 나타낼수 있고 사람들을 웃길수도 울릴수도 있으며 격동시킬수도 있다. 다시말하면 표현 수법을 통해서는 오늘의 새로운 주체시대의 약동하는 사상감정과 풍부한 정서를 훌륭히 나타낼수 있으며 우리 시대 로동계급의 사상감정과 지향을 그대로 반영하여 풍부하게 나타낼수 있다.[14]

인민의 풍부한 사상과 감정을 그대로 드러낸다는 측면에서 이러한 생활정서의 반영은 중요한 기능을 한다고 볼 수 있겠다. 이와 함께 인용문에서 강조하고 있듯이, 북한문학에서는 노동계급의 사상감정

---

13) 김정일,「언어형상에 문학의 비결이 있다」, 『주체문학론』, 조선로동당출판사, 1992, pp. 213~225 참조.
14) 박용순, 『조선어문체론연구』,과학백과사전출판사, 1978, p.28.

뿐만 아니라 그들의 지향점을 담아내야 한다. 즉 당문학으로서의 기능에 충실해야 한다는 뜻이다. 이러한 요구에 부응하기 위해 북한문학은 남한문학에 비해 논쟁정 성격이 강하다고 하겠다. 북한문학 작품에는 갈등의 국면들을 논쟁적 형식 속에 드러내는데 익숙해 있다. 이들 논쟁이 작품의 주된 기법으로 자리잡으면서 사회정치적 교시를 내용으로 하는 사회정치문체가 과도하게 사용된다. 이는 노동계급이 요구하는 혁명적 문체의 본질에 문화어문체가 요구하는 인민성이 자리잡고 있으며 이는 노동계급의 혁명성을 담보해야 한다는 기본적인 입장을 작품 속에 관철시킨 결과로 보인다.

①《저는 농촌에서 일하는것두 대학가는것만치 중요하다구 봅니다.》》
글쎄 중요하긴 중요하오. 그러나 동무 개체의 발전으로 볼 땐 대학에 가는 게 더욱 유리하지 않소?》
《그건 말씀하는데 모순이 있습니다. 관리위원장동무는 농촌건설이 중요하기 때문에 내가 개체의 유리한 점을 희생하고 농촌에 있다는것 같이 봅니다만 저는 그것을 따루 떼여서 생각하지 않습니다. 제가 농촌에서 일하는것은 어디까지나 내 개체의 유리한 점과 결부되여 있습니다.》 (1권 119쪽)

②《옳습니다. 우리는 비판을 강화해야 합니다. 비판은 발전의 무기입니다. 우리돌격대내에서 박병길동무는 확실히 작업에 불성실합니다. 아침에도 번번히 늦고 돌격대에 들어와서 자기 책임량을 달성한 날은 이틀밖에 없습니다. 이 동무는 하면 하고 말면 말자는 식으로 작업에 의욕이 없습니다. 어제저녁에도 집으로 일찍 돌아가지 못해 애를 썼습니다. 동무들이 이런 동무에 대해서 왜 비판이 적습니까? 우리들은 이러한 동무를 랭정한 립장에서 비판을 줘야 합니다. 조합원총회에 넘길게 아니라 우리

들의 투쟁을 강화해야 됩니다.》(2권, 146쪽)

인용에서처럼 논쟁적 성격의 대화가 갈등해소의 주된 방법으로 활용된다. 이는 소설사회학적 입장에서 볼 때, 북한소설은 그들 사회의 이념을 계몽하는 차원에 놓여있기 때문에 당의 입장을 대변하는 교시적 기능에 충실해야 한다는 맥락에서 이해할 수 있다. 논쟁을 통해 당과 김일성 혹은 김정일의 교시를 확인하고 숙지시키는 기능을 담당하는 이러한 문체는 사회적 색채를 농후하게 드러냄으로써 북한문학이 지니는 미학적 상징성을 현저하게 쇠퇴시키고 문학작품의 공식적, 사회적 목소리를 담아내는 기능에 충실하다고 하겠다.

3. 맺음말

이상에서 북한문학의 문체적 특성을 살펴보았다. 북한에서는 문화어문체론이 확립되면서부터 일관되게 쉽고 간결한 문체, 민족적 형식을 계승하는 문체, 생활정서를 반영한 문체를 강조해 왔다. 이는 그 표현방식에 있어서 정서적 자극성을 높이그 높은 호소성을 갖추는 방향으로 발전해 나갔다. 의성어나 의태어의 적절한 활용이나 교시를 전달하려는 정치적 선전선동성 등이 북한문학의 문체에서 역동성과 논리성을 확대했다면 같은 이유로 북한문학의 문체는 경직성을 드러내는 한계를 지닌다고 할 수 있을 것이다. 그러나 남한문학에 비해 기운생동하는 문체를 보여준다거나 전통적인 속담의 적극적인 활용, 생활정서의 여실한 반영 등의 면모는 사회문화사적인 면에서도 그 가치가 크다고 할 것이다.

새로운 세기에 접어들면서 통일시대에 대한 예감은 실감으로 다가

오고 있다. 정치권 내의 행보가 무엇보다 발빠르게 진행되고 있는 현실을 볼 때, 통일에 대한 기대감은 한갓 헛된 희망이 아님을 예감케 한다. 이제 문제는 문화적 의미에서 민족의 정서적 합일을 향한 작업이 진행되어야 할 시점이라 하겠다. 정서적 합일을 위한 공분모를 찾아내는 작업은 결국 문화의 구체적 산물들인 개별 작품 속에서 지배적으로 드러나는 분위기와 그 원인을 되짚어보고 이를 조율해내려는 노력이 필요한 시점이라 하겠다. 이런 점에서 문체로 바라본 북한문학은 결국 남한의 그것과 어떻게 다른가를 확인하면서 그 의미를 파악해 보는 시간이 될 것이다. 우리에게 통일문학은 남북문학이라는 이 동이(同異)의 쉼없는 운동 속에서 상승하는 하나의 전망이기 때문이다.